EL SUEÑO
DE LA RAZÓN

TEATRO

ANTONIO BUERO VALLEJO

EL SUEÑO DE LA RAZÓN

Edición
Mariano de Paco

COLECCIÓN AUSTRAL

Primera edición: 22-XII-1970
Vigésima primera edición: 19-II-2001

© *Herederos de Antonio Buero Vallejo, 1970*

© *Espasa Calpe, S. A., 1970, 1991*

Diseño de cubierta: Tasmanias

Depósito legal: M. 4.400—2001

ISBN 84—239—7248—8

Espasa, en su deseo de mejorar sus publicaciones, agradecerá
cualquier sugerencia que los lectores hagan al departamento
editorial por correo electrónico: sugerencias@espasa.es

Impreso en España/Printed in Spain
Impresión: UNIGRAF, S. L.

ESPASA

Editorial Espasa Calpe, S. A.
Carretera de Irún, km 12,200. 28049 Madrid

ÍNDICE

EL SUEÑO DE LA RAZÓN

INTRODUCCIÓN

A Antonio y a Mari Carmen.

EL SUEÑO DE LA RAZÓN, drama estrenado el 6 de febrero de 1970, ocupa un lugar de singular importancia en la obra bueriana, es el cuarto de los históricos *(Un soñador para un pueblo,* 1958; *Las Meninas,* 1960; *El concierto de San Ovidio,* 1962; con posterioridad, *La detonación,* 1977), y en él se acentúan tanto la dimensión espectacular como lo que el autor ha llamado «interiorización del público en el drama»[1]. La pieza, concluida en junio de 1969, tuvo problemas de censura para su estreno, estuvo largo tiempo retenida y se solicitó varias veces su aprobación sin obtenerla. Al fin, se autorizó sin ningún corte ni modificación (tampoco obtuvo subvención alguna), coincidiendo con un cambio de titular en el Ministerio de Información y Turismo (Alfredo Sánchez Bella sustituyó a Manuel Fraga Iribarne en octubre de 1969), puesto que «ya se sabe que cada nuevo ministro se apresuraba a aprobar cosas dificultadas por el antecesor para dar buena imagen»[2].

---

[1] Puede verse al respecto mi Introducción a Antonio Buero Vallejo, *Lázaro en el laberinto* (Madrid, Espasa Calpe, Austral, núm. 29, 1987, págs. 13 y sigs.), en la que se ofrece también una síntesis de la «trayectoria teatral de Buero Vallejo».

[2] Carta particular de Buero Vallejo, 21 de enero de 1991. Vid. también Emilio Rey, *«El sueño de la razón,* última obra de Buero Vallejo, se representará íntegra», *Ya,* 4 de enero de 1970, págs. huecograbado.

EL SUEÑO DE LA RAZÓN fue muy bien recibido por la crítica [3], con sólo alguna voz discordante, y en general se admitía ya la idea de Buero, expresada de nuevo en la «Nota al Programa» del estreno, sobre la libertad del autor para unir en sus obras históricas lo realmente sucedido y lo que pudo suceder [4]. No se repitieron, por tanto, las réplicas y descalificaciones que siguieron a *Un soñador para un pueblo* y a *Las Meninas;* por el contrario, algunos críticos insistieron en el derecho que asistía el dramaturgo para interpretar y recrear el pasado [5].

BUERO VALLEJO Y EL TEATRO HISTÓRICO

El teatro, desde los lejanos tiempos de la tragedia griega, ha acudido siempre a la historia como una de sus fuentes temáticas más importantes. Shakespeare, los dramaturgos españoles de los Siglos de Oro y los franceses

---

Unos años antes no se permitió la representación de *La doble historia del doctor Valmy* (1964), que no se estrenó en España hasta 1976.

[3]   La respuesta del público no fue lo numerosa que cabía esperar y la obra se retiró de cartel el 10 de mayo, con 167 representaciones. Tuvo lugar después una gira por distintas provincias. El drama ha sido traducido a diecisiete idiomas y de él se han realizado abundantes montajes fuera de España, que indicamos al finalizar la Introducción (sobre el último de ellos, vid. Vicente Soto, «Goya y Buero en Londres», *El Sol,* 20 de octubre de 1991, pág. 2). En 1970 obtuvo los premios Leopoldo Cano y El Espectador y la Crítica.

[4]   La obra tiene el subtítulo de «fantasía», como las históricas de Buero excepto la primera, *Un soñador para un pueblo,* «versión libre de un episodio histórico», y la única que no se desarrolla en España, *El concierto de San Ovidio,* «parábola».

[5]   Pedro Laín Entralgo («La vigilia de la razón», I, *Gaceta Ilustrada,* 22 de febrero de 1970, pág. 8) escribió: «Usando la viejísima y reiteradísima libertad del dramaturgo —la de Eurípides frente a Ifigenia, la de Shakespeare frente a Julio César, la de Peter Weiss frente a Marat y al marqués de Sade—, Buero ha tomado un pequeño fragmento de la vida de Goya y lo ha recreado imaginativamente. ¿Sin un ajuste minucioso a todos los detalles de la realidad histórica que él ha querido recrear? Tal vez; pero en el caso de la actualización poética del pasado no es esto lo que verdaderamente importa.» Argumentos semejantes había utilizado Ricardo Doménech a propósito de *Las Meninas* («Notas sobre teatro», *Cuadernos Hispanoamericanos,* 133, enero de 1961, págs. 121-122).

del XVII, los trágicos neoclásicos o los autores románticos lo muestran en sus obras con toda claridad[6]. En nuestro teatro del siglo XX el acercamiento a la historia se produce de dos modos muy distintos: atendiendo a versiones oficiales o habituales del pasado «o, al revés, según un punto de vista "inesperado", que trastorna la recepción conocida del pasado, muestra grietas y hendiduras que encuadran perspectivas diferentes, induciendo al espectador a reflexionar, a enfrentarse con la sorpresa»[7]. Son los dos puntos de vista que, antes de la guerra civil española, pueden ejemplificar Eduardo Marquina (*Las hijas del Cid,* 1908; *En Flandes se ha puesto el sol,* 1910) y Valle-Inclán (*Farsa y licencia de la reina castiza,* 1920).

Con el estreno de *Un soñador para un pueblo* inicia Buero Vallejo en la escena de la posguerra un teatro histórico de sentido crítico que pretende una visión distinta y no predeterminada de algunos relevantes hechos y personajes pretéritos. Igualmente, como en sus anteriores recreaciones (de un episodio bíblico en *Las palabras en la arena,* de un mito clásico en *La tejedora de sueños,* de un cuento de Perrault en *Casi un cuento de hadas*), es en los dramas históricos muy visible la preocupación por los problemas del hombre y de la sociedad española actual. En un texto bastante alejado en el tiempo, Buero expresó un pensamiento básico en todo su teatro histórico:

> Sería innecesario hablar aquí de la plena justificación que puede asistir a un dramaturgo de hoy para escribir obras basadas en los mitos helénicos, si no fuese porque

---

[6] Aunque no se ocupa del español contemporáneo, puede verse, acerca del drama histórico, Herbert Lindenberger, *Historical Drama. The Relation of Literature and Reality,* The University of Chicago Press, 1975.

[7] María Teresa Cattaneo, «En torno a cincuenta años de teatro histórico», *Boletín Informativo de la Fundación Juan March,* 188, marzo de 1989, págs. 4-5. Son de interés las páginas dedicadas al teatro histórico por Gonzalo Torrente Ballester en su *Teatro español contemporáneo,* Madrid, Guadarrama, 1968[2], págs. 377 y sigs.

muchas personas suelen entender que, cuando un autor pone en escena gentes vestidas con otros trajes que los nuestros, ha vuelto la espalda a los problemas de su tiempo. Pero nadie puede, aunque quiera, dejar de tratar los problemas de su tiempo; y, desde luego, no fue esa mi intención [8].

En esas palabras se advierte que la distancia temporal implica una necesaria relación con el presente. La influencia brechtiana en la utilización de la historia como modo de distanciamiento puede estar en el fondo del renacimiento del teatro histórico, al igual que la de algunos dramaturgos franceses [9], pero, como podremos ver, en Buero Vallejo es esencial la equilibrada síntesis de distancia y participación para conseguir un teatro que no peque de parcial [10]. Junto a esta característica es también necesaria la remisión a nuestro tiempo de ese teatro que se ocupa de hechos anteriores: «Cualquier teatro, aunque sea histórico, debe ser, ante todo, actual. La historia misma de nada nos serviría si no fuese un conocimiento por y para la actualidad, y por eso se reescribe constantemente. El teatro histórico es valioso en la medida en que ilumina el tiempo presente» [11].

En estos dramas históricos, como ha señalado Francisco Ruiz Ramón, se establecen las analogías entre el tiempo histórico elegido y el actual, pero no entre individuos o aspectos particulares, «sino entre el haz de relaciones polisémicas y polisemánticas que movilizan todos los ele-

---

[8] Antonio Buero Vallejo, «Comentario» a *La tejedora de sueños,* Madrid, Alfil, Colección Teatro, 16, 1952, pág. 89.

[9] César Oliva, «Breve itinerario por el último drama histórico español», *Estreno,* XIV, 1, primavera de 1988, pág. 8. Este número de la revista, dirigido por Francisco Ruiz Ramón, está dedicado a «El drama histórico español contemporáneo» y cuenta con artículos del propio Ruiz Ramón y de José Monleón, Martha T. Halsey, Robert L. Nicholas y Luis Iglesias Feijoo.

[10] Vid. Antonio Buero Vallejo, «A propósito de Brecht», *Ínsula,* 200-201, julio-agosto de 1963, págs. 1 y 14.

[11] Antonio Buero Vallejo, «Acerca del drama histórico», *Primer Acto,* 187, diciembre de 1980-enero de 1981, pág. 19.

mentos dentro del sistema histórico A y todos los elementos dentro del sistema histórico B», con lo que se crea un tiempo que no es puramente histórico, «sino puro *tiempo de la mediación,* es decir, un tiempo que no existe sino como mediación dialéctica entre el tiempo del pasado y el tiempo del presente, un tiempo construido en el que se imaginan, se inventan o se descubren nuevas relaciones significativas entre pasado y presente capaces de alterar el sentido tanto del uno como del otro, así como del uno por el otro» [12]. Esa *mediación* tiene en el teatro bueriano una «naturaleza esencialmente trágica» [13], que implica que el espectador actúe, modificando la realidad en la que se encuentra, después de haber visto en el escenario la ya inalterable actuación de los personajes en otro momento de la historia. La situación final de muchas obras es, efectivamente, la de una cerrazón completa o casi completa para los protagonistas (así ocurre con todos los de las piezas históricas de Buero); es entonces cuando la apertura trágica se traslada plenamente hasta el público, porque «el significado final de una tragedia dominada por la desesperanza no termina en el texto, sino en la relación del espectáculo con el espectador». En esos casos, «la desesperanza no habrá aparecido en la escena para desesperanzar a los asistentes, sino para que éstos esperen lo que los personajes ya no pueden esperar» [14].

Un teatro concebido con estos planteamientos no puede reducirse a una respuesta ocasional y táctica ante las dificultades de expresión de una sociedad coartada por la censura, en este caso la española de la posguerra. Tampoco cabe pensar en la falta total de relación entre los modos expresivos artísticos y la sociedad en la que éstos

---

[12]   Francisco Ruiz Ramón, *Celebración y catarsis (Leer el teatro español),* Murcia, Universidad, 1988, pág. 170.

[13]   Francisco Ruiz Ramón, «Evolución del texto dramático contemporáneo: tres paradigmas españoles», *Boletín Informativo de la Fundación Juan March,* 191, junio-julio de 1989, pág. 9.

[14]   Antonio Buero Vallejo, «García Lorca ante el esperpento», en *Tres maestros ante el público,* Madrid, Alianza, 1973, págs. 142-143.

se desarrollan, como el propio Buero y distintos críticos han manifestado [15]. Hay, pues, una dualidad que añade al propósito estético fundamental lo que responde a una motivación particular. Unas palabras de Martín al comenzar *Las Meninas* son ilustradoras al respecto: «Se cuentan las cosas como si ya hubieran pasado y así se soportan mejor» [16].

Buero Vallejo acude en sus dramas históricos, salvo en *El concierto de San Ovidio,* a personajes relevantes, intelectuales o creadores [17], en momentos conflictivos de la sociedad, uniendo con ello los aspectos individuales con los problemas de la época y las preocupaciones y límites que aquejan a los seres humanos [18]. Es preciso, pues, lle-

---

[15]   En la entrevista con Amando Carlos Isasi Angulo (*Diálogos del Teatro Español de la Postguerra,* Madrid, Ayuso, 1974, pág. 66) afirmó Buero: «No es que niegue el carácter traslaticio que determinados aspectos del teatro histórico —el mío o el de otros; la lección de Brecht es magistral al respecto— pueden llevar consigo. Ni las dificultades que la censura puede poner a la expresión de realidades actuales, que en parte pueden ser superadas mediante el recurso a otra etapa anterior pero paralela. Sin embargo, la razón más profunda de la redacción de mis dramas históricos no se debe a dificultades de censura. Yo habría escrito ese teatro aunque ésta no hubiese existido.» Vid. también José Monleón, «Historia y drama histórico durante la dictadura», *Estreno,* XIV, 1, cit., pág. 5.

[16]   «En la medida en que somos seres históricos, cierto teatro histórico puede servirnos de lección y de meditación. En la medida en que la historia es cambio, la obra histórica nos lleva a comprender la posibilidad de otros cambios y el significado real de los ya producidos; en la medida en que la historia se repite, la obra histórica nos ayuda a comprender alguno de los problemas que sufrimos actualmente» (Buero Vallejo, en Luce Arrabal, «Entretien avec Antonio Buero Vallejo», *Les Langues Modernes,* LX, 3, 1966, pág. 307).

[17]   Vid. Martha T. Halsey, «El intelectual y el pueblo: tres dramas históricos de Buero», *Anthropos,* 79, diciembre de 1987, págs. 46-49.

[18]   «De una manera muy unamuniana, Buero distingue entre el personaje histórico y la creación intuitiva de éste que hace el dramaturgo y que basa en la posible realidad humana de aquella vida histórica» (David Johnston, «Posibles paralelos entre la obra de Unamuno y el teatro "histórico" de Buero Vallejo», *Cuadernos Hispanoamericanos,* 386, agosto de 1982, pág. 345).

var a cabo una reinterpretación de la historia que permita, por una parte, la dimensión creativa, estética, y, por otra, el tratamiento de esas múltiples cuestiones, conciliando la nueva visión con la fidelidad al fondo histórico, aunque no necesariamente con cada hecho concreto. Lo ha expresado el dramaturgo de manera sintética y precisa: «Escribir teatro histórico es reinventar la historia sin destruirla» [19]. Buero posee una amplia información acerca de la época y de las figuras de las que se ocupa en el teatro, pero, en ese marco, dramatiza libremente situaciones verosímiles acordes con la personalidad de esos seres singulares [20]. En el acercamiento anticonvencional del dramaturgo a esos sucesos y personajes subyace una manifestación de fe en la historia como generadora de cambios y como esclarecedora de situaciones posteriores.

Con el suyo, abrió Buero Vallejo el camino del nuevo teatro histórico de posguerra. De distinto modo, pero con una básica identidad de principio (enfoque crítico y relación con el presente), lo abordan Alfonso Sastre, que inicia su *tragedia compleja* con *La sangre y la ceniza* [21], o los autores de la *generación realista,* que evolucionan desde formas naturalistas hasta «sólidos aguafuertes plásticos» [22]. En el prólogo a *Las alumbradas de la Encarnación Benita,* drama de Domingo Miras, uno de nuestros

---

[19]   Antonio Buero Vallejo, «Acerca del drama histórico», cit., pág. 19. Vid. Mariano de Paco, «Teatro histórico y sociedad española de posguerra», *Homenaje al profesor Antonio de Hoyos,* Murcia, Academia Alfonso X el Sabio, 1995, págs. 407-414.

[20]   Pilar de la Puente («El teatro histórico de Buero Vallejo», *El Urogallo,* 2, abril-mayo de 1970, pág. 92) señala que Buero «crea en sus personajes históricos un drama existencial que, de hecho, pudo haber sido verídico [...], investiga en sus personas desde el ente de ficción que ha creado a partir del primer modelo que le proporcionó la Historia».

[21]   Vid. Mariano de Paco, «Dejar las cosas en su sitio, no ''como estaban''», en AA.VV., *Teatro Español Contemporáneo. Antología,* México, Centro de Documentación Teatral-Consejo Nacional para la Cultura y las Artes-Gran Festival de la Ciudad de México, 1991, págs. 481-485.

[22]   César Oliva, «Breve itinerario por el último drama histórico español», cit., pág. 9.

más interesantes autores actuales [23], Buero ha insistido en
la existencia de una «estética de la oblicuidad», aun cuando ésta haya podido ser circunstancialmente un recurso.
Porque la oblicuidad viene a ser «el certero modo de ahon-
dar en algunos angustiosos problemas no sólo españoles,
sino de todos los hombres» [24]. Miras, cuya producción
dramática se ha desarrollado casi en su totalidad fuera de
los años de censura, centra la mayor parte de su obra en
la historia, que constituye «un semillero para el dramaturgo» en el que se agitan «multitud de fantasmas, dispuestos para su evocación. Son las sombras de gentes que
quisieron ser libres, que de una u otra manera lucharon
por su libertad» [25]. El histórico sigue siendo en nuestro
teatro, en una sociedad no atenazada por la censura ideológica, tema habitual.

En la producción de Antonio Buero Vallejo no faltan
tampoco las obras que, si no son directamente piezas históricas, fundan su último sentido en la dualidad o multi-
plicidad de tiempos encontrados. En *El tragaluz* se advierte un *perspectivismo histórico* que organiza las tres
acciones del drama [26]. Algo similar ocurre con *Caimán* y,
de otro modo, en *Jueces en la noche*, *Lázaro en el laberinto* o *Música cercana*. En los dramas históricos se produce
también, como dijimos, una fusión de tiempos. Cuando,
al concluir *La detonación,* Pedro dice sus últimas frases:
«Y aquella detonación que casi no oí, no se me borra…
(Se enardece.) ¡Y se tiene que oír, y oír, aunque pasen los
años! ¡Cómo un trueno… que nos despierte!», postula una
síntesis dialéctica de pasado, presente y futuro, imprescin-
dible en un teatro histórico de intención crítica.

[23]   Vid. Virtudes Serrano, *El teatro de Domingo Miras,* Murcia, Universidad, 1991.
[24]   Antonio Buero Vallejo, «Historia viva», en Domingo Miras, *Las
alumbradas de la Encarnación Benita,* Madrid, La Avispa, 1985, pág. 7.
[25]   Domingo Miras, «Los dramaturgos frente a la interpretación tradicional de la historia», *Primer Acto,* 187, cit., pág. 23.
[26]   Vid. Mariano de Paco, «El "perspectivismo histórico" en el teatro de Buero Vallejo», en Mariano de Paco, ed., *Buero Vallejo. Cuarenta año de teatro,* Murcia, CajaMurcia, 1988, págs. 103-104.

TIEMPO HISTÓRICO Y DRAMA

EL SUEÑO DE LA RAZÓN se desarrolla en diciembre de 1823. Goya permanece recluido en su quinta, en las afueras de Madrid, y da término a sus *Pinturas negras*. En España se vive una época difícil y conflictiva; la llegada de los soldados franceses, a los que los realistas llamaron los Cien Mil Hijos de San Luis, pone fin cruento al trienio liberal. Cuando Fernando VII, que en Cádiz había prometido la reconciliación y el olvido, se halló libre y seguro, intensificó su anterior política de represión [27]. La ejecución de Riego fue la más notable de numerosas muertes, a las que acompañaron innumerables encarcelamientos y destituciones. El exilio fue el único camino para muchos. «Tranquilizado por la presencia de las tropas francesas, Fernando VII se entregó a una represión desenfrenada; las penas de prisión y de muerte se aplicaron por doquier a quienes eran acusados de delitos políticos tales como hablar bien de la Constitución o mal de la soberanía del Rey», ha escrito Tuñón de Lara [28]. A esta situación, rigurosamente histórica, como el estado de Goya en esos años, se incorporan en la obra acciones y elementos inventados con una finalidad y una función dramáticas [29].

La figura del rey, «aquella deformidad moral que se llamó Fernando VII» [30], podría hacer pensar, como a veces ha ocurrido, en una imagen negativa de carácter ge-

---

[27] Como resume Iris M. Zavala (*Masones, comuneros y carbonarios,* Madrid, Siglo XXI, 1971, pág. 11), «la historia política de España de principios del siglo XIX es una historia de destierros, represión y clandestinidad». Vid. Miguel Artola Gallego, *La España de Fernando VII,* tomo XXVI de la *Historia de España* dirigida por Ramón Menéndez Pidal, Madrid, Espasa Calpe, 1968, págs. 543 y sigs.

[28] Manuel Tuñón de Lara, Julio Valdeón Baruque, Antonio Domínguez Ortiz, *Historia de España,* Barcelona, Labor, 1991, pág. 382.

[29] Para los aspectos concretos del drama, vid. las notas que incluimos en el texto.

[30] Manuel Villalba Hervás, *Recuerdos de cinco lustros (1843-1868),* Madrid, La Guirnalda, 1896, pág. 5.

neral [31] o convertirse en una abstracta representación de la torpeza y la iniquidad. Buero ha soslayado esos peligros trazando a un individuo malvado que es, a su vez, víctima del temor y de sus propios rencores. Fernando VII vivió dominado por un doble miedo, puesto que al de los liberales y masones se añadía, en el extremo opuesto, el de los realistas más fanáticos, insatisfechos ante una represión que siempre les parecía suave en exceso. El miedo del rey y el miedo del pintor encuentran una excelente plasmación dramática en los latidos que se oyen en escena y que conectan en ella a los dos personajes. A este respecto es oportuno recordar unas palabras de Buero que tienen aquí muy ajustada aplicación: «Siempre he pensado que los problemas de la colectividad tienen que mostrarse a través de casos individuales muy concretos y, por lo tanto, los dolores, que pueden ser inicialmente incluso colectivos, tienen que singularizarse en dolores muy concretos y quizá, a veces, muy solitarios» [32].

La realidad que vive España en aquellos turbulentos años ha propiciado que la época y los personajes de Fernando VII o de Goya hayan pasado con frecuencia a los textos dramáticos. Desde aquellas piezas de exaltación patriótica escritas en el momento mismo de la guerra de la Independencia, como las de fray Juan José Aparicio (*El Rey de España en Bayona* y *Fernando VII, preso,* de 1808) [33], hasta las recientes visiones críticas y a veces es-

---

[31] Carlos Seco Serrano (Introducción a Miguel Artola Gallego, *La España de Fernando VII,* cit., pág. XXII) indica: «Mezquino e hipócrita, incapaz del sacrificio personal por una causa grande, Fernando VII se ha convertido en auténtico símbolo de la perfidia y de la bajeza. Por desgracia, el peculiar republicanismo de los españoles —incluso de los que no se tienen por republicanos— ha gustado de fundir en ese símbolo a la Monarquía entera, o, al menos, a la dinastía borbónica.» Vid. al respecto la «Nota al Programa» del estreno en Madrid de Buero.

[32] David Johnston, «Entrevista a Antonio Buero Vallejo», *Ínsula,* 516, diciembre de 1989, pág. 26.

[33] Vid. Francisco Javier Díez de Revenga y Mariano de Paco, *Historia de la literatura murciana,* Murcia, Universidad-Academia Alfonso X el Sabio-Editora Regional, 1989, pág. 291.

perpénticas de José Martín Recuerda en *Las arrecogías del Beaterio de Santa María Egipcíaca* [34]; de los autores de *El Fernando,* «Crónica de un tiempo en que reinó S. M. Fernando VII, llamado el Deseado» [35]; de Manuel Pérez Casaux en *La familia de Carlos IV* [36]; de Juan Antonio Castro en *¡Viva la Pepa!* [37]; de Luis Balaguer en *Las cenizas del Príncipe;* y de Fermín Cabal en *Malandanza de don Juan Martín.* Años atrás (1956), Rafael Alberti recreó personajes y ambientes goyescos en *Noche de guerra en el Museo del Prado,* que posee también elementos pictóricos integrados en la acción, aunque de modo diferente al de la obra bueriana [38].

Buero Vallejo, que, como es conocido, tuvo una inicial vocación hacia la pintura, había hecho de Velázquez el protagonista de *Las Meninas.* EL SUEÑO DE LA RAZÓN, igual que aquélla, estaba ya «en embrión» en dibujos infantiles del autor. Un «dibujo curiosamente premonitorio», realizado cuando contaba quince años, «presenta a Goya ante su caballete, contemplando alrededor muchas de las visiones que configuran su mundo pictórico» [39]. La rela-

---

34   José Martín Recuerda, *Las salvajes en Puente San Gil. Las arrecogías del Beaterio de Santa María Egipcíaca,* edición de Francisco Ruiz Ramón, Madrid, Cátedra, 1977.

35   *El Fernando,* Espectáculo Colectivo del T.U. de Murcia, edición de César Oliva, Madrid, Campus, 1978.

36   Manuel Pérez Casaux, *La familia de Carlos IV, Yorick,* 61, diciembre 1973.

37   Juan Antonio Castro, *¡Viva la Pepa!,* Madrid, Preyson, 1985.

38   Rafael Alberti, *Noche de guerra en el Museo del Prado,* Introducción de Ricard Salvat, Madrid, Cuadernos para el Diálogo, 1975. Ricardo Doménech («Introducción al teatro de Rafael Alberti», *Cuadernos Hispanoamericanos,* 259, enero de 1972, pág. 106) afirma que esta obra «puede considerarse como precedente de *El sueño de la razón*», mientras que Pilar de la Puente Samaniego (*A. Buero Vallejo. Proceso a la historia de España,* Salamanca, Universidad, 1988, pág. 203) niega «cualquier concomitancia» entre estas obras. La relación, sin embargo, es visible por más de un motivo. Ciertos puntos de contacto se advierten igualmente en el «poema dramático» de José Camón Aznar *Goya* (Madrid, Espasa-Calpe, Austral, 1976), en el que cobran vida escénica personajes de sus pinturas y cuya acción transcurre por completo «en la conciencia de Goya».

39   Antonio Buero Vallejo, «Apunte autobiográfico», *Anthropos,* 79, diciembre de 1987, pág. 9. El dibujo se exhibió en las exposiciones realizadas en 1986 en el Teatro Español de Madrid (núm. 1 del catálogo,

ción entre estos dramas de Buero no se reduce a la condición de artistas plásticos de sus protagonistas. Velázquez, como Goya, está solo y no es comprendido; al igual que él, se identifica con su pintura y uno y otro son víctimas de la envidia y se ven obligados a una dolorosa elección, que ya hubo de realizar Esquilache. Pero, sobre todo, Velázquez, Goya y más tarde Larra son artistas, oprimidos por un poder despótico, que buscan la verdad y se comprometen con ella. Su condición de héroes trágicos no reside en una perfección absoluta, de la que evidentemente carecen, sino que deriva de su lucha por crear artísticamente la lúcida imagen de su tiempo y de su mundo, a pesar de las miserias y debilidades que los aquejan.

Goya se encuentra en el declinar de su existencia, sumido en una antigua sordera que transformó su vida [40], obsesionado por la decadencia de su fogosa virilidad y por su relación con Leocadia, aislado en su quinta y acorralado a causa de unas ideas liberales que son perseguidas con extremo rigor. Estos elementos diversos componen una situación en la que el miedo se apodera de él; un comple-

---

con el título «Sueño de la razón») y en 1987 en la Biblioteca Nacional (núm. 29, titulado «Prefiguración de *El sueño de la razón*»). La pintura está presente en varios dramas de Buero. Mauricio, personaje que, sin llegar a aparecer en escena, es central en la acción de *Madrugada,* es un famoso pintor. Pintores son Julio y su padre en *Llegada de los dioses.* El protagonista de *Diálogo secreto* es un crítico de arte y la pintura tiene gran importancia en este drama, como en algún momento de *La Fundación.*

[40]   Goya cayó gravemente enfermo en Sevilla, en el invierno de 1792-1793, cuando se dirigía a Cádiz, donde estuvo en casa de su amigo Sebastián Martínez. En una carta de éste a Martín Zapater (29 de marzo de 1793) le dice que el pintor mejora con lentitud: «El ruido en la cabeza y la sordera en nada han cedido, pero está mucho mejor de la vista y no tiene la turbación que tenía, que le hacía perder el equilibrio» (vid. Juan Antonio Vallejo-Nágera, *Locos egregios,* Barcelona, Planeta, 1990[7], págs. 153 y 163). Buero ha utilizado en la obra, con una función dramática y con mayor amplitud, estos *ruidos* de los que se tenía constancia.

Ortega y Gasset (*Goya,* Madrid, Espasa Calpe, Austral, 1963, páginas 70-71) cree que la sordera acentúa la contradicción que hay en Goya entre el mundo de la tradición y el de la «cultura» y lo recluye «en una soledad atormentada» en la que, sin embargo, crece su originalidad.

jo miedo que se manifiesta en distintos niveles [41]: personales, sociales, políticos y metafísicos [42]. No tiene este aspecto existencial menor importancia que los más visibles de sus dificultades para el entendimiento con su amante o para disfrutar de una vida tranquila sin el acoso del rey o de sus secuaces. En el poema «Pinturas negras» [43], en el que aparecen no pocas coincidencias con el drama, escribe Buero:

>Entretanto el viejo
>espera su muerte
>pensando un mañana
>purgado de insanias.

La muerte es, pues, una grave amenaza que se cierne sobre Goya, bien por la natural consunción del tiempo, bien por

---

[41] El del miedo es un sentimiento que tiene presencia en diversas obras buerianas *(El concierto de San Ovidio, El tragaluz, La detonación, Música cercana...)* y es fundamental en *Lázaro en el laberinto,* donde se convierte en obstáculo para el adecuado comportamiento del protagonista. Amparo afirma en esta obra: «Ese miedo engendra el egoísmo y la agresividad, que vuelven a engendrar el miedo... Y en ese infierno estamos», apreciación que nos hace pensar de inmediato en la actitud del rey.

[42] Buero ha indicado que «en principio, el terror es, en la obra, de tipo situacional: el terror político. Pero esto no excluye, sino que presupone la otra cara del terror, más oscura, el terror insondable. ¿Puede decirse que hay siempre en la constitución del ser humano un fondo de terror?» (Ángel Fernández-Santos, «Sobre *El sueño de la razón.* Una conversación con Antonio Buero Vallejo», *Primer Acto,* 117, febrero de 1970, pág. 20).

En varios de los *Disparates,* tan cercanos al ambiente de las *Pinturas negras,* predomina la idea de miedo, a veces muy inconcreto. Recordemos el número 2, titulado precisamente *Disparate de miedo;* el 3, *Disparate ridículo;* el 4, *Bobalicón;* o el 19, *Disparate conocido.*

[43] Antonio Buero Vallejo, *Pinturas negras,* texto para el monodrama musical «Schwarze Bilder», del compositor Tilo Medek, *El Urogallo,* 33, mayo-junio de 1975, págs. 6-8 (reproducido en Antonio Buero Vallejo, *Marginalia,* Madrid, Club Internacional del Libro, 1984, páginas 171-176). La primera audición tuvo lugar en la Galería Semper de Dresden, el 16 de noviembre de 1974, para la Voz de la D. D. R. Vid. Mariano de Paco, «*El sueño de la razón* y el poema *Pinturas negras*», *Montearabí,* 12, 1991, págs. 13-19.

la violencia de sus enemigos. Pero Goya no se queda quieto, paralizado por el miedo, ni responde, como el rey, al miedo con el crimen, sino que es capaz de reflejar en geniales pinturas el sombrío ambiente que lo envuelve:

> Y el anciano terco
> a quien dicen loco
> empuña pinceles
> de inmensa cordura
> y viaja, entre ahorcados,
> al refugio ardiente
> de una soledad
> que aguarda legiones [44].

La sordera de Goya y su posible locura [45] son empleadas por el autor en un mismo nivel simbólico. Una y otra constituyen privaciones de facultades físicas que, como es frecuente en el teatro bueriano, permiten una captación profunda de la realidad [46]. A sus limitaciones contesta el pintor superando la resignación o la acomodación, rebelándose por medio de actividad creadora [47]. Testigo excepcional de su época y de lo que en ella ocurre, se niega a abando-

---

[44]   Para Diego Angulo Iñíguez («El "Saturno" y las pinturas negras de Goya», *Archivo Español de Arte,* XXXV, 1962, pág. 177), «el hilo principal que liga los temas [de las pinturas] parece ser el de la muerte».

[45]   Vallejo-Nágera (*Locos egregios,* cit., págs. 158-162) no admite la locura de Goya como tal y cree que su enfermedad, más significativa «como acontecimiento, como tragedia» que como proceso patológico, produjo en él una crisis vivencial o existencial. La *locura* de Goya en el drama posee un sentido simbólico, como lo tenía la del Padre en *El tragaluz,* y es fuente de un «conocimiento poético». Es, por otra parte, Leocadia la que insiste en diversas ocasiones en la locura cierta del pintor, con lo que materializa su enfrentamiento ante su amante en estos momentos.

[46]   Vid. Mariano de Paco, «Procedimientos formales y simbólicos en el teatro de Buero Vallejo», en Cristóbal Cuevas García, dir., *El teatro de Buero Vallejo. Texto y espectáculo,* Barcelona, Anthropos, 1990, págs. 46-49.

[47]   Vid. Pedro Laín Entralgo, «La vida humana en el teatro de Buero Vallejo», en AA.VV., *Antonio Buero Vallejo. Premio Miguel de Cervantes [1986],* Madrid, 1987, pág. 23.

nar su patria y es conciencia clara en un «país de ciegos y de sordos», como en *Las Meninas* lo era Velázquez.

Desde este punto de vista hay que considerar sus *Pinturas negras,* que «retoca incansablemente» y que en el drama se van proyectando de acuerdo con la acción [48]. Coinciden los críticos en señalar que estas pinturas significan la culminación del arte de Goya y son muestra de sus mayores audacias técnicas; en ellas se introduce como nunca en el mundo de lo misterioso, de cuanto se sitúa más allá de la razón. Según Pierre Gassier, son «el último grito de espanto de un hombre ante el vacío del mundo y ante la muerte» [49]; y Gaspar Gómez de la Serna indicó que «todo ese submundo goyesco, desgarradamente perturbador y dramático, esa pesadilla, de donde nace es precisamente de la frustración histórica del hombre, de su incapacidad de convivir, de sus terrores y errores colectivos; de la colisión de la masa ciega y de la minoría dirigente contra el muro invencible que erige el hombre contra sí mismo con la ignorancia, la codicia, la tiranía, el resentimiento, el egoísmo, el libertinaje, la brutalidad»; son la consecuencia y la manifestación de la pérdida «de la fe en el hombre como sujeto creador de la historia» [50]. Una visión coincidente con estas apreciaciones es la que el pintor exterioriza en varios momentos de la obra, perdido y solo ante un mundo que no comprende, en «un país al borde de un sepulcro... cuya razón sueña...».

EL SUEÑO DE LA RAZÓN, título del drama [51], es parte de

---

[48]   Vid. John Dowling, «Buero Vallejo's Interpretation of Goya's "Black Paintings"», *Hispania,* LVI, 2, mayo de 1973, págs. 449-457.

[49]   Pierre Gassier, *Goya, testigo de su tiempo,* Madrid, Ediciones de Arte y Bibliofilia, 1984, pág. 213.

[50]   Gaspar Gómez de la Serna, *Goya y su España,* Madrid, Alianza, 1969, pág. 252.

[51]   Cipriano Rivas Cherif es autor de *Un sueño de la razón,* estrenado por «El Caracol» en 1929. Esta obra, que, salvo el título, nada tiene que ver con la de Buero, es un «drama único en forma de trío, sobre un tema de Goya. Primera parte de una trilogía satírica» en la que se utiliza la contraposición de la frase goyesca (sueño de la razón-monstruos), se establece una relación con el mundo de los autos calde-

la inscripción del Capricho 43 («El sueño de la razón produce monstruos») [52]. Edith Helman ha interpretado así ese lema: «Afirma la creencia del autor en lo absurdo como realidad esencial de la experiencia humana. Frente al cosmos ordenado supuesto por los racionalistas ilustrados, contrapone el caos irreductible al orden que él ha experimentado inmediata y directamente. En la crisis de su enfermedad descubre el abismo insalvable que existe fatalmente entre la razón y la experiencia humanas, lo cual le lleva a la conclusión de que lo absurdo o lo caprichoso es auténticamente humano» [53]. Desde la misma denominación de la obra de Buero, como sucede con la de Goya, posee acusada importancia la ambigüedad. Los monstruos

---

ronianos y se plantean sentimientos y actitudes extraños de modo más literario que teatral. El texto se ha publicado en el núm. 42 de *Cuadernos El Público,* diciembre de 1989, *Cipriano de Rivas Cherif. Retrato de una utopía,* págs. 63-99.

[52]   Acerca de este Capricho y de sus versiones anteriores, destinadas inicialmente a frontispicio de la serie, vid. AA.VV., *Goya y el espíritu de la Ilustración,* Madrid, Museo del Prado, 1988, págs. 227-232. Edith Helman (*Trasmundo de Goya,* Madrid, Revista de Occidente, 1963, pág. 182) afirma que los escritores del XVIII (Feijoo, Cadalso, Iriarte, Moratín, Jovellanos) describen costumbres mágicas y portentos de brujas «porque les fascinan a ellos y a sus lectores y proporcionan al mismo tiempo libre vuelo a la fantasía del poeta y a la crítica satírica del moralista». Vid. también «Moratín hijo y Goya: sobre duendes y brujas», en *Jovellanos y Goya,* Madrid, Taurus, 1970, págs. 157-181. Luis Felipe Vivanco advierte una relación directa entre el *Auto de Fe celebrado en Logroño en 1610,* editado por Moratín, y los *Caprichos* de Goya, que, en su opinión, constituyen la más notable muestra española de la «Ilustración mágica» («Moratín y las brujas», en *Moratín y la Ilustración mágica,* Madrid, Taurus, 1972, págs. 177-216).

[53]   Edith Helman, *Los «Caprichos» de Goya,* Estella, Salvat-Alianza, 1971, pág. 113. Buero Vallejo ha precisado que si «el sueño de la razón» aparece en los *Caprichos* como preocupación filosófica, más tarde manifiesta la insuficiencia de la explicación racionalista del mundo. Goya «abre la puerta a lo enigmático. Abandona entonces las pretensiones de pintor filósofo y retoma el camino de la pintura pura. En este sentido, las ''pinturas negras'', sin pie ni explicación, son más significativas aún que los ''Caprichos'': expresan más hondamente los sueños de la razón» (Ángel Fernández-Santos, «Sobre *El sueño de la razón*», cit., pág. 22).

que engendra la razón cuando duerme tienen el peligro
de la mentirosa deformación de la realidad, a la que a veces
cede el anciano pintor; pero al mismo tiempo expresan las
más hondas posibilidades del arte, las vías no racionales
de conocimiento. Las alucinaciones de Goya, la exterio-
rización de sus sentimientos y sensaciones, la percepción
de la realidad que el espectador tiene con él durante la
mayor parte del drama, rompen igualmente la separación
entre sucesos reales y ficticios, entre la supuesta objetivi-
dad y el mundo subjetivo [54]. Esa ambivalencia es también
síntesis de elementos en apariencia contrapuestos; como
Buero manifestaba al finalizar el discurso de recepción del
Premio Cervantes, «si tornamos la vista hacia nuestros
mayores maestros, en ellos volveremos a advertir cómo
supieron sumergirse en las vivas aguas de la imaginación
creadora sin dar la espalda a los conflictos que nos atena-
zan y de los que también debemos ser resonadores» [55].

Significación dramática
y construcción teatral

El sueño de la razón es un drama de extraordinaria
perfección técnica, obtenida con escaso número de espa-
cios y personajes. Hasta tal punto es así que algún crítico
ha señalado que sus efectos podían producir «la impresión,

---

[54] La relación de Goya con Leocadia en *El sueño de la razón* está
impregnada de ambigüedad y entre ellos se establece un constante juego
de atracción-rechazo. Buero señala que «la doble actitud de Goya respecto de la mujer nos remite a una cuestión psicoanalítica, a la dupli-
cidad inherente a la *imago* materna: la mujer como fuente de sosiego y
como fuente de inquietud. La mujer hada y la mujer bruja. Mariquita
y Asmodea. Y la persistencia de tales vivencias contradictorias en un
alma atormentada como la de Goya puede contribuir a su destrucción»
(Ángel Fernández-Santos, «Sobre *El sueño de la razón*», cit., pág. 23).
[55] «Dicurso de Antonio Buero Vallejo en la entrega del Premio Cervantes 1986», en AA.VV., *Antonio Buero Vallejo. Premio «Miguel de
Cervantes» 1986,* Barcelona, Anthropos-Ministerio de Cultura, 1987,
pág. 44.

decididamente falsa, de que la fuerza de la obra depende de ellos exclusivamente»[56]. Hay que tener en cuenta, sin embargo, que si la pieza posee una excelente construcción formal, se refiere con singular hondura, como hemos podido ver, a problemas fundamentales del ser humano y a su proyección histórica y concreta; no creemos, por ello, que este texto sea «un simple guión para la creación del espectáculo»[57], aunque su alcance espectacular destaca inmediatamente. Buero ha conseguido una buena muestra del «teatro integrador»[58] que busca desde los comienzos, puesto que los más importantes logros de EL SUEÑO DE LA RAZÓN son producto de la evolución de la obra de su autor.

El más notable de todos es el de la coincidencia del espectador con Goya en la sordera de éste. Cualquier sonido que en escena se produce estando el pintor presente es inaudible también para el público, que percibe, por el contrario, las voces y sonidos que Goya cree oír; cuando éste imagina o sueña, el espectador lo advierte igualmente. Cabe recordar a este respecto experimentaciones anteriores de Buero que, sin llegar a la elaboración que ésta posee, han de ser consideradas como antecedentes: el apagón del tercer acto de *En la ardiente oscuridad,* en el que escenario y sala quedan sumidos en tiniebla; la escena sin luz de *El concierto de San Ovidio,* en la que David da muerte a Valindin; o el final del primer acto de *Hoy es fiesta,* cuando Pilar tapa los oídos a su marido diciéndo-

---

[56]   John W. Kronik, «Buero Vallejo y su sueño de la razón», *El Urogallo,* 5-6, octubre-diciembre de 1970. Reproducido en Mariano de Paco, ed., *Estudios sobre Buero Vallejo,* Murcia, Universidad, 1984. Cita en págs. 260-261.

[57]   Luis Iglesias Feijoo, *La trayectoria dramática de Antonio Buero Vallejo,* Santiago de Compostela, Universidad, 1982, pág. 397. Vid. también David Ladra, «Por una "modificación fantástica" de Buero Vallejo», *Primer Acto,* 120, mayo de 1970, pág. 69.

[58]   Amando Carlos Isasi Angulo, *Diálogos del Teatro Español de la Postguerra,* cit., pág. 52. Vid. Francisco Ruiz Ramón, «Teatralidad y espectáculo en la obra de Buero Vallejo», en Cristóbal Cuevas García, dir., *El teatro de Buero Vallejo. Texto y espectáculo,* cit., págs. 121 y sigs.

le: «¡Es un capricho! Sordo por un minuto, como yo.»
En EL SUEÑO DE LA RAZÓN, el público, sordo como Goya,
ve parte de los sucesos representados desde su mente o su
conciencia, como sucede después con Julio *(Llegada de
los dioses),* Tomás *(La Fundación)* o Larra *(La detonación)* y, aunque de modo menos acusado, con Juan Luis
Palacios *(Jueces en la noche),* Rosa *(Caimán),* Fabio *(Diálogo secreto),* Lázaro *(Lázaro en el laberinto)* y Alfredo
(Música cercana).

No existe, sin embargo, una identificación total entre
el espectador y Goya [59]. En primer lugar porque, es evidente, el público asiste a la totalidad de la acción, esté o
no el pintor en escena, por lo que las conversaciones de
Leocadia con Arrieta y Duaso y las de éstos entre sí le ofre-
cen otra información [60]. La pluralidad de perspectivas se
completa con las dos escenas en las que el rey interviene,
al iniciarse cada una de las partes. A primera vista estos
momentos, cuya función parece primordialmente narra-
tiva, podrían suprimirse sin que la acción se resintiese por
ello, y así ocurrió con el segundo en el estreno madrileño.
Pero son muy necesarios dentro de la configuración del
drama, puesto que facilitan otro punto de vista; princi-
palmente lo es el que da comienzo a la obra, que permite
conocer el pensamiento del rey sobre Goya; las intrigas
y propósitos de Calomarde; la situación objetiva de persecuciones y de represión (sintetizadas en el recuerdo de
la muerte de Riego) y del pintor «escondido» en su quinta; la existencia de la carta interceptada, que desencade-
na las acciones concretas de la pieza; el miedo de Fernando VII, manifestado por medio de distintos signos
dramatúrgicos; la realidad de un bordado-soga cuyos

---

[59] Pueden verse al respecto las consideraciones de uno de los más
recientes directores de *El sueño de la razón,* Antonio Tordera, «Crónica y lectura escénica de *El sueño de la razón*», en Mariano de Paco, ed.,
Buero Vallejo. Cuarenta años de teatro, cit., págs. 74-77.
[60] Vid. las interesantes apreciaciones de Eduardo Queizán acerca de
Duaso y Arrieta («Si amanece, nos vamos», *Primer Acto,* 117, febrero
de 1970, págs. 13-15).

hilos, desde las dos entrevistas que se preparan, irán formando la misma urdimbre del drama hasta concluir, circularmente, en un bordado «perfecto»; la fusión, finalmente, del rey y de Goya por medio de los latidos y del catalejo con el que se observan en la distancia, creando la relación dialéctica de la presencia-ausencia de estos dos personajes, que, siempre enfrentados, nunca se encuentran directamente en un espacio común.

Cuando, tras esta escena, perfectamente medida en sus palabras, gestos y objetos, vemos a Goya mirando hacia palacio, mientras se proyecta el *Aquelarre,* estamos en condiciones de captar desde su mente otro esencial aspecto. El reducido tiempo del drama es concentración de un tiempo más extenso: el del reinado de Fernando VII, cuyo gobierno ha convertido a España en un país de delaciones y persecuciones, que el pintor plasma en las paredes de su casa desde 1819. Los Voluntarios Realistas empiezan el asedio físico con el retén situado en el puente y Leocadia, nexo entre ellos y Goya, hace patente su asedio psicológico en el sueño con Francia. Pero Goya afirma su decidido propósito de continuar pintando, dentro de su patria, la imagen de esa España humillada y dividida [61], a pesar de la amarga dificultad de la tarea. Pedro dice a Velázquez en *Las Meninas* unas palabras aplicables a un tiempo a Buero Vallejo [62] y a Goya: «¿Quién os dice que lo

---

[61]   Martha T. Halsey («Goya in the Theater: Buero Vallejo's *El sueño de la razón*», *Kentucky Romance Quarterly,* XVIII, 2, 1971, páginas 215-216) mencionó ya la relación de la obra con la guerra civil y la posguerra. Vid. también Pilar de la Puente Samaniego, *A. Buero Vallejo. Proceso a la historia de España,* cit., págs. 82-84. En *El sueño de la razón* se plantea, como en otras piezas buerianas, el tema del cainismo, mito que *españolizó* Unamuno (vid. Ricardo Doménech, *El teatro de Buero Vallejo,* Madrid, Gredos, 1973, págs. 277-279). Goya señala con nitidez esa tradicional y perniciosa división entre las dos Españas, que remite a distintos momentos de nuestra historia: «No somos españoles, sino demonios, y ellos, ángeles que luchan contra el infierno...»

[62]   Uno de los más apreciables elementos autobiográficos del drama es el de este empeño de permanecer en España en tiempos difíciles y de realizar en ella la labor creativa. De interés en este sentido es la «Premessa» de Ruggero Jacobbi a la edición italiana de *El sueño de la razón* (Roma, Bulzoni, 1971, traducción de María Luisa Aguirre d'Amico) y los fragmentos que se incluyen de una carta del autor (págs. 5-14 y 15-17).

toméis [el pintar] como un placer? También vos habéis pintado desde vuestro dolor y vuestra pintura muestra que aun en Palacio se puede abrir los ojos, si se quiere. Pintar es vuestro privilegio: no lo maldigáis. Sólo quien ve la belleza del mundo puede comprender lo intolerable de su dolor.»

Hay, pues, en Goya, junto a la fe en Asmodea y en los voladores [63], una fuerte voluntad que se irá debilitando a medida que su soledad se torna más angustiosa y se estrecha el cerco a su persona. A ello se unen los problemas morales que al pintor le plantea la actuación de quienes son sus correligionarios [64]. En la interpretación de esa culpabilidad general, que no excluye en modo alguno la concreta de cada persona en cada momento histórico, se configuran las diferentes actitudes éticas de Goya, de Arrieta y de Duaso y, de otra parte, las de Calomarde y Fernando VII. Los personajes, en cuyo análisis individual no vamos a entrar aquí, poseen una rica y matizada personalidad que evidencia la habilidad constructiva y la naturaleza dialéctica del pensamiento del dramaturgo.

El deseo de Goya de hacer su obra en España se expre-

---

[63]   Los voladores tienen una manifiesta relación con los visitantes de *Mito,* con cuyo protagonista, Eloy, guarda semejanzas Goya. En el poema «Pinturas negras» figuran estos versos:

> *Entre sus fantasmas*
> *sólo una esperanza:*
> *una bruja niña*
> *llamada Asmodea.*
> *Quizá sólo un sueño.*
>
> *Era capitana*
> *de los hombres-pájaros*
> *que sus viejos ojos*
> *vieron en las nubes.*

[64]   Vid. las notas 87 y 88 al texto. En la misma vida de Goya hay aspectos que parecen contradictorios o, al menos, de difícil conciliación, como determinadas actuaciones durante la invasión napoleónica. Vid., por ejemplo, José Manuel Pita Andrade, *Goya y su tiempo,* Madrid, Ministerio de Cultura, 1979, pág. 54.

sa plásticamente por medio de las *Pinturas negras,* que aparecen en escena y nos sumergen en el mundo del creador. Buero, que introdujo en la acción de *Las Meninas* el cuadro velazqueño y dará después al de *Las hilanderas* una precisa función dramática en *Diálogo secreto,* integra plenamente en la obra esas pinturas en las que Goya se liberaba de los monstruos que en él generó «el sueño de la razón»[65]. Las pinturas constituyen auténtica sustancia del drama, pero, al igual que Felipe IV y Juana Pacheco no entendían las de Velázquez, no son comprendidas por quienes las ven. Arrieta, Duaso y Leocadia se esfuerzan por alcanzar un misterioso sentido que se les escapa.

En EL SUEÑO DE LA RAZÓN no se pretenden imposibles explicaciones definitivas, sino que el autor nos aproxima intuitiva, plástica y dramáticamente a significados que el mismo Goya siente o propone y que se conectan con la evolución racional y vital que en la obra se condensa. Cuando decrece su esperanza y llega al convencimiento de que «los hombres son fieras» y de que está dando forma a «pinturas podridas»; cuando se cree no ya solo, sino muñeco en manos de las Parcas que ejecutan su destino y lo llevan a la muerte, encuentra en estos cuadros su miedo y su grandeza: «¡Yo lo preví! Ahí está»[66].

Mientras el pintor piensa que oye la llamada de los voladores, tiene lugar una alucinada escena en la que cobra vida teatral «el sueño de la razón». Goya dormita «en la misma postura que dio a su cuerpo en el aguafuerte famoso» y personajes sacados de sus pinturas y grabados lo insultan y atacan por sus ideas y silencian su voz (su capacidad de crear) con un grueso bozal. El rey, cons-

---

[65]   Vid. Francisco Javier Sánchez Cantón, *Goya y sus pinturas negras en la Quinta del Sordo,* Barcelona, Vergara, 1963, pág. 56.

[66]   Como Velázquez se interroga en *Las Meninas* por el misterio de la luz, Ignacio en *En la ardiente oscuridad* por el de la visión y el Padre en *El tragaluz* por el de la identidad del ser humano, Goya se pregunta en estos momentos por el sentido de la vida desde el «otro mundo» de su sordera.

tantemente alabado, «se digna bordar otra flor», compo-
niendo los últimos detalles de su labor, y Leocadia se va
a convertir en su Judit. Voces y gritos se han hecho irónicamente ensordecedores. Suenan de nuevo los mismos golpes (todo, igual que en *La detonación,* ha tenido lugar en
unos segundos), pero no son los voladores «llamando a
todas las puertas de Madrid», sino los Voluntarios que
Fernando ha enviado [67]. El sueño ha tenido un valor premonitorio y enlaza con la realidad externa, como en *Aventura en lo gris,* en *Las Meninas,* en *El tragaluz,* en *La doble
historia del doctor Valmy* o en *Mito.*

En este sueño culmina el intento de un «teatro total»
que se ha manifestado a lo largo del drama en el debilita-
miento de los límites entre el pensamiento y la realidad.
Ya en *Irene o el tesoro* (1954) quiso Buero «abarcar la realidad de una situación, de un problema o de unos personajes sin coger solamente aquella parte que la vida tiene
de conmensurable, de controlado, de lógico», sino que in-
cluye también «todo aquello que existe, que realmente existe, de inconmensurable, de incontrolado, de misterioso».
Es, pues, un modo de «aceptar la realidad en toda su ex-
tensión» [68]. En *El tragaluz* se configura una historia desde
el futuro uniendo pensamientos y acciones pasados. EL
SUEÑO DE LA RAZÓN engloba plenamente vigilia y sueño
creativo, distancia y participación, aspectos subjetivos y ob-
jetivos, racionales e intuitivos, plásticos y dramáticos, de
manera que en él accede el autor más que en ninguna otra
de sus obras a una dramaturgia integradora.

La llegada de los Voluntarios Realistas supone la irrup-
ción del espacio del poder real en el espacio privado de
su víctima y la definitiva humillación del pintor, conver-

---

[67]   Se desvanece así un antiguo y noble deseo de Goya: «Que un
día... bajen. ¡A acabar con Fernando VII y con todas las crueldades
del mundo! Acaso un día bajen como un ejército resplandeciente y llamen a todas las puertas. Con golpes tan atronadores... que yo mismo
los oiré. Golpes como tremendos martillazos.»

[68]   José María Deleyto, «Antonio Buero Vallejo, fabulista de este
siglo» (Entrevista), *El Español,* 316, 25 de diciembre de 1954, pág. 56.

tido en una de sus criaturas. La brutalidad que ejercen sobre él y sobre Leocadia conecta con el sueño anterior, que se refleja también ahora en el alboroto de voces y sonidos y en los títulos de *Caprichos* y *Desastres* que se escuchan. Las palabras de Calomarde sobre la «cristiana pedagogía» y la «dulzura del bordado» se tiñen de ironía trágica. Goya reconoce su vencimiento y sus propias miserias, representadas en la injusta actitud que ha tenido con Leocadia; el deseo de permanecer en su patria se derrumba y admite que Duaso pida al rey en su nombre permiso para salir de España [69]. El tiempo y Fernando VII lo han derrotado y ni siquiera los voladores lo consuelan, porque, «si vienen, ¿no nos apalearán como a perros?». Afirma entonces, con el rostro cercano al de su amante: «Nunca sabré.»

EL SUEÑO DE LA RAZÓN ha sido juzgado por algunos críticos como drama muy pesimista; poco abierto parece, en efecto, su final. No obstante, ciertos detalles sugieren al menos la ambigüedad. La acotación señala que «una extraña sonrisa le calma el rostro» a Goya cuando contempla finalmente sus pinturas. Leocadia tiene «una dolorosa y misteriosa mirada». En el último instante, el amenazador *Aquelarre,* que apareció al principio junto a Goya, se agiganta, pero entre tanto se repite una y otra vez la prometedora frase «¡Si amanece, nos vamos!». Exis-

---

[69]   Respecto a la marcha de Goya a Francia, Juan de la Encina (*Goya en zig-zag,* Madrid, Espasa Calpe, Austral, 1966, págs. 157-163) cree que se pueden conciliar la teoría que planteó su primer biógrafo (Matheron) y siguieron otros (que emigró por sus ideas liberales) y la que se señaló tras el hallazgo por Manuel Núñez Arenas de algunos documentos en París (sería Leocadia, según ellos, la que llevó tras de sí al pintor): «Nada se opone a que Goya se sintiera asqueado de la situación moral y política de su patria; que se le hiciera duramente cuesta arriba el ver el trato sañudo y sanguinario que recibían sus amigos —y en cierto modo— correligionarios; que no pudiera ya aguantar el hervor de su indignación... como tantos otros españoles del tiempo; que, en fin, aprovechó la huida de la Weiss, con quien se sentía unido íntimamente [...], para desligarse de su contacto obligatorio con la corte y buscar un clima moral más propicio.»

te, pues, un cierto equilibrio de signos dramatúrgicos que refuerzan la ambivalencia. Además de esta dudosa apertura para los personajes, puede haberla para los espectadores, que, tras caer el telón, han de comportarse de modo diferente, puesto que la acción catártica de la tragedia propicia «que el espectador medite las formas de evitar a tiempo los males que los personajes no acertaron a evitar»[70]. Por otra parte, al igual que ya se ha cumplido alguno de los deseos de Goya («Acaso volemos un día»), existe la posibilidad en un tiempo futuro de seres humanos purificados, como sucede en el mundo de *El tragaluz*. Los visitantes y los voladores siguen siendo una esperanza.

TRAGEDIA Y ESPERPENTO

En 1966, al celebrarse el centenario del nacimiento de Valle-Inclán, publica Buero Vallejo en el número de *Revista de Occidente* que lo conmemoraba el artículo «De rodillas, en pie, en el aire»[71], texto que en parte había expuesto, con el título «Valle-Inclán y el punto de vista del dramaturgo», en algunas conferencias en universidades norteamericanas ese mismo año. En él constataba el tardío arrepentimiento que se había producido en la sociedad española respecto al olvido del teatro de tan singular dramaturgo[72], pero mostraba también su temor de que

---

[70]   Antonio Buero Vallejo, «La juventud española ante la tragedia», *Yorick,* 12, febrero 1966, pág. 5.

[71]   Antonio Buero Vallejo, «De rodillas, en pie, en el aire. (Sobre el autor y sus personajes en el teatro de Valle-Inclán)», *Revista de Occidente,* 44-45, noviembre-diciembre de 1966, págs. 132-145. Reproducido en *Tres maestros ante el público,* cit., págs. 29-54.

[72]   Respecto a la recuperación de Valle aludida por Buero, recordemos que, después de la guerra civil, tras algunas representaciones de textos sin especial significación, se volvía a Valle-Inclán con la puesta en escena de *Los cuernos de don Friolera,* en 1959, por el Teatro Universitario de Madrid. No faltaron entonces quienes no estaban dispuestos a aceptar la dura sátira esperpéntica ni, por supuesto, a su autor (vid. Mariano de Paco, «Un episodio murciano del teatro español de posguerra»,

la consideración de *clásico* relegase al escritor «incómo-
do de otrora» a un elevado y distante lugar en el que se
le mantuviese como «gloria nacional» y «pacífico espectáculo de centenario». Dos años antes se había referido,
con ocasión de otra conmemoración, la de Unamuno, al
lugar que habría de ocupar Valle en nuestra escena, y lo
hacía, con su habitual ponderación, proponiendo el equilibrio con la concepción dramática de don Miguel:

> Sospecho que quizás el secreto del futuro reside, por
> lo que al teatro español se refiere, en la unión armónica,
> integradora, de las verdades que nos revela el teatro de
> Valle-Inclán con las verdades que nos reveló el de Una-
> muno. Porque Valle-Inclán fue y es el formidable revela-
> dor de lo que el hombre tiene de desdichada marioneta
> fantasmal, esperpéntica, sometida a unos hilos que la za-
> randean y deshumanizan. Pero Unamuno —y en nuestra
> edad masificada hay que recordarlo siempre— es quien
> nos revela, a través del teatro, la vuelta al hombre con-
> creto, a la singularidad y al dolor del hombre concreto [73].

Es preciso y muy conveniente, cree Buero, tener en cuenta el sentido desmitificador y satírico del esperpento
valleinclanesco; pero no lo es menos advertir que admite
el teatro otros modos de expresión capitales, como lo
son el de Unamuno o el de García Lorca, que propug-
na con intensidad la vuelta a la tragedia. Buero ha mos-
trado siempre gran admiración por Valle-Inclán y ha ca-

---

en *Homenaje al Profesor Juan Barceló Jiménez,* Murcia, Academia Alfonso X el Sabio, 1990, págs. 341-348). Poco después, se produjo la que
puede considerarse primera escenificación profesional de una obra de
Valle, la de José Tamayo, con su recién creada Compañía Lope de Vega,
en 1961, de *Divinas palabras.* A ésta siguieron otras de Teatros Univer-
sitarios y públicos (María Guerrero y Español) y, más tarde, en 1971,
la extraordinaria representación de *Luces de bohemia,* dirigida también
por Tamayo. Estaba ya próximo el discurso de ingreso en la Real Academia Española de Buero Vallejo: «García Lorca ante el esperpento»,
el 21 de mayo de 1972.
[73] «Antonio Buero Vallejo habla de Unamuno», *Primer Acto,* 58,
noviembre de 1964, pág. 21.

lificado al esperpento de «cumbre teatral del siglo XX y del teatro español de cualquier época», pero ha indicado igualmente que su bondad estriba precisamente en que no tiene carácter absoluto y que la teoría valleinclanesca del esperpento y la práctica dramática del mismo autor no son, por fortuna, plenamente coincidentes» [74], como tampoco se adaptaban del todo la teoría y la práctica brechtianas [75]. Valle consigue en sus textos que los esperpentos no queden reducidos a farsas ligeras, sino que culminen en auténticas versiones trágicas de la realidad.

Ha señalado Buero Vallejo en múltiples ocasiones su propósito de escribir un teatro de hondo sentido trágico, y en esa tragedia cabe una profunda crítica social que en el esperpento corre el peligro de malograrse, puesto que si los espectadores se sienten muy por encima de las marionetas que ven en el escenario, pueden llegar a creerse «pequeños dioses ante los monigotes de cualquier compadre Fidel». En los personajes de la tragedia, por el contrario, han de reconocerse y han de identificarse con sus problemas y limitaciones.

En el teatro deben fundirse distanciamiento crítico y participación afectiva. No puede la distancia irónica anular la identificación catártica, de ahí que, sin olvidar aquélla, ha de tenerse ésta siempre presente. «Desde los griegos —afirma Buero—, el teatro provoca emociones comunicativas y la identificación del espectador con la escena. Desde los griegos, el teatro suscita reflexiones críticas y el extrañamiento del espectador respecto de la escena. Preconizar una de las dos cosas es ver una sola cara de la dramaturgia... Pero las grandes obras ven siempre las dos, aunque se adscriban polémicamente a una de esas dos tendencias» [76]. Por ello, con voluntad de guardar el

---

[74]   Antonio Buero Vallejo, «García Lorca ante el esperpento», en *Tres maestros ante el público,* cit., págs. 115-120.
[75]   Vid. Antonio Buero Vallejo, «A propósito de Brecht», cit., pág. 1.
[76]   Antonio Buero Vallejo, «Sobre teatro», *Cuadernos de Ágora,* 79-82, mayo-agosto de 1963, págs. 13-14.

necesario equilibrio, nuestro autor ha atendido en ocasiones al modelo de Valle-Inclán en sus elementos esperpénticos y grotescos[77], que se han indicado, con mayor o menor profundidad, en distintas obras; desde la dudosa presencia en *La tejedora de sueños,* hasta la muy visible en *El concierto de San Ovidio,* sobre todo en la escena de la barraca de feria con la canción de los ciegos disfrazados, o la apuntada en *Las palabras en la arena*[78]. Particular significación posee al respecto *Llegada de los dioses,* escrita en 1971, al tiempo que el discurso de ingreso en la Academia; en ella, Julio, el protagonista ciego, imagina el mundo de sus padres, en una extraña caricatura, como una colección de muñecos «grotescos, embusteros y despreciables». Entre Verónica y Julio se produce en la primera parte un diálogo que remite, con toda evidencia, a los peligros que acechan a una visión distanciada y demiúrgica:

> VERÓNICA.—La risa y la sátira son duras, pero saludables... Algunos han sabido mirar de ese modo. Pocos, porque es una mirada difícil... Es la mirada del desengaño. Pero, de repente, todos los jovencitos bien alimentados se han puesto a mirar así.
> JULIO.—¡Es nuestra mirada!
> VERÓNICA.—Es una moda [...] Despreciando a los burgueses, ya no son burgueses; mirándolos como a gu-

---

[77]   El magisterio de Valle-Inclán se advierte en los textos de distintos dramaturgos, desde comienzos de la década de los sesenta, al igual que su presencia se va haciendo habitual en los escenarios. Alfonso Sastre, Lauro Olmo, Carlos Muñiz, José María Rodríguez Méndez, José Martín Recuerda, no pocos de los *nuevos autores,* Francisco Nieva o Domingo Miras incorporan, de múltiples y personales maneras, la herencia valleinclanesca.

[78]   Vid. Manuel Cifo González, «Desmitificación y esperpento en *La tejedora de sueños*», *Campus* (Universidad de Alicante), 11, primavera-verano de 1989, págs. 68-70; Hebe Pauliello de Chocholous, «El procedimiento grotesco en *El concierto de San Ovidio*», *Cuadernos de Filología* (Universidad Nacional de Cuyo), 3, 1969, págs. 149-153; Arie Vicente, «Convergencia y divergencia de lo esperpéntico y lo trágico en *Las palabras de la arena*», *Estreno,* XIII, 2, otoño de 1987, págs. 28-31.

sanos diminutos, ellos son bellos, altos y conscientes...
Dioses que, a falta de un Juez divino, juzgan entre risas
a esos insectos y les preparan su infierno [79].

En *El concierto de San Ovidio* Valentín Haüy supo mirar
a los ciegos como seres humanos, por encima de sus imágenes de fantoches y de su envilecida situación. En *Llegada de los dioses,* Verónica es la llamada a reprochar a Julio
su entrega a culpables «visiones degradantes».

Es en EL SUEÑO DE LA RAZÓN donde, como ha señalado Wilfried Floeck, se acerca más Buero «a la realización
práctica del esperpento según Valle Inclán» [80]. Había
afirmado éste que «el esperpentismo lo ha inventado
Goya», protagonista de la pieza bueriana. En ésta, Goya
contempla a veces el mundo como el demiurgo a sus títe-
res. Así sucede en la escena en la que observa la descom-
puesta riña entre su amante y su nuera, que él percibe,
animalizándolas, como un conjunto de cacareos y rebuznos que crecen en intensidad y ante la que «no sabe si espantarse o reír»; cuando describe a Arrieta *La romería
de San Isidro* («Más bichos. Rascan bandurrias, vociferan y creen que es música. Tampoco saben que están en
la tumba»); o a Leocadia, el *Aquelarre* («Los pinto con
sus fachas de brujos y de cabrones en sus aquelarres, que
ellos llaman fiestas el reino»). Su mirada es entonces la
del Valle lejano, desde el aire, y su perspectiva, la «de la
otra ribera». Pero la reacción de Goya frente a ese mundo
distorsionado no es siempre la misma, porque se sabe
miembro de él e incluso habitante de sus misteriosos cuadros. La ambigüedad de su comportamiento y de sus palabras procede de la conciencia simultánea de superio-

---

[79]   Antonio Buero Vallejo, *La tejedora de sueños. Llegada de los
dioses,* edición de Luis Iglesias Feijoo, Madrid, Cátedra, 1985, páginas 245-246. Vid. Mariano de Paco, «*Llegada de los dioses:* la tragedia de
la inautenticidad», *La Estafeta Literaria,* 493, 1 de junio de 1972, pág. 14.
[80]   Wilfried Floeck, «*El sueño de la razón* de Buero Vallejo como
réplica al esperpento de Valle Inclán», *Abalorio,* 14-15, primavera-verano
de 1987, pág. 77.

ridad creativa y humana miseria: «He vivido, he pintado... Tanto da. Cortarán el hilo y el brujo reirá viendo
el pingajo de carne que se llamó Goya. ¡Pero yo lo preví!
Ahí está.»

En el ataque de los Voluntarios Realistas «cae al suelo
como una pelota de trapo» y, cuando ellos se marchan,
Leocadia lo ve «como un gran fantoche grotesco».
Pero este fracaso exterior, unido a la degradación que
su cuerpo y su espíritu padecen, no le impide el reco-
nocimiento, que lo engrandece por su admisión de la
verdad: «¡Cuando ellos entraron yo no llegué a tiempo
a la escopeta porque no quise! ¡Porque no me atreví a
llegar a tiempo. Pura comedia!» En el instante supremo
de la derrota comprende y acepta su culpa, y sabe completar la pregunta «¿Qué han hecho de mí?» con esta
otra: «¿Qué he hecho yo de mí?» Entonces se quiebra,
aunque no desaparece, la esperanza de los voladores [81].
Podemos, por todo ello, considerar EL SUEÑO DE LA
RAZÓN como una tragedia con «su renovada asunción
de perfiles orgiásticos y esperpénticos», en la que Buero
Vallejo cree que está, si lo hay, el porvenir del arte dramático [82].

El armónico equilibrio entre los nuevos efectos teatra-
les, insertos en un proceso dramático coherente, y unos
contenidos trágicos hondamente expresados por medio de
aquéllos; entre la distancia histórica y la participación del
espectador en la acción a través del mundo interior de

---

[81]   Ricardo Doménech (*El teatro de Buero Vallejo,* cit., pág. 194) ha
escrito que «*El sueño de la razón* es un *esperpento* [...] a la manera como
Buero entiende el *esperpento:* desde una postura no demiúrgica, mirando *en pie* a sus personajes». Para Floeck («*El sueño de la razón* de Buero
Vallejo como réplica al esperpento de Valle Inclán», cit., pág. 79), «*El
sueño de la razón* representa ciertamente la unión más lograda entre el
drama existencialista de Unamuno y el esperpento de Valle Inclán».
[82]   Antonio Buero Vallejo, «Justificación» de *Tres maestros ante el
público,* cit., pág. 27.

Goya; entre la utilización escénica de las pinturas y de la palabra como cabal manifestación de las ideas y de los sentimientos del pintor hacen de EL SUEÑO DE LA RAZÓN una obra que es ejemplo del mejor teatro del gran dramaturgo Antonio Buero Vallejo.

MARIANO DE PACO.

ESTRENOS
DE *EL SUEÑO DE LA RAZÓN*

Madrid, 6 febrero 1970. Teatro Goya. Dir. José Osuna.

San Miniato (Italia), 25 agosto 1970. Dir. Paolo Giuranna.

Baia Mare (Rumanía), 19 octubre 1972. Teatrul Dramatic. Dir. Liviu Ciulei.

Rostock (RDA), 20 octubre 1973. Volkstheater. Dir. Hanns Amselm Perten.

Moscú (URSS), 25 diciembre 1973. Teatro de Arte Gorki. Dir. Oleg Efremov.

Budapest (Hungría), 9 mayo 1974. Teatro Vigszinhaz. Dir. Marton László.

Leningrado (URSS), 11 junio 1974. Teatro de Arte Gorki. Dir. Oleg Efremov.

Leipzig (RDA), 12 octubre 1974. Kellertheater. Dir. Karl Kayser.

Berlín (RFA), 10 noviembre 1974. Volkstheater. Dir. Hanns Amselm Perten.

Kiel (RFA), 19 noviembre 1975. Bühne der Landeshauptstadt. Dir. Dieter Reible.

Varsovia (Polonia), 16 marzo 1976. Teatr Na Woli. Dir. Andrzej Wajda.

Tokio (Japón), 6 noviembre 1977. Teatro Haiyû-Za. Grupo Nakama.

Göteborg (Suecia), 15 septiembre 1978. Stadsteatern. Dir. Mats Johansson.

Turun (Finlandia), 21 noviembre 1978. Kaupungintatteri. Dir. Tapio Parkkinen.
Brno (Checoslovaquia), 9 febrero 1979. Teatro Mahen.
Reykjavik (Islandia), febrero 1979. Pjódleikhú I-D Teater.
Helsinki (Finlandia), 7 abril 1979. Svenska Teater.
Sofía (Bulgaria), 15 febrero 1980. Teatro Salza y Smiaj.
Oslo (Noruega), 22 octubre 1981. Norske Teatret.
Odense (Dinamarca), 16 marzo 1982. Odense Teater. Dir. Knud Villy Jensen.
Spartanburg (EEUU), 14 abril 1983, Teatre Converse College.
Baltimore (EEUU), 3 enero 1984. Center Stage. Dir. Travis Preston.
Filadelfia (EEUU), 2 octubre 1986. Wilma Theater. Dir. Blanka Zizka.
Potenza (Italia), 26 mayo 1988. Piccolo Teatro Potenza. Dir. Mariano Paturzo y Antonio Tordera.
Houston (EEUU), 17 febrero 1989. Chocolate Bayou Theatre.
Valencia, 16 mayo 1991. Centre Dramàtic de lá Generalitat Valenciana. Dir. Antonio Tordera. (Representado en septiembre de 1994 en el Teatro María Guerrero de Madrid —C.D.N.— y en octubre siguiente en el Dramaten Teatern de Estocolmo.)
Londres (Gran Bretaña), 8 octubre 1991. Battersea Arts Centre. Loose Change Theatre Company. Dir. Tessa Schneideman.
Chicago (EEUU), 22 marzo 1994. Theatre Building. Bailiwick Repertory. Dir. Cecilie D. Keenan.

BIBLIOGRAFÍA

1. Ediciones en castellano de *El sueño de la razón*

Primer Acto, 117, febrero 1970.

Escelicer, Colección Teatro, 655, Madrid, 1970.

Espasa Calpe, Colección Austral, 1496, Madrid, 1970 (con *El tragaluz*).

En *Teatro Español 1969-1970,* Aguilar, Colección Literaria, Madrid, 1971.

The Center for Curriculum Development, Inc., Filadelfia, 1971. Edición e introducción de John C. Dowling.

Plaza & Janés, Barcelona, 1986. Edición e introducción de José García Templado.

Los Premios Cervantes de Literatura, Barcelona, Plaza & Janes, 1990.

En Teatro, Arte y Literatura, La Habana, 1991 (con *En la ardiente oscuridad, Las Meninas, El tragaluz, La doble historia del doctor Valmy, Caimán* y *Diálogo secreto*).

En *Obra Completa. I. Teatro,* Espasa Calpe, Clásicos Castellanos N.S., Madrid, 1994. Edición crítica de Luis Iglesias Feijoo y Mariano de Paco.

La obra ha sido traducida al italiano, al rumano, al alemán, al ruso, al húngaro, al polaco, al japonés, al sueco, al finlandés, al checo, al islandés, al búlgaro, al noruego, al danés, al inglés, al holandés y al flamenco.

2. Libros y estudios sobre el teatro de Buero Vallejo

AA.VV.: *Antonio Buero Vallejo. Premio Miguel de Cervantes [1986],* Madrid, Biblioteca Nacional, 1987, 86 págs.

AA.VV.: *Antonio Buero Vallejo. Premio Miguel de Cervantes 1986,* Barcelona, Anthropos-Ministerio de Cultura, 1987, 124 págs.

Anthropos, núm. 79, diciembre de 1987 (monográfico dedicado a Buero).

BEJEL, EMILIO: *Buero Vallejo: lo moral, lo social y lo metafísico,* Montevideo, Instituto de Estudios Superiores, 1972, 164 págs.

CORTINA, JOSÉ RAMÓN: *El arte dramático de Antonio Buero Vallejo,* Madrid, Gredos, 1969, 125 págs.

Cuadernos de Ágora, núms. 79-82, mayo-agosto de 1963 (monográfico dedicado a Buero).

Cuadernos El Público, núm. 13, abril de 1986 (monográfico: *Regreso a Buero Vallejo).*

CUEVAS GARCÍA, CRISTÓBAL, dir.: *El teatro de Buero Vallejo. Texto y espectáculo,* Barcelona, Anthropos, 1990, 398 págs.

DEVOTO, JUAN BAUTISTA: *Antonio Buero Vallejo. Un dramaturgo del moderno teatro español,* Ciudad Eva Perón (B.A.), Elite, 1954, 61 págs.

DOMÉNECH, RICARDO: *El teatro de Buero Vallejo,* Madrid, Gredos, 1993[2], 490 págs.

DOWD, CATHERINE ELIZABETH: *Realismo trascendente en cuatro tragedias sociales de Antonio Buero Vallejo,* Valencia, Estudios de Hispanófila, University of North Carolina, 1974, 157 págs.

Estreno, V, 1, primavera de 1979 (monográfico dedicado a Buero).

FUENTE, RICARDO DE LA, y GUTIÉRREZ, FABIÁN: *Cómo leer a Antonio Buero Vallejo,* Madrid-Gijón, Júcar, 1992, 144 págs.

GERONA LLAMAZARES, JOSÉ LUIS: *Discapacidades y minusvalías en la obra teatral de D. Antonio Buero Vallejo (Apuntes psicológicos y psicopatológicos sobre el arte dramático como método de exploración de la realidad humana),* Madrid, Universidad Complutense, 1991, 575 págs.

GONZÁLEZ-COBOS DÁVILA, CARMEN: *Antonio Buero Va-*

llejo: el hombre y su obra, Salamanca, Universidad, 1979, 227 págs.

GRIMM, REINHOLD: *Ein iberischer «Gegenentwurf»? Antonio Buero Vallejo, Brecht und das moderne Welttheater,* Kopenhagen-München, Wilhelm Fink, 1991, 90 págs.

HALSEY, MARTHA T.: *Antonio Buero Vallejo,* New York, Twayne, 1973, 178 págs.

— *From Dictatorship to Democracy: the recent plays of Buero Vallejo (From «La Fundación» to «Música cercana»),* Ottawa, Dovehouse Editions, 1994, 312 páginas.

IGLESIAS FEIJOO, LUIS: *La trayectoria dramática de Antonio Buero Vallejo,* Santiago de Compostela, Universidad, 1982, 540 págs.

IGLESIAS FEIJOO, LUIS, y PACO, MARIANO DE: Introducción a su edición crítica de Antonio Buero Vallejo, *Obra Completa,* Madrid, Espasa Calpe, Clásicos Castellanos, 1994, vol. I, págs. IX-CIX.

MATHÍAS, JULIO: *Buero Vallejo,* Madrid, EPESA, 1975, 191 págs.

MÜLLER, RAINER: *Antonio Buero Vallejo. Studien zum Spanischen Nachkriegstheater,* Köln, 1970, 226 págs.

NEWMAN, JEAN CROSS: *Conciencia, culpa y trauma en el teatro de Antonio Buero Vallejo,* Valencia, Albatros-Hispanófila, 1992, 195 págs.

NICHOLAS, ROBERT, L.: *The Tragic Stages of Antonio Buero Vallejo,* Valencia, Estudios de Hispanófila, University of North Carolina, 1972, 128 págs.

PACO, MARIANO DE, ed.: *Estudios sobre Buero Vallejo,* Murcia, Universidad, 1984, 377 págs.

— *Buero Vallejo (Cuarenta años de teatro),* Murcia, CajaMurcia, 1988, 138 págs.

— *De re bueriana (Sobre el autor y las obras),* Murcia, Universidad, 1994, 205 págs.

PAJÓN MECLOY, ENRIQUE: *Buero Vallejo y el antihéroe. Una crítica de la razón creadora,* Madrid, 1986, 671 págs.

PAJÓN MECLOY, ENRIQUE: *El teatro de A. Buero Vallejo: marginalidad e infinito,* Madrid, Fundamentos, Espiral Hispanoamericana, 1991, 127 págs.

PUENTE SAMANIEGO, PILAR DE LA: *A. Buero Vallejo. Proceso a la historia de España,* Salamanca, Universidad, 1988, 211 págs.

RICE, MARY: *Distancia e inmersión en el teatro de Buero Vallejo,* New York, Peter Lang, 1992, 112 págs.

RUGGERI MARCHETTI, MAGDA: *Il teatro di Antonio Buero Vallejo o il processo verso la verità,* Roma, Bulzoni, 1981, 184 págs.

RUPLE, JOELYN: *Antonio Buero Vallejo. The First Fifteen Years,* New York, Eliseo Torres & Sons, 1971, 190 págs.

SCHMIDHUBER, GUILLERMO: *Teatro e historia. Parangón entre Buero Vallejo y Usigli,* Monterrey, Gobierno del Estado de Nuevo León, 1992, 85 págs.

VERDÚ DE GREGORIO, JOAQUÍN: *La luz y la oscuridad en el teatro de Buero Vallejo,* Barcelona, Ariel, 1977, 274 págs.

3. Libros y estudios que incluyen a Buero Vallejo

AMORÓS, ANDRÉS; MAYORAL, MARINA, y NIEVA, FRANCISCO: *Análisis de cinco comedias (Teatro español de la postguerra),* Madrid, Castalia, 1977 (Buero, páginas 96-137).

ARAGONÉS, JUAN EMILIO: *Teatro español de posguerra,* Madrid, Publicaciones Españolas, 1971 (Buero, páginas 19-25).

BARRERO PÉREZ, ÓSCAR: *Historia de la literatura española contemporánea (1939-1990),* Madrid, Istmo, 1992 *(pássim).*

BOREL, JEAN-PAUL: *El teatro de lo imposible,* Madrid, Guadarrama, 1966 (Buero, págs. 225-278).

EDWARDS, GWYNNE: *Dramaturgos en perspectiva. Teatro español del siglo XX,* Madrid, Gredos, 1989 (Buero, págs. 245-308).

ELIZALDE, IGNACIO: *Temas y tendencias del teatro actual,* Madrid, Cupsa, 1977 (Buero, págs. 166-207).

FERRERAS, JUAN IGNACIO: *El teatro en el siglo XX (desde 1939),* Madrid, Taurus, 1988 (Buero, págs. 60-64 y 110-113).

FLOECK, WILFRIED, ed.: *Spanisches Theater im 20. Jahrhundert. Gestalten und Tendenzen,* Tübingen, Francke, 1990 (Buero, págs. 155-178).

FORYS, MARSHA: *Antonio Buero Vallejo and Alfonso Sastre. An Annotated Bibliography,* Metuchen, N.J., & London, The Scarecrow Press, Inc., 1988 (págs. 3-150).

GARCÍA LORENZO, LUCIANO: *Documentos sobre el teatro español contemporáneo,* Madrid, S.G.E.L., 1981 (Buero, págs. 115-126 y 404-405).

— *El teatro español hoy,* Barcelona, Planeta-Editora Nacional, 1975 (Buero, págs. 120-131).

GARCÍA PAVÓN, FRANCISCO: *El teatro social en España (1895-1962),* Madrid, Taurus, 1962 (Buero, paginas 134-145).

GARCÍA TEMPLADO, JOSÉ: *Literatura de la postguerra: el teatro,* Madrid, Cincel, 1981 (Buero, págs. 39-49).

GIULIANO, WILLIAM: *Buero Vallejo, Sastre y el teatro de su tiempo,* New York, Las Américas, 1971 (Buero, págs. 75-162).

GUERRERO ZAMORA, JUAN: *Historia del teatro contemporáneo,* Barcelona, Juan Flors, 1967 (Buero, vol. IV, págs. 79-92).

HALSEY, MARTHA T., y ZATLIN, PHYLLIS: *The Contemporary Spanish Theater,* New York, University Press of America, 1988 (Buero, págs. 25-43 y 93-98).

HOLT, MARION P.: *The Contemporary Spanish Theater (1949-1972),* Boston, Twayne, 1975 (Buero, págs. 110-128).

HUERTA CALVO, JAVIER: *El teatro en el siglo XX,* Madrid, Playor, 1985 (Buero, págs. 28-29 y 78-79).

ISASI ANGULO, AMANDO CARLOS: *Diálogos del Teatro Español de la Postguerra,* Madrid, Ayuso, 1974 (Buero, págs. 45-81).

MARQUERÍE, ALFREDO: *Veinte años de teatro en España,* Madrid, Editora Nacional, 1959 (Buero, paginas 177-187).

MEDINA, MIGUEL ÁNGEL: *El teatro español en el banquillo,* Valencia, Fernando Torres, 1976 (Buero, paginas 49-56).

MOLERO MANGLANO, LUIS: *Teatro español contemporáneo,* Madrid, Editora Nacional, 1974 (Buero, páginas 80-97).

NEUSCHÄFER, HANS-JÖRG: *Adiós a la España eterna. La dialéctica de la censura. Novela, teatro y cine bajo el franquismo,* Barcelona, Anthropos, 1994 (páginas 139-168).

NICHOLAS, ROBERT L.: *El sainete serio,* Murcia, Universidad, Cuadernos de la Cátedra de Teatro, 1992 (Buero, págs. 31-47).

OLIVA, CÉSAR: *El teatro desde 1936,* Madrid, Alhambra, 1989 (Buero, págs. 233-262).

PÉREZ MINIK, DOMINGO: *Teatro europeo contemporáneo,* Madrid, Guadarrama, 1961 (Buero, págs. 381-395).

PÉREZ-STANSFIELD, MARÍA PILAR: *Direcciones de Teatro Español de Posguerra: Ruptura con el Teatro Burgués y Radicalismo Contestatario,* Madrid, José Porrúa Turanzas, 1983 (Buero, *pássim).*

RAGUÉ ARIAS, MARÍA JOSÉ: *Lo que fue Troya. Los mitos griegos en el teatro español actual,* Madrid, Asociación de Autores de Teatro [1992] (págs. 29-35).

RODRÍGUEZ ALCALDE, LEOPOLDO: *Teatro español contemporáneo,* Madrid, EPESA, 1973 (Buero, paginas 182-187).

RUGGERI MARCHETTI, MAGDA: *Studi sul teatro spagnolo del novecento,* Bologna, Pitagora, 1993 (págs. 93-178).

RUIZ RAMÓN, FRANCISCO: *Estudios de teatro español clásico y contemporáneo,* Madrid, Fundación Juan March/Cátedra, 1978 (Buero, págs. 176-183, 198-203 y 222-226).

RUIZ RAMÓN, FRANCISCO: *Historia del teatro español. Siglo XX,* Madrid, Cátedra, 1981⁵ (Buero, págs. 337-384).

— *Celebración y catarsis (Leer el teatro español),* Murcia, Universidad, Cuadernos de la Cátedra de Teatro, 1988 (Buero, págs. 167-174 y 188-194).

SALVAT, RICARD: *El teatre contemporani,* Barcelona, Edicions 62, 1966 (Buero, vol. II, págs. 227-231).

SORDO, ENRIQUE: «El teatro español desde 1936 hasta 1966», en Guillermo Díaz-Plaja, dir.: *Historia general de las literaturas hispánicas,* vol. VI, Barcelona, Vergara, 1968 (Buero, págs. 781-787).

TORRENTE BALLESTER, GONZALO: *Teatro español contemporáneo,* Madrid, Guadarrama, 1968² (Buero, págs. 390-400 y 588-595).

URBANO, VICTORIA: *El teatro español y sus directrices contemporáneas,* Madrid, Editora Nacional, 1972 (Buero, págs. 195-210).

VALBUENA PRAT, ÁNGEL: *Historia del teatro español,* Barcelona, Noguer, 1956 (Buero, págs. 659-663).

4. **Artículos sobre *El sueño de la razón***

ASHWORTH, PETER P.: «Silence and Self-Portraits: the Artist as Young Girl, Old Man and Scapegoat in *El espíritu de la colmena* and *El sueño de la razón»,* *Estreno,* XII, 2, otoño 1986, págs. 66-71.

BROWN, KENNETH: «The Significance of Insanity in four Plays by Antonio Buero Vallejo», *Revista de Estudios Hispánicos,* VIII, 1974, págs. 247-260.

CASA, FRANK P.: «The Darkening Vision: the Latter Plays of Buero Vallejo», *Estreno,* V, 1, primavera 1979, págs. 30-33.

DOMÉNECH, RICARDO: «Notas sobre *El sueño de la razón»,* *Primer Acto,* 117, febrero 1970, págs. 6-11.

DOWLING, JOHN: «Buero Vallejo's Interpretation of Goya's "Black Paintings"», *Hispania,* LVI, 2, mayo 1973, págs. 449-457.

FLOECK, WILFRIED: «*El sueño de la razón* de Buero Vallejo como réplica al esperpento de Valle Inclán», *Abalorio,* 14-15, primavera-verano 1987, págs. 76-83.

JOHNSTON, DAVID: «Posibles paralelos entre la obra de Unamuno y el teatro "histórico" de Buero Vallejo», *Cuadernos Hispanoamericanos,* 386, agosto 1982, páginas 340-364.

HALSEY, MARTHA T.: «Goya in the Theater: Buero Vallejo's *El sueño de la razón*», *Kentucky Romance Quarterly,* XVIII, 2, 1971, págs. 207-221.

KRONIK, JOHN W.: «Buero Vallejo y su sueño de la razón», *El Urogallo,* 5-6, octubre-diciembre 1970, páginas 151-156. Reproducido en Mariano de Paco, ed.: *Estudios sobre Buero Vallejo,* Murcia, Universidad, 1984, págs. 253-261.

LADRA, DAVID: «Por una "modificación fantástica" de Buero Vallejo», *Primer Acto,* 120, mayo 1970, paginas 69-71.

NICHOLAS, ROBERT L.: «History as Image and Sound: three Plays of Antonio Buero Vallejo», *Estreno,* XIV, 1, primavera 1988, págs. 13-17.

OSUNA, JOSÉ: «Mi colaboración con Buero», en Mariano de Paco, ed.: *Buero Vallejo (Cuarenta años de teatro),* Murcia, CajaMurcia, 1988, págs. 55-59.

PACO, MARIANO DE: *«El sueño de la razón* y el poema *Pinturas negras*», *Montearabí,* 12, 1991, págs. 13-19.

QUEIZÁN, EDUARDO: «Si amanece, nos vamos», *Primer Acto,* 117, febrero 1970, págs. 12-17.

ROTERT, RICHARD W.: «Monster in the Mirror», *Estreno,* XVII, 2, otoño 1991, págs. 39-42.

RUIZ RAMÓN, FRANCISCO: «De *El sueño de la razón* a *La detonación* (Breve meditación sobre el posibilismo)», *Estreno,* V, 1, primavera 1979, págs. 7-8. Reproducido en Mariano de Paco, ed.: *Estudios sobre Buero Vallejo,* Murcia, Universidad, 1984, páginas 327-331.

TORDERA, ANTONIO: «Crónica y lectura escénica de *El sueño de la razón*», en Mariano de Paco, ed.: *Buero*

Vallejo (Cuarenta años de teatro), Murcia, CajaMurcia, 1988, págs. 65-77.

WEIMER, CHRISTOPHER: «Logocentrism in crisis: Buero Vallejos's *El sueño de la razón* as post-structuralist text», *Estreno,* XX, 2, otoño 1994, págs. 29-32.

5. **Críticas, reportajes y entrevistas sobre el estreno en España de** *El sueño de la razón*

AA.VV.: «Buero, en el banquillo», *ABC,* 29 marzo 1970, págs. huecograbado.

ARAGONÉS, JUAN EMILIO: «Goya, pintor, baturro y liberal», *La Estafeta Literaria,* 438, 15 febrero 1970, págs. 36-37.

BAQUERO, ARCADIO: «Don Francisco de Goya en un escenario de Madrid», *La Actualidad Española,* 12 febrero 1970, págs. 74-75.

BILBATÚA, MIGUEL: *«El sueño de la razón»,* *Cuadernos para el Diálogo,* 78, marzo 1970, pág. 51.

CLAVER, JOSÉ MARÍA: «No es miedo, es tristeza», *Ya,* 8 febrero 1970, pág. 41.

DÍEZ-CRESPO, M[ANUEL]: *«El sueño de la razón»,* *El Alcázar,* 7 febrero 1970, pág. 21.

FERNÁNDEZ-SANTOS, ÁNGEL: «Sobre *El sueño de la razón.* Una conversación con Antonio Buero Vallejo», *Primer Acto,* 117, febrero 1970, págs. 18-27.

— *«El sueño de la razón* de Antonio Buero Vallejo», *Ínsula,* 280, marzo 1970, pág. 15.

GALINDO, FEDERICO: *«El sueño de la razón* en el Reina Victoria. Explicación de las ''Pinturas Negras'' de Goya», *Dígame,* 10 febrero 1970, pág. 38.

GARCÍA ESPINA, GABRIEL: «Goya y sus sueños», *Hoja del lunes de Madrid,* 9 febrero 1970, pág. 5.

GÓMEZ PICAZO, ELÍAS: «Reina Victoria: Estreno de *El sueño de la razón,* de Buero Vallejo», *Madrid,* 7 febrero 1970, pág. 17.

GUEREÑA, JACINTO LUIS: «Goya en Buero Vallejo», *Imagen,* 27 noviembre-4 diciembre 1971, págs. 14-15.

JUANES, JOSÉ DE: «Estreno de *El sueño de la razón,* de Buero Vallejo, en el Reina Victoria», *Arriba,* 8 febrero 1970, pág. 29.

LABORDA, ÁNGEL: «El estreno de hoy», *ABC,* 6 febrero 1970, págs. 71-72.

LAÍN ENTRALGO, PEDRO: «La vigilia de la razón», I y II, *Gaceta Ilustrada,* 22 febrero 1970, pág. 8, y 1 marzo 1970, pág. 8.

LÓPEZ SANCHO, LORENZO: «*El sueño de la razón,* de Buero Vallejo, en el Reina Victoria», *ABC,* 8 febrero 1970, págs. 63-64.

LLOVET, ENRIQUE: «*El sueño de la razón,* de Buero Vallejo», *Informaciones,* 7 febrero 1970, pág. 31.

MARQUERÍE, ALFREDO: «Estreno de *El sueño de la razón,* en el Reina Victoria», *Pueblo,* 7 febrero 1970, pág. 19.

MARTÍNEZ RUIZ, FLORENCIO: «Buero Vallejo o *El sueño de la razón*», *Razón y Fe,* 868, mayo 1970, págs. 464-468.

MOLLÁ, JUAN: «El mundo interior de Goya», *El Ciervo,* 194, abril 1970, pág. 17.

MONLEÓN, JOSÉ: «*El sueño de la razón,* de Buero Vallejo», *Triunfo,* 21 febrero 1970, págs. 46-47.

NÚÑEZ LADEVEZE, LUIS: «*El sueño de la razón,* de Buero Vallejo», *Nuevo Diario,* 8 febrero 1970, págs. 21-22.

PÉREZ DE OLAGUER, GONZALO: «*El sueño de la razón,* de A. Buero Vallejo», *Yorick,* 38, febrero-marzo 1970, pág. 74.

POZO, RAÚL DEL: «Buero-Goya: se alza el telón», *Pueblo,* 24 enero 1970, pág. 20.

QUEIZÁN, EDUARDO: «Buero, en San Miniato», *Primer Acto,* 126-127, noviembre-diciembre 1970, pág. 7.

REY, EMILIO: «*El sueño de la razón,* última obra de Buero Vallejo, se representará íntegra», *Ya,* 4 enero 1970, págs. huecograbado.

SEGURA, FLORENCIO: «*El sueño de la razón*», *Reseña,* 33, marzo 1970, págs. 167-169.

VALENCIA, [ANTONIO]: «Estreno de *El sueño de la razón,* en el Reina Victoria», *Marca,* 8 febrero 1970, pág. 17.

EL SUEÑO DE LA RAZÓN

FANTASÍA EN DOS PARTES

Francisco de Goya, «El sueño de la razón produce monstruos»
(grabado de la serie *Los Caprichos,* núm. 43, 1799)

Esta obra se estrenó el 6 de febrero de 1970,
en el teatro Reina Victoria, de Madrid

REPARTO

DON FRANCISCO TADEO CALOMARDE .	*Antonio Queipo.*
EL REY FERNANDO VII	*Ricardo Alpuente.*
DON FRANCISCO DE GOYA	*José Bódalo.*
DOÑA LEOCADIA ZORRILLA DE WEISS .	*María Asquerino.*
DON EUGENIO ARRIETA	*Miguel Ángel.*
DOÑA GUMERSINDA GOICOECHEA ...	*Paloma Lorena.*
DON JOSÉ DUASO Y LATRE	*Antonio Puga.*
MURCIÉLAGO	} *Manuel Arias.*
SARGENTO DE VOLUNTARIOS REALISTAS .	
CORNUDO	} *José M.ª Asensi*
VOLUNTARIO 1.º	*de Mora.*
DESTROZONA 1.ª	} *José Luis Tutor.*
VOLUNTARIO 2.º	
DESTROZONA 2.ª	} *Manuel Caro.*
VOLUNTARIO 3.º	
GATA	} *Roberto Abelló.*
VOLUNTARIO 4.º	
VOZ DE MARÍA DEL ROSARIO WEISS .	*Mari Nieves Aguirre.*
OTRAS VOCES	

En Madrid. Diciembre de 1823.
Derecha e izquierda, las del espectador.
Dirección: JOSÉ OSUNA.

ADVERTENCIA

Todas las palabras del diálogo puestas entre paréntesis se ar-
ticulan por los personajes en silencio, y no cumplen en el texto
otra función que la de orientar el trabajo de los intérpretes. El
director puede, por consiguiente, reelaborar según su criterio los
textos auxiliares que el espectador no debe oír.

Todas las frases del diálogo puestas entre comillas son textos
goyescos.

Los fragmentos encerrados entre corchetes han sido suprimidos en las representaciones para reducirlas a la duración habitual.

PARTE PRIMERA

La escena sugiere, indistintamente, las dos salas —planta baja y piso alto— que Goya, en su quinta [1], decoró con las «pinturas negras» [2]. La puerta achaflanada del lateral derecho deja entrever un rellano y una escalera interior; la de la izquierda, otra sala. Junto a la pared del

---

[1]   Goya adquirió la casa que era conocida como «Quinta del Sordo», rodeada de una amplia huerta («catorce fanegas y diez celemines de tierra de sembradura») y situada junto al río Manzanares, pasado el puente de Segovia, el 27 de febrero de 1819. Desde ella se divisaba el Palacio Real.

El espacio dramático funde los dos lugares de la casa en los que Goya plasmó sus pinturas, que se distribuían así: en la planta baja *Leocadia (Una manola), Dos frailes, Saturno, Judith, La romería de San Isidro* y *Aquelarre;* en la sala del piso principal, *Dos viejos comiendo sopas, Perro enterrado en arena, La lectura, Las fisgonas (Dos mujeres y un hombre), Las Parcas (El Destino), Riña a garrotazos, El Santo Oficio (Peregrinación a la fuente de San Isidro)* y *Asmodea (Al Aquelarre).*

[2]   Las pinturas que Goya creó sobre los muros enlucidos de la quinta «se arrancaron en 1873. Pasadas a lienzo, fueron llevadas a la Exposición Universal de París en 1878, donde no llamaron la atención general, aunque sí la de algunos artistas y de algún crítico. Vueltas a España fueron regaladas por su propietario, el barón d'Erlanger, en 1881, al Estado español y se exhiben en una sala del Museo del Prado» (F. J. Sánchez Cantón, *Francisco Goya, Ars Hispaniae,* XVII, Madrid, Plus-Ultra, 1965, pág. 392). La denominación, desde 1928, de *negras,* «consagrada por la costumbre puede aceptarse por su iconografía lúgubre y oscura, pero no por el color. Bien es verdad que están ejecutadas a base de una paleta restringida, con dominio del negro y de los tonos pardos y fríos, pero en la mayoría de las escenas aparecen el amarillo, los ocres, azules y almagre, rojos, carmines, y aun ligeros toques de verde. Repintes y

fondo, una gradilla[3], que el pintor usa para trabajar
sobre los muros, y un arcón, sobre el que descansa una
escopeta y en cuya tapa se han ido apiñando los tarros
de colores, frascos de aceite y barniz, la paleta y los pinceles. Vuelto contra la pared, un cuadro pequeño. En el
primer término izquierdo, mesa de trabajo, con grabados,
papeles, álbumes, lápices, campanilla de plata y un reloj
de mesa. Tras ella, un sillón. A su derecha, una silla. En
el primer término derecho, tarima redonda con brasero
de copa, rodeada de sillas y un sofá. Algunas otras sillas
o taburetes por los rincones

> *(Oscuridad total. La luz crece despacio sobre
> el primer término de la escena e ilumina a un
> hombre sentado en un sillón regio, que está
> absorto en una curiosa tarea: la de bordar,
> pulcro y melindroso, en un bastidor. Cuando
> se ensancha el radio de la luz se advierte, a
> la izquierda, a otro hombre de pie, y a la de-
> recha, un velador con un cestillo de labor, un
> catalejo y una pistola. El hombre sentado es
> el* REY FERNANDO VII. *Representa treinta y
> nueve años y viste de oscuro. Sobre el pecho,
> los destellos de una placa. Su aspecto es vigo-
> roso; la pantorrilla, robusta. Las patillas mo-
> renas enmarcan sus carnosas mejillas; las gre-
> ñas del flequillo cubren a medias su frente.
> Bajo las tupidas cejas, dos negrísimas pupi-
> las inquisitivas. La nariz, gruesa y derribada,
> monta sobre los finos labios, sumidos por el
> avance del mentón y de ordinario sonrien-*

barnices viejos contribuyen en gran medida al ennegrecimiento de esta
famosa serie y también a la alteración de los tonos» (José Gudiol, *Goya,*
I, Barcelona, Polígrafa, 1970, págs. 201-202).
   [3]   La mención de esta *gradilla* es una muestra, ha señalado Luis Iglesias Feijoo (*La trayectoria dramática de Antonio Buero Vallejo,* Santiago de Compostela, Universidad, 1982, pág. 400), de cómo «Buero ha
reconstruido con amorosa fidelidad el modo de vida del viejo pintor»,
observando hasta los más pequeños detalles, como éste.

tes [4]. *El caballero que lo acompaña es* DON
FRANCISCO TADEO CALOMARDE. *Representa unos cincuenta años y también viste de oscuro* [5]. *El cabello, alborotado sobre la frente despejada; dos ojillos socarrones brillan en su acarnerada fisonomía.)*

---

[4] El rey había nacido en 1784. La figura que se describe en la acotación se corresponde perfectamente con la de los retratos del monarca pintados por Goya en 1814 conservados en el Museo Municipal de Santander, en la Diputación Foral de Navarra y en el Museo del Prado. Sus más significativos rasgos recuerdan la descripción física que de él hace Galdós en el capítulo XLI de *La Fontana de Oro,* que concluye así: «Dos patillas muy negras y pequeñas le adornaban los carrillos, y sus pelos, erizados a un lado y otro, parecían puestos allí para darle la apariencia de un tigre en caso de que su carácter cobarde le permitiera dejar de ser chacal. Eran sus ojos grandes y muy negros, adornados con pobladísimas cejas que los sombreaban, dándoles una apariencia por demás siniestra y hosca».

[5] Calomarde había nacido en 1773 en Villel (Teruel). De humilde cuna «y de no más que mediano talento, pero de carácter flexible y ambicioso», con palabras de Modesto Lafuente (*Historia General de España,* 19, Barcelona, Montaner y Simón, 1890, pág. 136), estudió derecho en Zaragoza y consiguió introducirse en la Corte por su matrimonio con una hija del médico de Godoy, de la que pronto se separó. Con la Junta Central fue a Sevilla y a Cádiz y fue protegido por el Ministro de Gracia y Justicia, junto al que fue acusado de cohecho. El mismo Fernando VII, al que se había aproximado desde su vuelta en 1814, lo desterró por abusos en el desempeño de su cargo de primer oficial de la Secretaría General de Indias. De señaladas ideas antiliberales, a pesar de algún hipócrita acercamiento a éstas en 1820, el Duque del Infantado le confió en 1823 la Secretaría de la Regencia absolutista creada en Madrid. Supo entonces ganarse la confianza del rey y en enero de 1824 fue nombrado Ministro de Gracia y Justicia, convirtiéndose en una de las figuras más representativas del absolutismo fernandino y de su continuada y cruel represión durante la «década ominosa». Calomarde se mantuvo en el poder hasta el final de ésta, tras su fracaso en los intentos de que se derogase la Pragmática Sanción.

Es también Calomarde personaje de *La detonación,* donde es presentado, al comienzo de la parte primera, con «media máscara que recuerda el ojo sagaz y la olfateadora nariz del zorro». Don Mariano, padre de Larra, dice de él a su hijo: «En la poltrona de Gracia y Justicia se ha sentado un monstruo, o quizá un enfermo. Y ese enfermo es quien manda, oprime y mata...» (Antonio Buero Vallejo, *La detonación,* Madrid, Espasa Calpe, Selecciones Austral, 1979, pág. 48).

CALOMARDE.—Vuestra Majestad borda primorosamente.

EL REY.—Favor que me haces. Calomarde...

CALOMARDE.—Justicia, señor. ¡Qué matices! ¡Qué dulzura!

EL REY.—Lo practiqué mucho en Valençay, para calmar las impaciencias del destierro [6]. *(Breve pausa.)* No vendría mal que todos los españoles aprendiesen a bordar. Quizá se calmasen todos.

CALOMARDE.—*(Muy serio.)* Sería una cristiana pedagogía. ¿Quiere Vuestra Majestad que redacte el decreto?

EL REY.—*(Ríe.)* Aún no eres ministro, Tadeo. *(Puntadas.)* ¿Qué se dice por Madrid?

CALOMARDE.—Alabanzas a Vuestra Majestad. Las ejecuciones sumarias y los destierros han dejado sin cabeza a la hidra liberal [7]. Los patriotas [respiran y] piensan que se la puede dar por bien muerta..., a condición de que se le siga sentando la mano.

EL REY.—Habrá mano firme. Pero sin Inquisición. Por ahora no quiero restaurarla [8].

---

[6] Napoleón retuvo a Fernando VII en Valençay desde 1808, tras su abdicación en Bayona, hasta 1814, después de firmarse el Tratado de Valençay (11 de diciembre de 1813), por el que Napoleón lo reconocía como rey de España y de las Indias y se comprometía a retirar las tropas francesas de la península. También García Lorca alude, en la estampa II de *Mariana Pineda,* por boca de Pedrosa, a la costumbre real del bordado.

[7] Alude Calomarde a la hidra mitológica, monstruo del lago de Lerna cuyas siete cabezas surgían de nuevo cuando eran cortadas. Hércules le dio muerte, en el segundo de sus trabajos, al cercenarlas todas de un golpe. A propósito del término *liberal* señala Alberto Gil Novales (*Las sociedades patrióticas (1820-1823),* II, Madrid, Tecnos, 1975, pág. 978): «Patriota, partidario de la Constitución de 1812. En realidad a partir de 1820 la palabra se gasta muy rápidamente, hasta no significar nada, pues todos se proclaman unánimemente liberales, cualquiera que sea su conducta y su intención».

[8] Al volver Fernando VII de su destierro francés, con la reacción absolutista, se restablecieron el Consejo de la Suprema Inquisición y los demás tribunales del Santo Oficio (21 de julio de 1814), suprimidos por las Cortes de Cádiz (22 de febrero de 1813) por creerlos incompatibles con la Constitución. Nuevamente se abolió la Inquisición al comienzo del trienio constitucional (9 de marzo de 1820), pero a su término, aunque se revocaron todos los decretos aprobados desde el 7 de marzo de

CALOMARDE.—El país la pide, señor.

[EL REY.—La piden los curas. Pero desde el 14 al 20 la usaron sin freno para sus politiquerías y se ha vuelto impopular.

CALOMARDE.—Nada de aquellos seis benditos años puede hoy ser más impopular que los desafueros constitucionales de los tres siguientes. En mi humilde criterio, señor, antes de que termine 1823 Vuestra Majestad debería restaurar cuanto ayudase a borrar el crimen liberal, para que la historia lo señale como el año sublime en que la Providencia os restituyó el poder absoluto de vuestros abuelos [9].]

EL REY.—*(Ríe.)* Por eso. Para que mi poder sea absoluto, no quiero Inquisición.

[CALOMARDE.—Quizá más adelante...

EL REY.—*(Ríe a carcajadas.)* Quizá más adelante seas ministro. Ten paciencia, y que la Inquisición la tenga contigo.]

CALOMARDE.—*(Suspira.)* Quiera Dios que 1824 sea como un martillo implacable para *negros* y masones [10] de toda laya.

1820, Fernando VII no se decidió a restablecer el Tribunal del Santo Oficio, a pesar de que le fue solicitado repetidas veces. En 1826 tuvo lugar el último auto de fe en España, dispuesto por la Junta de Fe de Valencia. Por un decreto de 15 de julio de 1834, durante la regencia de María Cristina, fue definitivamente abolida la Inquisición (vid. Henry Kamen, *La Inquisición Española,* Madrid, Alianza, 1973, págs. 293-299).

Goya se ocupó con frecuencia en su pintura de este tema. Recuérdense los Caprichos 23 *(Aquellos polvos)* y 24 *(No hubo remedio);* los numerosos dibujos del Álbum C que a él se refieren; o el óleo *Escena inquisitorial* de la Academia de San Fernando. Acerca de la actitud de Goya hacia la Inquisición y la brujería, puede verse Juan de la Encina, *Goya en zig-zag,* Madrid, Espasa Calpe, Austral, 1966, caps. XXXIII-XXXV.

[9] En *La detonación* (edic. cit., pág. 53) dice Calomarde a don Homobono: «Aún hemos de ver restauradas en nuestra gloriosa España las virtudes que la hicieron grande: la devoción de todos a nuestra Santa Iglesia, de grado o por fuerza; la saludable ignorancia de tanto filosofismo extranjero; el acatamiento al trono absoluto; las hogueras de la Inquisición para todos los masones...».

[10] La palabra *negro* se empleó desde el inicio del trienio constitucional con el mismo significado que *liberal*. Miguel Morayta y Sagrario *(Historia General de España,* VI, Madrid, Felipe Rojas Editor, 1895,

[EL REY.—Dalo por cierto.

CALOMARDE.—Señor, he discurrido otros dos decretos [11] muy oportunos... Si Vuestra Majestad se dignase aprobarlos el próximo año...]

EL REY.—*(Levanta la mano y lo interrumpe con frialdad.)* ¿De qué más se habla?

CALOMARDE.—*(Suave.)* Del Libro Verde [12], señor. *(EL REY lo mira.)* Aunque nadie lo ha visto...

EL REY.—Pues existe.

CALOMARDE.—Entonces, señor, ¿por qué guardarlo?

EL REY.—Es una relación de agravios a mi persona.

[CALOMARDE.—Que merecen, por consiguiente, pronto castigo.

EL REY.—*(Sonríe.)* Para tejer una soga es menester tiempo [13].]

---

págs. 797-798) lo explica así: «Los liberales habían dado en la manía de distinguirse con escarapelas o cintas o telas verdes, símbolo de la esperanza, o moradas, por estimarse el morado, y no ciertamente con razón, el color de las banderas de las comunidades. Frente a estos colores, los absolutistas aceptaron el blanco, por considerar blanca la bandera de los Borbones, y de aquí que llamándose ellos blancos dijeran a los liberales, negros. Durante aquella revolución, la palabra negro sustituyó a la palabra liberal». También se identificó a los liberales con los masones y a unos y a otros llamaban herejes. Señala Lafuente (*Historia...,* 19, cit., pág. 156) que «las predicaciones de obispos y clérigos, calificando a los comuneros, masones, carbonarios y demás, por lo menos de sospechosos de herejía, hacían que la plebe los tomara y tratara a todos como herejes e impíos».

[11] Respecto a la promulgación posterior de estos dos decretos, vid. la nota 56.

[12] Morayta (*Historia...,* VI, cit., pág. 796) da noticia de la existencia y finalidad del Libro Verde del rey: «Aquel día, aún más que otros, llenó de notas, consistentes las más en abreviaturas sólo de él conocidas, su célebre *libro verde,* conforme él lo llamaba, y que le servía para ayudar su memoria; libro verde cuyas páginas resultaron no mucho después edictos de proscripción, no menos horribles que los dictados por Mario y Sila. En él, para que no se le olvidaran, hubo de apuntar día por día todos y cada uno de los agravios que los liberales le inferían, y con él, cuando tuvo medio para ello, refrescó su memoria y logró no quedase sin castigo ninguno de cuantos se opusieron a su absolutismo despótico».

[13] Soga y bordado real tienen aquí muy semejante significado. Cuando, al concluir el drama, se señala que «un hombre termina ahora un bordado», que le «ha salido perfecto», ha habido tiempo también

CALOMARDE.—[Me maravilla vuestra sagacidad, señor. Ahora comprendo que] Vuestra Majestad prefiere acopiar evidencias...

EL REY.—Algo así.

CALOMARDE.—*(Después de un momento, le tiende un papel lacrado y abierto.)* ¿Como ésta?

EL REY.—*(Toma el papel.)* ¿Qué me das?

CALOMARDE.—Una carta interceptada, señor.

(EL REY *la lee y se demuda. Luego reflexiona.)*

EL REY.—¿Presenciaste tú la ejecución de Riego [14]?

---

de dar fin a la gruesa cuerda que ha sojuzgado a Goya. Hay, por otra parte, un hábil contraste dramático entre la delicadeza y finura que se afirma del bordado y la severidad y dureza que se manifiesta hacia los liberales y hacia el pintor real.

[14]   Rafael del Riego (1785-1823) se sublevó, proclamando la Constitución de 1812, el 1 de enero de 1820 en Cabezas de San Juan, con las tropas que iban a embarcar para reprimir los levantamientos de las colonias americanas. Riego culminaba una serie de pronunciamientos (Mina, 1814; Díaz Porlier, 1815; Lacy, 1817; Vidal, 1819) y dio lugar a otros movimientos revolucionarios que obligaron a Fernando VII a jurar la Constitución, con lo que empieza el trienio constitucional. Riego, que después fue nombrado Capitán General de Galicia y de Aragón y elegido diputado y Presidente de las Cortes, se convirtió en un héroe popular. Tras la llegada de los Cien Mil Hijos de San Luis, fue hecho prisionero, acusado de traición por haber votado a favor de la suspensión de los poderes reales, y ahorcado de forma ignominiosa en la plaza de la Cebada de Madrid el 7 de noviembre de 1823. La sentencia disponía su descuartizamiento, como recuerda Galdós en los capítulos IV y V de *El terror de 1824,* donde también narra lo ocurrido «el triste día de la ejecución». El Himno de Riego pasó a ser símbolo de la lucha por la libertad (con este significado se escucha su melodía en *La detonación,* edic. cit., pág. 127). Afirma Morayta (*Historia...,* VI, cit., pág. 846) que esta canción, que «mereció la señaladísima honra de haber sido declarada por las Cortes himno nacional», tiene una música que «no pasa de ser vulgar» y una letra que «no llega a regular», pero que enardecían a las masas. En 1936 se estrenaron dos obras que dramatizaban la vida de este personaje, *La canción de Riego,* de José Antonio Balbontín (Teatro Chueca de Madrid, 24 de abril), y *Riego,* de Enrique del Valle (Teatro Olimpia de Barcelona, 25 de diciembre).

CALOMARDE.—Hace un mes, señor.

EL REY.—*(Deja la carta sobre el velador.)* Muchos relatos me han hecho de ella... ¿Cuál es el tuyo?

CALOMARDE.—Fue un día solemne. Todo Madrid aclamaba vuestro augusto nombre al paso del reo, arrastrado en un serón [15] por un borrico...

EL REY.—Se diría un grabado de Goya [16].

CALOMARDE.—*(Lo mira, curioso.)* Justo, señor... Riego subió al cadalso llorando y besando las gradas, mientras pedía perdón como una mujerzuela...

EL REY.—[¿Fue así?] ¿Lo viste tú?

CALOMARDE.—Y todo Madrid conmigo.

EL REY.—Luego tuvo miedo.

CALOMARDE.—Ya se había retractado por escrito.

EL REY.—¿Bajo tormento?

CALOMARDE.—*(Desvía la vista.)* Si lo hubo, ya no lo sufría, y tuvo miedo. ¡El *héroe* de las Cabezas, el charlatán de las Cortes, el general de pacotilla apestaba de miedo! Al paso del serón los chisperos [17] reían y se tapaban las narices...

EL REY.—*(Con un mohín de asco.)* Ahorra pormenores.

CALOMARDE.—¿Por qué no decir, señor, que la vanagloria liberal terminó en diarrea?

EL REY.—Porque no todos son tan cobardes [18].

---

[15] *Serón:* Especie de sera o espuerta grande, más larga que ancha, que sirve normalmente para carga de las caballerías (DRAE).

[16] No son pocos los grabados de los *Desastres de la guerra* (recuérdense especialmente los números 31-39), que podrían relacionarse con lo que luego ocurriría a Riego. Es más que improbable que el rey los conociese (no hubo una edición hasta 1863), pero, además de la posible referencia a grabados anteriores, el autor pone en su boca esta ironía cruel en la que confluyen la intención de Fernando VII de burlarse de Riego y las patéticas sensaciones que para nosotros evocan los *Desastres.*

[17] *Chispero:* Hombre del barrio de Maravillas de Madrid, cuyos vecinos se llamaron así antiguamente por los muchos herreros que en él había (DRAE).

[18] Recuérdese en este sentido el «noble y heroico comportamiento» ante su ejecución, tan distinto al de Riego que se cuenta en el mismo episodio, del patriota Patricio Sarmiento (*El terror de 1824,* cap. XXVIII).

CALOMARDE.—¿Piensa tal vez Vuestra Majestad en el autor de esa carta?

EL REY.—Quien escribe hoy así, o es un mentecato o un valiente.

CALOMARDE.—¡Un estafermo [19] sin juicio, señor, como toda esa cobarde caterva de poetas y pintores! Reparad en cuántos de ellos han escapado a Francia.

EL REY.—Él no.

CALOMARDE.—Él se ha escondido en su casa de recreo, a la otra orilla del Manzanares. Como un niño que cierra los ojos, piensa que los de Vuestra Majestad no pueden alcanzarle. Sin embargo, desde este mismo balcón podéis ver la casa con vuestro catalejo.

(Se lo tiende. EL REY *aparta el bordado, se levanta, ajusta el catalejo y mira al frente.)*

EL REY.—¿Es aquella quinta cercana al puente de Segovia?

CALOMARDE.—La segunda a la izquierda.

EL REY.—Apenas se divisa entre los árboles… Desde que volví a Madrid, no ha venido a rendirme pleitesía.

CALOMARDE.—Ni a cobrar su sueldo, señor. No se atreve.

EL REY.—¿Qué estará haciendo?

CALOMARDE.—Temblar.

EL REY.—Ese baturro no tiembla tan fácilmente. Y siempre fue un soberbio. Cuando se le pidió que pintase el rostro de mi primera esposa en su pintura de la real familia, contestó que él no retocaba sus cuadros [20].

---

[19] *Estafermo:* Persona que está quieta y como enajenada o persona de aspecto ridículo. Se toma en sentido figurado del muñeco giratorio, con figura de hombre armado, que se usaba en ciertos juegos y fiestas.

[20] Goya concluyó *La familia de Carlos IV* en junio de 1801 y en el cuadro, junto al Príncipe de Asturias, hay una figura femenina con el rostro vuelto hacia la izquierda que, según la versión de Pedro de Madrazo, aceptada entre otros por Beruete, correspondería a María Antonia de Nápoles, con la que Fernando VII contrajo matrimonio en 1802. En esta hipótesis, que Xavier de Salas no acepta (*Goya. La familia de Carlos IV,* Barcelona, Juventud, 1944, págs. 12-13), se habría colocado

CALOMARDE.—¡Es inaudito!

EL REY.—¡Un pretexto! La verdadera razón fue que me aborrecía. Claro que yo le pagué en la misma moneda. A mí me ha retratado poco y a mis esposas, nada.

CALOMARDE.—Suave castigo, señor. Esa carta...

EL REY.—Hay que pensarlo.

CALOMARDE.—¡No es el gran pintor que dicen, señor! Dibujo incorrecto, colores agrios... *(EL REY baja el catalejo.)* Retratos reales sin nobleza ni belleza [21]... Insidiosos grabados contra la dinastía, contra el clero... Un gran pintor es Vicente López [22].

EL REY.—[Y lo prefiero desde 1814.]

(Se sienta.)

«en el lienzo esta figura para luego completar su rostro con el de la esposa del heredero». En el momento primero de *La familia de Carlos IV,* de Manuel Pérez Casaux, Goya manifiesta a propósito de este óleo: «¡Yo pinto una sola vez y no corrijo mis pinturas, aun cuando el pintado fuese el mismísimo Emperador de China!»

[21] Xavier de Salas concluye su estudio acerca de *La familia de Carlos IV* (cit., pág. 29) indicando que Goya, «a pesar de su respetuoso concepto de la realeza, realiza con terrible crudeza la cruel presentación de las reales personas...». Tras ese cuadro de la familia regia, que la reina llamó en una carta a Godoy «el retrato de todos juntos», Goya no vuelve a pintar a ninguno de sus miembros hasta que en 1808 retrata a Fernando VII, «y, lo que es menos explicable, tampoco retrata a ninguna de sus tres mujeres: María Antonia, María Isabel y María Amalia, ¡siendo el Primer pintor de Camara!» (F. J. Sánchez Cantón, *Francisco Goya,* cit., pág. 365).

Las imputaciones de Calomarde recuerdan las de Nardi contra Velázquez en *Las Meninas.* Nardi le acusa de despreciar al modelo, «aunque sea regio»; de que en su pintura hay «desdén o indiferencia, mas no respeto»; de que, en fin, lo que más le complace pintar es lo «menos cortesano... Los bufones más feos o más bobos, pongo por caso» (Antonio Buero Vallejo, *Las Meninas,* Madrid, Escelicer, Teatro, 1961[4], págs. 111-112).

[22] Vicente López Portaña (1772-1850), al que Carlos IV había concedido los honores de pintor de cámara por su óleo *La familia de Carlos IV recibida por la Universidad de Valencia* (1802), fue nombrado por Fernando VII primer pintor de cámara en 1814 (en 1799 lo había sido Goya por el primer ministro de Carlos IV, Mariano Luis de Urquijo). Pintor cortesano, académico y de hábil técnica, cuenta entre sus más conseguidas obras el retrato que hizo a Goya en 1826, cuando éste viajó a Madrid desde Burdeos para solicitar personalmente su retiro.

[CALOMARDE.—Vuestra Majestad prueba así su buen gusto. Y su virtud, porque López es también un pintor virtuoso. Sus retratos dan justa idea de los altos méritos de sus modelos. Cuando pasen los siglos, Vuestra Majestad verá, desde el cielo, seguir brillando la fama de López y olvidados los chafarrinones [23] de ese fatuo. A no ser que se le recuerde... por el ejemplar castigo que Vuestra Majestad le imponga.]

EL REY.—¡Cuánta severidad, Tadeo! ¿Te ha ofendido él en algo?

CALOMARDE.—Mucho menos que a Vuestra Majestad. Se negó a retratarme. *(EL REY lo mira.)* [Aunque su pintura me desagrada, quise favorecerle... Y ese insolente alegó que le faltaba tiempo.] Pero mi severidad nada tiene que ver con pequeñeces tales... Es al enemigo del rey y de la patria a quien aborrezco en él.

EL REY.—*(Risueño.)* ¿Qué quieres para ese cascarrabias? ¿La muerte de Riego?

CALOMARDE.—*(Suave.)* Es Vuestra Majestad quien la ha recordado al leer la carta.

EL REY.—*(Vuelve a bordar.)* Su prestigio es grande...

CALOMARDE.—Ese papel merece la horca. *(Un silencio. Se inclina de nuevo para apreciar el bordado.)* ¡Qué delicia esos verdes, señor! Bordar también es pintar... *(Risueño.)* ¡Vuestra Majestad pinta mejor que ese carcamal [24]!

[EL REY.—Entonces, ¿la prisión?

CALOMARDE.—Primero, la prisión. Después, hacer justicia.]

EL REY.—*(Después de un momento.)* ¿Quién es el destinatario?

CALOMARDE.—Martín Zapater [25], señor. Un amigo de la infancia.

---

[23]   *Chafarrinón:* Chafarrinada, borrón o mancha que desluce una cosa (DRAE).
[24]   *Carcamal:* Despectivamente, persona decrépita y achacosa (DRAE).
[25]   Martín Zapater y Clavería estudió con Goya en la Escuela Pía del padre Joaquín en Zaragoza y entre ambos nació una gran amistad que dio lugar más tarde a una abundante correspondencia, de extraordina-

EL REY.—¿Masón? ¿Comunero?

CALOMARDE.—No hay noticias de ello... Lo estoy indagando.

[EL REY.—Los pétalos son delicados de bordar... Hay que fundir tonos diferentes... Lo más difícil es la suavidad.]

(Comienza a oírse el sordo latir de un corazón.)

[CALOMARDE.—¡Qué primor! Sólo un alma noble puede expresar así el candor de las flores [26].]

---

rio interés para el conocimiento del pintor y de diferentes sucesos de la época. Realizó Goya dos retratos de Zapater, en 1790 y en 1797. Martín murió en 1803, por lo que no era posible históricamente que esa carta interceptada en 1823 se dirigiese a él. En «De mi teatro» (*Romanistisches Jahrbuch,* 30, 1979, pág. 226) se refiere Buero a este «error involuntario» que no desea ya corregir y que, por otra parte, en nada afecta a la función dramática de la misiva.

Las cartas fueron parcialmente publicadas en 1868 por el sobrino y heredero de Zapater, Francisco Zapater y Gómez (*Goya. Noticias biográficas,* Zaragoza, Imp. de la Perseverancia, 1868. Hay una edición fraudulenta de hacia 1910 con los mismos pie de imprenta y fecha), y han sido editadas las 142 que se conocen por Mercedes Águeda y Xavier de Salas (Francisco de Goya, *Cartas a Martín Zapater,* Madrid, Turner, 1982). Señala de Salas en su Prólogo que «sólo en una se hallan frases que leídas en sus días pudieran ser consideradas falta de respeto al trono». Se trata de la que tiene en ese volumen el número 107 (págs. 188-189), de 7 de enero de 1789, en la que «explica jocosamente el luto que las gentes de Madrid se impusieron a la muerte del Rey Carlos III».

[26]   En las intervenciones de Calomarde se advierte la ironía del dramaturgo en un doble sentido: por las erróneas apreciaciones al juzgar la pintura de Goya y su fortuna futura, frente a la de Vicente López o a los bordados del rey, y por la oposición que se establece entre la dulzura de sus palabras al hablar de la labor real y el verdadero sentido de ésta como tela de araña que se teje sobre Goya. En la última frase, los términos empleados (primor, alma noble, candor) contrastan con los signos dramatúrgicos que la siguen (latidos, rotundos golpes, empuñar el pistolete) y se deshace la dualidad al unir el *bordado* con el deseo de un *mar de llanto.* El rey tiene miedo (por eso se interesó por el de Riego, toma la pistola y siente los latidos como Goya) y su miedo exige la sumisión y el temblor de sus súbditos. La llamada a los Voluntarios Realistas y al padre Duaso resuelve esta escena introductoria, cuyas palabras finales son, significativamente, las del nombre completo del pintor protagonista.

*(*EL REY *[sonríe, halagado. Pero] no tarda en levantar, inquieto, la cabeza. Los latidos ganaron fuerza y se precipitan, sonoros, hasta culminar en tres o cuatro rotundos golpes, a los que suceden otros más suaves y espaciados.* EL REY *se levanta antes de que el ruido cese y retrocede hacia la derecha. Un silencio.)*

EL REY.—¿Qué ha sido ese ruido?

CALOMARDE.—*(Perplejo.)* Lo ignoro, señor.

EL REY.—Ve a ver.

*(*CALOMARDE *sale por la izquierda.* EL REY *empuña el pistolete del velador.* CALOMARDE *regresa.)*

CALOMARDE.—En la antecámara nada han oído, señor.

EL REY.—Era un ruido, ¿no?

CALOMARDE.—*(Titubea.)* Un ruido… débil.

EL REY.—¿Débil? *(Abandona el pistolete, se sienta y coge, pensativo, el bordado.)* Que doblen esta noche la guardia.

CALOMARDE.—Sí, Majestad.

EL REY.—*(Borda y se detiene.)* ¡No quiero gallos de pelea! ¡Quiero vasallos sumisos que tiemblen! Y un mar de llanto por todos los insultos a mi persona.

CALOMARDE.—*(Quedo.)* Muy justo, señor.

*(*EL REY *borda.)*

EL REY.—Escucha, Calomarde. Esto es confidencial. Le dirás al comandante general de los Voluntarios Realistas [27] que pase a verme mañana a las diez.

---

[27] Fernando VII ejerció su gobierno absolutista con el apoyo de un bien fundamentado sistema represivo. Cuerpos especiales como el de los Voluntarios Realistas, de una radical intransigencia, ayudaban eficazmente con sus actuaciones al mantenimiento de un terror generalizado y constituían una permanente amenaza para liberales, conspiradores, revolucionarios o, simplemente, descontentos. En *La detonación* (edic. cit., pág. 93) un Voluntario precisa: «¡Somos más de cien mil en todo el país!»

CALOMARDE.—*(Quedo.)* Así lo haré, señor.

EL REY.—*(Después de un momento.)* Y a don José Duaso y Latre [28]...

(Calla.)

CALOMARDE.—Al padre Duaso...

EL REY.—Le dirás que le espero también.

CALOMARDE.—¿A la misma hora?

EL REY.—A otra. Que no se vean. A las tres de la tarde.

CALOMARDE.—Corriente, señor.

EL REY.—*(Bordando.)* ¿No es aragonés el padre Duaso?

CALOMARDE.—Aragonés, señor, como yo. *(Breve pausa.)* Y como don Francisco de Goya y Lucientes.

> *(Se miran.* EL REY *sonríe y se aplica al bordado. Oscuro lento. Cuando vuelve la luz, ilumina en primer término a un anciano que mira por un catalejo [29] hacia el frente. En el fondo se proyecta, despacio, el* Aquelarre [30]. *Blan-*

---

[28]   Este sacerdote jesuita aragonés fue académico de la Lengua, director de la *Gaceta de Madrid,* censor de publicaciones y capellán de honor del rey. A pesar de su proximidad al poder, protegió y ocultó en su casa a conocidos y amigos perseguidos por su liberalismo, entre ellos muy probablemente a Goya, que en agradecimiento pintaría su retrato (1824). Quizá realizó allí también el de Ramón Satué, alcalde de corte y sobrino del sacerdote (1823).

[29]   Ramón Gómez de la Serna (*Goya,* Madrid, Espasa Calpe, Austral, 1984[4]) se refiere en varias ocasiones a que el pintor miraba a palacio con un catalejo (págs. 160 y 181). En la obra tiene esta costumbre una precisa función dramática: la de mostrar la conexión entre el rey y el pintor, que, espacialmente separados, poseen en común el sentimiento del miedo y encarnan la relación dialéctica verdugo-víctima.

[30]   *Aquelarre:* Junta o reunión nocturna de brujos y brujas, con la supuesta intervención del demonio, ordinariamente en figura de macho cabrío, para la práctica de las artes de esta superstición (DRAE). Es palabra formada con las voces vascas *aquer* (cabrón) y *larre* (prado): *prado del cabrón.* Un importante apartado de los *Caprichos* está dedicado a la brujería y a la magia, y en alguno está presente el gran cabrón (60, *Ensayos*), que preside también el óleo de 1797-1798 *El Aquelarre,* conservado en el Museo Lázaro Galdiano.

cos son ya los cabellos y patillas del anciano, más bien bajo de estatura, pero vigoroso y erguido. Viste una vieja bata llena de manchas de pintura. Cuando baja el catalejo descubre una hosca e inconfundible fisonomía: la de DON FRANCISCO DE GOYA. *El viejo pintor vuelve a mirar por el catalejo; luego suspira, se dirige a la mesa, deja allí el instrumento y recoge unas gafas, que se cala. Se vuelve y mira a la pintura del fondo por unos segundos; se acerca luego al arcón, toma paleta y pinceles, sube por la gradilla y da unas pinceladas en el* Aquelarre. *Óyese de pronto un suave maullido.* GOYA *se detiene, sin volver la cabeza, y a poco sigue pintando. Otro maullido. El pintor vuelve a detenerse. Los maullidos menudean; dos o tres gatos los emiten casi al tiempo* [31]. GOYA *sacude la cabeza y, con la mano libre, se oprime un oído. Silencio.* GOYA *baja de la gradilla, deja sus trebejos y avanza, mirando a los rincones. Un largo maullido le fuerza a mirar a una de las puertas. Silencio. El pintor arroja las gafas sobre la mesa, se despoja de la bata y vocifera con su agria voz de sordo.)*

GOYA.—¡Leo! *(Breve pausa.)* ¡Leocadia! *(Va al sofá, de donde recoge su levitón.)* ¿No hay nadie en la casa? *(Vistiéndose, va a la puerta izquierda.)* ¡Nena!... ¡Mariquita! [32].

---

[31] Recuérdese la dedicatoria de esta obra y lo que en la Introducción indicamos sobre los ruidos que Goya sentía tras quedarse sordo y las voces que creía escuchar. Los gatos, animales unidos a las artes mágicas, aparecen en los Caprichos 43, 48, 60 y 66.

[32] Leocadia Zorrilla de Weiss, parienta de la consuegra de Goya y esposa del joyero y relojero alemán Isidoro Weiss, que se había separado de ella en 1812 «por su mala conducta», había conocido al pintor en la boda de su hijo Javier, el 8 de julio de 1805. Años después se convirtió en amante y compañera de Goya, con quien convivió tras quedar-

(Aguarda, ansioso. Se oye la risa de una niña de ocho años. Una risa débil, lejana, extraña. Se extingue la risa. Turbado, GOYA *vuelve al centro y torna a oprimirse los oídos. En un rapto de silenciosa furia empuña la campanilla de la mesa y la agita repetidas veces, sin que se oiga el menor ruido.* DOÑA LEOCADIA ZORRILLA *entra por la derecha, con ademanes airados y profiriendo inaudibles palabras. Es una hembra de treinta y cinco años, que no carece de atractivo, aunque diste de ser bella; una arrogante vascongada de morenos cabellos, sólidos miembros y vivos ojos bajo las negras cejas.)*

LEOCADIA.—(¡Qué voces! ¡Qué prisas! ¿Te ha picado un alacrán?)

GOYA.—*(Agrio.)* ¿Qué dices? *(*LEOCADIA *suspira —tampoco se oye el suspiro— y forma rápidos signos del alfabeto de Bonet* [33] *con su mano diestra.)* ¡No me ha picado ningún alacrán! ¿Dónde está la nena?

LEOCADIA.—*(Señala hacia la izquierda.)* (Ahí dentro.)

GOYA.—¡Mientes! [La he llamado y no acude.] ¿Dónde la has mandado?

LEOCADIA.—*(Nada turbada por el renuncio.)* (A pasear.)

GOYA.—*(Iracundo.)* ¡Con la mano!

---

se viudo en 1812. Mariquita, como Goya la llamaba, es María del Rosario Weiss, hija de Leocadia y quizá del pintor; así lo creían sus contemporáneos, él lo sugería (vid., por ejemplo, Juan de la Encina, *Goya en zig-zag,* cit., págs. 161-162), y lo afirma con toda claridad en esta obra. Nació en octubre de 1814 (por lo que en diciembre de 1823 contaba ya nueve años).

[33]   El alfabeto de Bonet es un sistema de comunicación mediante signos realizados con las manos que ha servido de base a otros métodos actuales. Goya lo conoció y realizó una lámina con los dibujos correspondientes a los distintos fonemas que se conserva en el Instituto Valencia de Don Juan, de la que Buero llevó a cabo una copia esquemática, que le permitió constatar las semejanzas con los métodos actuales.

(LEOCADIA *forma rápidos signos y grita al tiempo inaudiblemente, enfadada.*)

LEOCADIA.—(¡A pasear!)

GOYA.—¿A pasear [en estos días?] *(La toma de la muñeca.)* ¿Estás loca?

LEOCADIA.—*(Forcejea.)* (¡Suelta!)

GOYA.—¡No pareces su madre! ¡Pero lo eres, y has de velar por tus hijos! ¡Para ti se han acabado los saraos [34], [y los paseos a caballo,] y los meneos de caderas!

LEOCADIA.—*(Habla al tiempo, incesante.)* (¡Pues lo soy! ¡Y sé lo que hago! ¡Y los mando donde se me antoja! ¡Vamos! ¡Tú no eres quién para darme lecciones…!)

GOYA.—*(Ante sus manoteos y gesticulaciones, termina por gritar.)* ¡Basta de muecas! (LEOCADIA *se aparta, desdeñosa, y traza breves signos.)* ¡Acabáramos, mujer! Pero tampoco la huerta es buen lugar para ella si no va acompañada. *(Signos de* LEOCADIA.*)* ¡Su hermano es otro niño! [35] *(Camina, brusco, hacia la derecha.)* ¿Dónde has puesto mi sombrero y mi bastón?

> *(Ella señala hacia la derecha. Cuando* GOYA *va a salir, se oye un maullido. El anciano se detiene, se vuelve y mira a la mujer, que le pregunta con un movimiento de cabeza.)*

LEOCADIA.—(¿Adónde vas?)

GOYA.—¡No puedo pintar hoy! *(Va a salir y se vuelve otra vez.)* ¿Por dónde andan los gatos?

LEOCADIA.—*(Intrigada, traza signos.)* (Por la cocina.)

GOYA.—¿Los has visto tú en la cocina? *(Ella asiente, asombrada.)* Claro. ¿Dónde van a estar? Adiós.

> *(Sale.* LEOCADIA *se precipita a la puerta y acecha. Después hace una seña y entra, sigi-*

---

[34] *Sarao:* Reunión nocturna de personas de distinción para divertirse con baile o música (DRAE). Tiene aquí el sentido general de *fiesta* o *diversión.*

[35] Cinco años mayor que Rosarito, Guillermo Weiss, hijo de Leocadia y de Isidoro, había nacido en 1809.

loso, el doctor ARRIETA, *bastón y sombrero en mano. La edad de* DON EUGENIO GARCÍA ARRIETA *oscila entre los cincuenta y cinco y los sesenta años. Es hombre vigoroso, aunque magro; de cabellos rubios que grisean, incipiente calvicie que disimula peinándose hacia adelante, cráneo grande, flaca fisonomía de asceta, mirada dulce y triste* [36]. *Va a hablar, pero* LEOCADIA *le ruega silencio. Se oye el lejano estampido del portón.)*

ARRIETA.—No debió dejarle salir.

LEOCADIA.—Quería hablar antes con usted. *(Se encamina al sofá y se sienta.)* Hágame la merced de tomar asiento, don Eugenio.

ARRIETA.—*(Se sienta en una silla.)* Gracias, señora. ¿María del Rosario y Guillermito siguen buenos?

LEOCADIA.—A Dios gracias, sí. Ahora no están en casa. *(Remueve el brasero.)* Esta Nochebuena será de nieves...

ARRIETA.—¿Qué le sucede a don Francisco?

(A la izquierda del Aquelarre *se proyecta el* Saturno [37].*)*

---

[36]   Eugenio García Arrieta fue un médico aragonés amigo de Goya, al que éste retrató en un óleo (cuya imagen está reflejada en la descripción de Buero) que lleva este escrito, posiblemente autógrafo: «Goya agradecido, a su amigo Arrieta: por el acierto y esmero con que le salvó la vida en su aguda y peligrosa enfermedad, padecida a fines del año 1819, a los setenta y tres años de su edad. Lo pintó en 1820». Esta obra, que se ha relacionado con el tema de la *Piedad*, «a pesar del carácter optimista y esperanzador de lo que representa, participa ya de esas visiones de pesadilla que constituyen la esencia expresiva de las *Pinturas Negras*» (vid. AA.VV., *Goya y el espíritu de la Ilustración*, Madrid, Museo del Prado, 1988, pág. 371).

[37]   Diego Angulo Iñíguez («El "Saturno" y las pinturas negras de Goya», *Archivo Español de Arte*, XXXV, 1962, pág. 174) cree que el *Saturno*, una de las pinturas que primero veía quien penetraba en la sala baja de la casa de Goya, es la clave de toda la serie: «Saturno es la fatalidad del triunfo de la ignorancia, la oscuridad, la noche, sobre la ilustración, la luz del día. Desde un punto de vista más puramente artísti-

LEOCADIA.—Doctor, usted lo curó hace cuatro años. Cúremelo ahora.

ARRIETA.—¿De qué?

LEOCADIA.—No es nada aparente... Ni dolores, ni catarros, ni calenturas... Únicamente, la sordera, pero eso usted ya lo sabe. *(Se retuerce las manos.)* ¡Y por eso justamente! ¡Porque usted se tomó el trabajo de aprender los signos de la mano hace tres años!... ¡Habrá que hablar mucho con él para curarlo, y es difícil!...

ARRIETA.—Cálmese, señora, y cuénteme.

(A la derecha del Aquelarre *aparece la* Judith [38].)

LEOCADIA.—Apenas sale, apenas habla... desde hace dos años.

ARRIETA.—Retraído, huraño... No es una enfermedad.

LEOCADIA.—¿Ha reparado usted en las pinturas de los muros?

ARRIETA.—*(Contempla las pinturas del fondo.)* ¿Éstas?

LEOCADIA.—Y todas las de la otra planta. Él, que

---

co, Saturno es el dios que al devorar a su hijo, es decir, el día o la luz, hace triunfar la noche, que es la oscuridad. Representa, pues, el triunfo del negro». Junto a otras interpretaciones (como la del tiempo que destruye a sus hijos, entre ellos al propio Goya), John Dowling («Buero Vallejo's Interpretation of Goya's "Black Paintings"», *Hispania*, LVI, 2, mayo 1973, pág. 453) apunta la posible identificación de Saturno con el rey Fernando VII, que devora a los hijos que le ayudaron en 1814. En *Yo, Goya*, de Carlos Rojas (Barcelona, Planeta, 1990), el rey, de modo semejante, interpreta esta pintura como un símbolo de su persona y comportamiento: «Sólo por haberme pintado como Saturno devorando a su hijo, el pueblo, en aquella casa tuya que dicen la Quinta del Sordo, debería agarrotarte...» (pág. 174).

[38]   Edith Helman ha indicado («Goya, Moratín y el teatro», en *Jovellanos y Goya,* Madrid, Taurus, 1970, págs. 268-271) que es muy probable que *Judit* recuerde a Rita Luna en la escena de cortarle la cabeza a Holofernes: «El rostro de Judit se parece en todos los rasgos al retrato de la actriz que le hizo Goya...» Inspiraría el cuadro *El triunfo de Judit y muerte de Olofernes,* atribuida a Vera Tassis y Villarroel y representada en reiteradas ocasiones entre 1794 y 1804.

nunca retocaba, las retoca incansablemente... ¿Qué le parecen?

ARRIETA.—Raras.

LEOCADIA.—¡Son espantosas!

(Se levanta y pasea.)

[ARRIETA.—Ya vimos en sus grabados cosas parecidas...

LEOCADIA.—No era lo mismo. Estas son] horribles pinturas de viejo...

ARRIETA.—Don Francisco es viejo.

LEOCADIA.—*(Se detiene y lo mira.)* De viejo demente.

ARRIETA.—*(Se levanta despacio.)* ¿Está insinuando que ha enloquecido? *(Ella cierra los ojos y asiente.)* ¿En qué se funda usted? ¿Sólo en estas pinturas?

LEOCADIA.—*(Escucha.)* ¡Calle! *(Un silencio.)* ¿No oye algo?

ARRIETA.—No.

LEOCADIA.—*(Da unos pasos hacia la derecha.)* Habrán sido los gatos en la cocina... *(Se vuelve.)* Conmigo apenas habla, pero habla con alguien... que no existe. O ríe sin motivo, o se desata en improperios contra seres invisibles...

[ARRIETA.—*(Dejando bastón y sombrero sobre la silla, avanza hacia ella.)* Por supuesto, hay locuras seniles. Pero lo que me cuenta, doña Leocadia, son las intemperancias y soliloquios de la sordera... *(Mira a las pinturas.)* Encerrado aquí durante años, ¡y qué años!..., sueña pesadillas. No creo que sea locura, sino lo contrario: su manera de evitar la enfermedad. *(Ha ido hacia el fondo y se detiene ante el Saturno.)*]

[LEOCADIA].—Mire, eso. ¿No da pavor?

ARRIETA.—*(Ante el* Aquelarre.*)* [El diablo, las brujas...] Él no cree en brujas, señora. Puede que estas pinturas causen pavor, pero no son de loco, sino de satírico.

LEOCADIA.—Esas pinturas me aluden.

(ARRIETA se detuvo ante Judith y mira a LEOCADIA.)

ARRIETA.—¿A usted?

(El Aquelarre *se trueca en* Asmodea [39].)

LEOCADIA.—*(Asiente.)* Dice que soy una bruja que le seca la sangre. ¡Mire esa otra! *(*ARRIETA *se enfrenta con* Asmodea.*)* La mujer se lleva al hombre al aquelarre y él va aterrado, con la boca taponada por una piedra maléfica [40]... La mujer soy yo. *(Entretanto* Saturno *se trueca en* Las fisgonas. ARRIETA *las contempla.)* Habría de vivir con nosotros para comprender... lo trastornado que está.

ARRIETA.—Esta escena, ¿también la alude a usted?

*(*LEOCADIA *se vuelve y se inmuta al ver el cuadro.)*

LEOCADIA.—No lo sé.

(Un silencio. ARRIETA *mira al cuadro y observa a* LEOCADIA.*)*

---

[39]   Asmodeo (que significa devastador, destructor) es el nombre del demonio que dio muerte, antes de que tuvieran relación con ella, a los siete maridos de Sara, luego esposa de Tobías (*Tobías,* 3, 7-18). Es tenido por el diablo de la lujuria, pero, según una tradición, ayudó con artes mágicas a levantar el templo de Salomón. Goya lo cambia de sexo, según Sánchez Cantón, que cree que esta es «la pintura más bella y de colorido más rico y luminoso de toda la serie», con «un juego de su humor» (*Goya: La Quinta del Sordo,* Granada, Albaicín, 1966). Como en el poema bueriano «Pinturas negras», Asmodea es para Goya un ser positivo y representa la esperanza de los hombres-pájaros, que, por otra parte, nos recuerdan la de los visitantes de *Mito.*

Pierre Gassier (*Goya, testigo de su tiempo,* Madrid, Ediciones de Arte y Bibliofilia, 1984, pág. 219) piensa que en este óleo pueden encontrarse alusiones a los soldados franceses que pasaron por Madrid en mayo de 1823 (las tropas del duque de Angulema); «sería —afirma— el único indicio de un reflejo de la historia contemporánea en las *Pinturas Negras*».

[40]   Buero plantea la hipótesis de que el hombre trasladado por Asmodea lleve en la boca una «piedra maléfica», ante el hecho de que «en esa boca algo que no se sabe lo que es, que no es la lengua evidentemente, porque es de color gris, y tampoco es la oquedad de la boca, porque entonces tendría que estar más oscura. Hay un objeto en esa boca y nadie ha hablado de ese objeto» (Perfecto Esteban Cuadrado, «Entrevista a Buero Vallejo», en *Adhuc,* 1, 1979, pág. 42).

ARRIETA.—*(Intrigado.)* ¿Qué hacen?

[LEOCADIA.—*(Titubea.)* Él no lo ha dicho...

ARRIETA.—Pero usted lo supone. *(Un silencio.)* ¿O no?]

LEOCADIA.—*(Después de un momento.)* Creo que es... un cuadro sucio.

ARRIETA.—¿Sucio?

LEOCADIA.—*(Con brusca vergüenza.)* ¿No se da cuenta? Esas dos mozas se burlan... del placer de ese pobre imbécil.

> *(Muy sorprendido,* ARRIETA *vuelve a observar la pintura. Luego mira, pensativo, a* Asmodea *y a* Judith. LEOCADIA *ha bajado los ojos.* ARRIETA *va a su lado.)*

[ARRIETA.—¿Me perdonará si le recuerdo un antiguo secreto?

LEOCADIA.—*(Casi sin voz.)* ¿A qué se refiere?

ARRIETA.—Hará seis años fui llamado a la anterior vivienda de don Francisco. Era usted la enferma. *(*LEOCADIA *se aparta hacia el sofá.)* A los tres meses de un embarazo difícil perdía usted un niño que estaba gestando. Hube de cortar una hemorragia que otras manos, más torpes, no habían sabido evitar.

LEOCADIA.—*(Se sienta, sin fuerzas.)* Le juré entonces que la pérdida fue involuntaria. *(Lo mira.)* ¡Ya sé que no era fácil de creer! Separada de mi esposo desde 1812, aquel niño significaba mi deshonra. ¡Pero yo nunca destruiría a un hijo de mi carne!

ARRIETA.—*(Frío.)* Lo he recordado porque el futuro niño, según confesión de usted y de don Francisco, era de los dos. ¿Era realmente de los dos, señora?

LEOCADIA.—¿Quiere que se lo jure? Usted no cree en mis juramentos.]

ARRIETA.—[Don Francisco era ya entonces viejo.] ¿Qué edad cuenta él ahora?

LEOCADIA.—Setenta y seis años [41].

ARRIETA.—*(Vacila.)* Consiéntame una pregunta muy delicada... *(Ella lo mira, inquieta.)* ¿Cuándo cesaron entre ustedes las relaciones íntimas?

LEOCADIA.—No han cesado.

ARRIETA.—¿Cómo?

LEOCADIA.—No del todo, al menos.

ARRIETA.—*(Se sienta a su lado.)* ¿No del todo?...

LEOCADIA.—*(Con dificultad.)* Francho... Perdóneme. En la familia se le llama Francho. Don Francisco ha sido [muy apasionado...] Uno de esos hombres que se conservan mozos hasta muy mayores... De muchachita [no lo creía.] Pensaba que eran charlatanerías de viejos petulantes... Y cuando él empezó a galantearme, admití sus avances por curiosidad y por reírme... Pero cuando me quise dar cuenta..., era como una cordera en las fauces de un gran lobo. Sesenta y cuatro años contaba él entonces.

ARRIETA.—Y ahora, doce más... [Muchos más.]

LEOCADIA.—Me busca todavía..., muy de tarde en tarde. ¡Dios mío! Meses enteros en los que me evita por las noches y ni me habla durante el día... Porque... ya no es tan vigoroso [42]...

(ARRIETA dedica una melancólica mirada a las pinturas del fondo y cavila.)

ARRIETA.—*(En voz queda.)* Doña Leocadia... *(Ella lo mira, atrozmente incómoda.)* ¿Tiene algún motivo para sospechar si don Francisco... atenta a su salud como ese viejo de la pintura?

LEOCADIA.—*(Desvía la vista.)* No lo sé.

ARRIETA.—[¿Puedo preguntar] qué edad tiene usted ahora?

LEOCADIA.—Treinta y cinco años. *(Breve pausa.)*

---

41   Goya nació el 30 de marzo de 1746. Tenía, pues, en este momento (diciembre de 1823) setenta y siete años.

42   El tema de *Las fisgonas* se une aquí al del *Capricho 9*, *Tántalo* (vid. nota 109).

¡Calle! ¿No se oye algo? *(Bajo la mirada de* ARRIETA *se levanta y va a la derecha para escuchar.)* Será el trajín de los criados.

ARRIETA.—Reconoceré a don Francisco. Pero también usted requiere cuidados… La encuentro inquieta, acongojada. Acaso un cambio de aires…

LEOCADIA.—*(Se vuelve, enérgica.)* ¡Es él quien lo necesita! De mí, se lo ruego, no hablemos más. ¡La locura de Francho es justamente ésa! ¡Que se niega a un cambio de aires! Que no tiene miedo.

ARRIETA.—No comprendo.

LEOCADIA.—*(Pasea, con creciente agitación.)* ¿Sabe que ya nadie nos visita, doctor?

ARRIETA.—La casa está muy apartada…

LEOCADIA.—¡Esa es la excusa! La verdad es que todos saben que él pertenece al bando vencido y que el rey lo odia. [Conque no hay visitas…, ni encargos. Todos huyen de la tormenta que estallará un día sobre la casa.]

ARRIETA.—¡Por Dios, señora!

LEOCADIA.—¡Le consta que no exagero! Todos los días se destierra, se apalea, se ejecuta… Francho es un liberal, un *negro,* y en España no va a haber piedad para ellos en muchos años… La cacería ha comenzado y a él también lo cazarán. ¡Y él lo sabe! *(Transición.)* Pues permanece impasible. Pinta, riñe a los criados, pasea… Y cuando le suplico que tome providencias, que escape como tantos de sus amigos, grita que no hay motivo para ello. ¿No es la locura?

ARRIETA.—Quizá sólo fatiga…

[LEOCADIA.—¡Se cansa menos que yo!

ARRIETA.—Otra clase de fatiga.]

LEOCADIA.—¡Hay que estar loco para no temblar! Y yo estoy muy cuerda, y tengo miedo. *(Se acerca a* ARRIETA.*)* Infúndale ese miedo que le falta, doctor. ¡Fuércele a partir!

ARRIETA.—*(Se levanta.)* Infundir miedo en el corazón de un anciano puede ser mortal…

LEOCADIA.—*(Con una extraña esperanza en la voz in-*

sinuante.) Pues no le asuste. Dígale que le conviene un cambio de aires... O las aguas de algún balneario francés...

ARRIETA.—Lo pensaré, doña Leocadia. *(La mira, suspicaz. Ella suspira, atribulada, y va a sentarse. De pronto se le vence la cabeza y emite un seco sollozo.* ARRIETA *se aproxima, mirándola con tristeza.)* ¿Se siente mal?

LEOCADIA.—No lo soporto. *(Resuena el lejano estampido del portón. Ella levanta la cabeza.)* Ahora sí se oye algo.

GOYA.—*(Su voz.)* ¿Tampoco hoy pasó el cartero?

LEOCADIA.—Es él.

GOYA.—*(Su voz.)* Tú nunca sabes nada... *(La voz se acerca.)* ¡Anda a la cocina!

LEOCADIA.—*(Con ojos suplicantes.)* Ayúdenos.

> *(Miran a la derecha.* GOYA *entra y se detiene al verlos.* LEOCADIA *se levanta.)*

GOYA.—¡El doctor Arrieta! *(Deja en manos de* LEOCADIA *sombrero y bastón. Ella los deposita sobre una silla.)* ¡Ya se le echaba de menos en esta su casa! *(Abraza al doctor con efusión.)* ¡Como amigo, claro! Como médico, maldito si hace falta. *(*ARRIETA *sonríe.* LEOCADIA *ayuda a* GOYA *a despojarse del redingote[43].)* ¡Siéntese! ¡Y tú, mujer, trae unos vasitos de cariñena![44] *(El doctor deniega.)* ¡Cómo! ¡Si usted no bebe, para mí! ¿O me lo va a prohibir? *(*ARRIETA *dibuja un gesto dubitativo.)* ¡Si estoy más fuerte que un toro!

ARRIETA.—*(Ríe.)* (¡Ya lo veo!)

> *(Y se sienta.)*

GOYA.—¡Campicos y buena vida[45], don Eugenio!

---

[43]   *Redingote:* Capote de poco vuelo y con mangas ajustadas (DRAE).

[44]   *Cariñena:* Vino tinto muy dulce y oloroso, que recibió el nombre de la ciudad de que procede, perteneciente a la provincia de Zaragoza (DRAE).

[45]   La expresión «campicos y buena vida» procede de una carta de enero de 1779 a Martín Zapater en la que el pintor muestra su satis-

Estos cerros son pura salud. Verá qué colores le han bro-
tado a Mariquita. ¿Ha vuelto ya de la huerta, Leo? Al
salir me asomé y no la vi. *(*LEOCADIA *asiente con preste-
za.)* ¿La ha visto ya, doctor? (*ARRIETA deniega.)* ¡Pues
tráela, mujer! ¡Y el vino! *(Con el gesto de preguntar algo,*
LEOCADIA *traza signos. El tono de* GOYA *pierde su exu-
berancia.)* Me he vuelto desde el puente.

LEOCADIA.—*(Con expresivo ademán.)* (¿Por qué?)

GOYA.—Han instalado un retén de voluntarios realistas y paraban a todos.

LEOCADIA.—*(Se acerca, inquieta.)* (¡Si no lo había!)

GOYA.—¡Los habrán destacado hoy! *(Ella pregunta
algo con los signos de la mano.)* ¡Qué sé yo si van a quedarse!... Pero no aguanto sus jetas de facinerosos, ni sus
risitas. ¡Y no iba a decirles que estaba sordo, si no los en-
tendía! Conque me he vuelto. [¿O querías que les armase
gresca? *(Ella se apresura a denegar.)*] Trae el vino, el doctor está esperando. *(Ella asiente y corre a la izquierda.)*
¡Oye! *(Ella se detiene.)* ¿Ha venido el cartero? *(Ella deniega y sale.* GOYA *se sienta y echa una firma* [46] *al brasero.* Las fisgonas *se truecan en* La Leocadia [47] *y* Asmodea, *en* El Santo Oficio.) ¿A que le ha dicho que estoy
enfermo y que debemos irnos a Francia? (*ARRIETA lo
mira, estupefacto. Él ríe.)* Sueña con Francia. Aquí se abu-
rre. *(Se irrita.)* Pero ¿por qué rayos me he de ir? ¡Esta
es mi casa, este es mi país! [48] Por Palacio no he vuelto,

---

facción «por lo que me honró el Rey y el Príncipe y la Princesa»
(vid. Ramón Gómez de la Serna, *Goya,* cit., pág. 47).

[46]   *Echar una firma:* Remover con la badila las ascuas del brasero
para dejarlas al descubierto de la ceniza (DRAE).

[47]   Con relación a la barandilla de hierro que aparece detrás de la
peña en esta pintura, se pregunta Gudiol (*Goya,* I, cit., pág. 378), que
también identifica a la maja o manola que la protagoniza con Leocadia
Zorrilla: «¿Qué intentó Goya representar con este pequeño recinto o cer-
cado que surge detrás de la roca? ¿Puede que una tumba? ¿Será esta
composición una alusión a la vida apoyada en la mansión de la muerte?».

[48]   Son evidentes las referencias autobiográficas a la actitud de Buero
Vallejo de mantenerse en su país, por adversas que fuesen las circunstancias, y de escribir en España, a pesar de las numerosas y graves dificultades de los años de posguerra.

y al Narices[49] no le agradan mis retratos. Desde hace diez años le pinta esa acémila de Vicente López, ese chupacirios[50], ese melosico[51]... Mejor. Yo, en mi casa, sin que se acuerden de mí y pintando lo que me dé la gana... Pero cuénteme. ¿Qué se dice por Madrid? *(ARRIETA abre los consternados brazos.)* No, no diga nada. Delaciones, persecuciones... España. No es fácil pintar. ¡Pero yo pintaré! ¿Se ha fijado en las paredes? *(ARRIETA elude la respuesta y pregunta algo por signos.)* ¿Miedo? No. *(Lo piensa.)* Tristeza, tal vez. *(Leves latidos de un corazón. GOYA los percibe.)* No... Miedo, no. *(LEOCADIA reaparece con un jarro de loza y dos copas llenas en una bandeja. ARRIETA se levanta y acepta, con una inclinación, una de las copas. Judith se transforma en los Dos frailes. GOYA toma la otra copa.)* Este vino quita pesares, doctor. Por usted. *(Se brindan y beben. LEOCADIA deposita la bandeja sobre la mesa. Los latidos se amortiguan bruscamente*

---

49   Este insulto hacia Fernando VII, expresado por Goya con distintas formas (Narices, Narizotas, Narigón de mierda), era frecuente en la época y respondía a un característico rasgo físico del monarca: su «nariz gruesa y derribada». Morayta (*Historia...*, VI, cit., pág. 904) señala que el populacho que participaba en disturbios callejeros y asonadas solía entonar una canción que comenzaba de este modo:

> *Ese narizotas,*
> *Cara de pastel,*
> *Que a los liberales*
> *No nos puede ver.*

El rey, cuando se le hablaba de agitaciones liberales o de propósitos apostólicos, retorcía la canción diciendo:

> *Este narizotas,*
> *Cara de pastel,*
> *A negros y a blancos*
> *Os ha de...*

50   *Chupacirios:* Despectivamente, hombre que frecuenta los templos (DRAE). Tiene aquí el sentido de adulador e hipócrita.

51   *Melosico:* El adjetivo («de la naturaleza de la miel») posee en este contexto carácter peyorativo. El diminutivo en *-ico,* propio del habla de Aragón, caracteriza la expresión del pintor y el sentido negativo del término.

cuando el pintor apura su copa. LEOCADIA *se acerca al frente y atisba hacia la derecha por un invisible balcón.)* Está rico, ¿eh?

ARRIETA.—*(Asiente.)* (¡Muy rico!)

GOYA.—Me mandó un pellejo Martín Zapater, para que le perdonase por no venir él a pasar unos días. Anda siempre tan sujeto en Zaragoza... *(Se interrumpe y lanza un áspero vozarrón que inmuta al doctor y a* LEOCADIA.*)* ¿Qué miras?

LEOCADIA.—*(Se vuelve, trémula.)* (El... puente.)

GOYA.—¡Nada tienes que mirar en el puente!

LEOCADIA.—*(Sorprendida.)* (¿Por qué no?)

GOYA.—¡Trae a tus niños, a que los vea el doctor! *(*LEOCADIA *murmura para sí leves palabras y sale por la derecha, con un ademán consternado que dedica a* ARRIE-TA *a espaldas del pintor. Los latidos no han cesado y* GOYA *se oprime una oreja con un dedo inquieto. Luego deja la copa sobre la bandeja y se acerca al fondo.)* Acérquese, don Eugenio. ¿Qué le parece? *(*ARRIETA *se acerca conservando su copa, de la que bebe a sorbitos, y frunce los labios en gesto aprobatorio. Están ante* El Santo Oficio.*)* ¿No semejan animales? Nos miran sin saber lo feos que son ellos. Me miran a mí.

ARRIETA.—(¿A usted?)

GOYA.—Igual que cuando me denunciaron a la Santa Inquisición. Me miraban como a un bicho con sus ojos de bichos, por haber pintado una hembra en puras carnes [52]... Son insectos que se creen personas. Hormigas en

---

[52] En 1814 Goya fue sometido a indagatoria por la Inquisición a causa de haber pintado las *Majas,* cuadros que se incautaron con los bienes de Godoy y fueron considerados obscenos. Años antes, en 1803, Goya hizo donación al rey, para la Real Calcografía (en la que aún se conservan), de las planchas originales y los ejemplares no vendidos de los *Caprichos,* al tiempo que pedía una pensión para su hijo; pero con esa cesión pretendía también liberarse de las acusaciones que por ellos se le habían hecho ante la Santa Inquisición y que fueron la causa de que se retirasen de la venta sólo dos días después de iniciada.

En la parte segunda de *Las Meninas* Velázquez es sometido, en un episodio de existencia puramente dramática, a examen inquisitorial, de

torno a la reina gorda *(Ríe.),* que es este frailuco barrigón. *(*ARRIETA *pregunta algo con signos.)* [A la fuente de San Isidro, a hincharse de un agua milagrosa que nunca hizo milagros. Tan campantes. Es su hidroterapia.] Les parece que el día es hermoso, pero yo veo que está sombrío. *(*ARRIETA *señala a la izquierda de la pintura.)* Sí. Al fondo brilla el sol. Y allá está la montaña, pero ellos no la ven. *(*ARRIETA *traza signos.* GOYA *vacila.)* Una montaña que yo sé que hay. *(El ruido de los latidos se amortiguó poco a poco y ha cesado.* GOYA *se hurga una oreja y atiende en vano.* ARRIETA *lo mira y pasa a la derecha para preguntar por signos algo ante los* Dos frailes*.)* [Tal vez sean frailes. Todos lo somos en este convento.]

ARRIETA.—*(Señalando.)* (¿Qué hacen?)

GOYA.—Ese barbón también está sordo. Cualquiera sabe lo que le dice el otro. Aunque quizá el barbón oiga algo... *(Se encamina a la izquierda y se vuelve.)* ¿O no? *(*ARRIETA *esboza un gesto de perplejidad.* GOYA *lo mira, enigmático, y se vuelve hacia la pintura.* ARRIETA *señala a la pintura de la izquierda, que* GOYA *tiene a sus espaldas, inquiriendo algo con breves signos.)* Sí. Es la Leocadia. Tan rozagante. Está en un camposanto.

ARRIETA.—(¿Qué?)

(Se oye un maullido. El anciano mira a los rincones.)

GOYA.—Esa peña [donde se reclina] es una tumba. *(Maullido.* GOYA *enmudece un segundo y prosigue.)* Ahí nos ha metido a su marido y a mí. *(Ríe.)* [Pensé en pintarme yo mismo dentro de la roca, como si ésta fuera de vidrio.] *(Varios maullidos, que se aglomeran, distraen al pintor.* ARRIETA *no lo pierde de vista.)* [Pero la habríamos tenido buena, y no me atreví.] *(Ríe.)* Los gatos andan por detrás de la tumba.

_____

nunciado al Santo Oficio por haber realizado «una pintura de mujer tendida de espaldas y sin vestido o cendal que cubra su carne» (pág. 101). La apreciación de Goya («Me miraban como a un bicho con sus ojos de bichos») trae a la memoria la acusación velazqueña: «¡Vuestro ojo es el que peca y no mi Venus!» (pág. 106).

(Los Dos frailes *se truecan de nuevo en* Judith.*)*

ARRIETA.—(¿Los gatos?)

GOYA.—Siempre andan por ahí. [*(*ARRIETA *señala a* La Leocadia *y pregunta algo por signos.)* ¿Otra *Judith? (*ARRIETA *señala a la* Judith.*)* ¡Ah! ¿Ya la ha visto? *(Ríe.)* O *Judith* otra Leocadia. ¿Quién sabe?] *(*El Santo Oficio *se muda en* La romería. *Se oye el batir de alas de un ave gigantesca. El pintor se oprime un oído y habla con algún desasosiego.)* ¿Otra copa, doctor? *(Va a la mesa.* ARRIETA *menea la cabeza, amonestándolo.)* ¡Es zumo puro, no daña!

ARRIETA.—(No, gracias.)

GOYA.—*(Mientras se sirve.)* ¿Mira usted *La romería*? Más bichos. Rascan bandurrias, vociferan y creen que es música. Tampoco saben que están en la tumba.

> *(Bebe. El batir de alas se amortigua y cesa.* GOYA *mira al vago aire.)*

ARRIETA.—*(Ahora se le oye perfectamente.)* «¡Divina razón!» [53].

GOYA.—Eso mismo. *(Va a beber de nuevo, pero se sobresalta y mira a* ARRIETA, *que contempla el cuadro.)* ¿Qué ha dicho? *(*ARRIETA, *intrigado por su tono, traza signos.)* ¿Demasiado oscuro? ¿Eso dijo? *(*ARRIETA *asiente.)* Es que... nos ven oscuros. Son tan luminosos...

ARRIETA.—*(Con un expresivo gesto.)* (¿Quiénes?)

> *(*GOYA *lo mira, pensativo. Apura la copa y la deja sobre la bandeja.)*

---

[53]   Esta exclamación es parte del lema del dibujo 122 del Álbum C, que Goya pronuncia completo al final de la obra: «Divina Razón: No deges ninguno». Esas palabras, que no dice Arrieta sino que son creación de Goya, expresan, cuando «el batir de alas se amortigua y cesa», el deseo del pintor de que la Razón acabe con lo que representan los cuervos del dibujo.

GOYA.—Doctor, querría consultarle algo. *(La Leoca-dia se trueca en Las fisgonas. El pintor mira a* ARRIETA, *apostado junto a esta pintura, y cruza para sentarse en el sofá.)* Siéntese a mi lado. *(Lo mira.* ARRIETA *señala a la pintura e inquiere con un gesto.* GOYA *se toma tiempo para responder y lo hace al fin desviando la vista.)* Esas son dos fisgonas. Venga acá. *(*ARRIETA *se sienta junto a él. Una pausa.)* Treinta y años sordo. Ya le conté… Al principio oía zumbidos, musiquillas… Después, nada. *(*ARRIETA *asiente.)* Sin embargo, de un año a esta parte han vuelto los ruidos. *(Sorprendido,* ARRIETA *traza signos.)* Sí, también voces… *(*ARRIETA *traza signos.)* No al dormirme, sino bien despierto. [*(*ARRIETA *traza signos.)*] Vocecicas… Lo que usted me dirá ya lo sé: mi mente crea esas ilusiones para aliviar mi soledad… Pero yo pregun-to: ¿no me habrá vuelto un resto de oído? *(*ARRIETA *de-niega, inquieto.)* Hay voces que son… muy reales. *(Aún más inquieto,* ARRIETA *deniega con vehemencia y le pone una mano en el hombro.)* ¿No podría ser? *(*ARRIETA *de-niega, melancólico, y traza signos y más signos… Después se levanta, indicándole que atienda, va a la mesa y asesta un fuerte puñetazo inaudible sobre su tabla, interrogan-do al pintor con la mirada.)* No, pero… *(*ARRIETA *lo in-terrumpe con un ademán, toma la campanilla y repica con fuerza, sin que se oiga nada.)* ¡No!… *(*ARRIETA *se acer-ca a* GOYA *y agita la campanilla junto a los oídos del pin-tor, que deniega, sombrío. El doctor vuelve a la mesa y deja la campanilla. La romería se trueca en* Asmodea.*)* Conque, según usted, todo está aquí dentro. *(Señala a su frente.* ARRIETA *asiente con ardor. Se miran fijamente. Lejano, aúlla un perro.)* Si yo, pongo por caso, le dijese que acaba de aullar un perro, usted me diría que no lo ha oído. *(*ARRIETA *deniega, confirmándolo.* GOYA *se le-vanta y se acerca al fondo.)* ¿Le repelen mis pinturas? *(*ARRIETA *esboza una débil negativa.)* No finja. Repelen a todos… Y acaso a mí también. *(Entristecido,* ARRIETA *le invita con un ademán a rechazar ideas negras y señala a* Asmodea *con gesto interrogante.)* Asmodea. *(El doctor* *inquiere con un gesto de sorpresa.)* Como el diablo Cojuelo [54], pero aquí es una diablesa... angelical. Abajo hay guerras, sangre y odio, como siempre. Poco importa. Ellos se van a la montaña.

ARRIETA.—(¿A la montaña?)

GOYA.—Asmodea se lo lleva a él, que todavía tiembla por lo que ve abajo. Desde la montaña lo seguirá viendo, pero los seres que allí viven le calmarán. Es una montaña muy escarpada. Sólo se puede subir volando. *(Ríe.* ARRIETA *traza signos.)* Como el cielo, pero no es el cielo. *(Se decide a enseñarle algo.)* Mírela aquí. *(Toma el cuadro* [55] *que descansa contra la pared y lo trae al primer término, apoyándolo contra la mesa.)* Es casi el mismo asunto. Lo he pintado estos días, cuando he comprendido que no vuelan por arte mágica, como yo creía *(Señala a* Asmodea.*),* sino con artificios mecánicos.

ARRIETA.—(¿Quiénes?)

GOYA.—*(Le considera un momento.)* Estos hombres-pájaros. Las alas son artificiales. Abajo, ya lo ve, las gentes se abrasan. Los voladores podrían ayudar. No sé por qué no lo hacen. Acaso nos desprecian. Han de vivir muy felices en esas casas redondas que se ven arriba. *(*ARRIETA *lo observa, de nuevo inquieto.)* Le mostraré un grabado donde se los ve mejor. No estoy cierto de que las alas sean como las he dibujado; he fantaseado un poco.

---

[54]   Como el diablo Cojuelo, en la novela de Luis Vélez de Guevara, lleva volando a don Cleofás y le promete enseñarle «todo lo más notable que a estas horas pasa en esta Babilonia» (final del tranco I), Asmodea conduce por los aires al hombre de la piedra maléfica en la boca (vid. nota 40) para mostrarle la esperanza a los seres que habitan en la montaña. En «El mundo todo es máscaras», Larra encuentra a Asmodeo, al que llama «héroe del *Diablo Cojuelo*», que desde la altura le permite observar lo que ocurre bajo los techos.

[55]   Este cuadro es el óleo *Ciudad sobre una roca,* que se encuentra en el Metropolitan de Nueva York. Hay quien piensa que no es obra de Goya, sino de algún discípulo (en el Museo se ofrece como de su «estilo»). Como otros críticos, Buero cree que es de Goya «por la similitud de su asunto con *Asmodea.* Y en él hay, además, varios hombres volando con alas alrededor de la roca, mientras abajo hay incendios y multitudes aterradas» (carta particular, 24 de septiembre de 1991).

(Ante la asombrada mirada del doctor.) ¡Claro! De lejos no se distinguen bien. *(Lo ha dicho sonriendo. ¿Se burla?)* No tardo.

> *(Sale por la izquierda.* ARRIETA *mira a Asmodea y al curioso cuadrito que le han enseñado.* LEOCADIA *asoma, sigilosa, por la derecha.)*

LEOCADIA.—¿Tocaron la campanilla?

ARRIETA.—Sí. Pero no llamábamos. Quise demostrarle que no oía nada.

LEOCADIA.—¿Cómo lo encuentra?

ARRIETA.—Aún no sé nada, señora.

LEOCADIA.—*(Se acerca, muy nerviosa.)* ¡Lo sabe! [Lo veo en su cara.] Locura. *(Disgustado,* ARRIETA *deniega sin convicción. Sin atenderle, corre ella a la izquierda para atisbar y vuelve.)* Los criados me acaban de contar algo espantoso.

> *(Cruza para atisbar por el balcón invisible.)*

ARRIETA.—¿El qué, señora?

[LEOCADIA.—¡Ínstele a que salga de España cuanto antes!

ARRIETA.—¿Qué sucede?]

LEOCADIA.—*(Pasea, angustiada.)* Andrés, el cochero, lo ha oído esta mañana en el mercado. [¡No se hablaba de otra cosa!] Van a promulgar dos decretos... ¡Dicen que Calomarde los ha propuesto y que el rey los aprueba! ¡Qué infamia, Dios mío!

ARRIETA.—Por caridad, señora, explíquese.

LEOCADIA.—*(Con dificultad.)* Un decreto... dispensará de todo castigo a quienes hayan cometido excesos con las personas y bienes de los liberales..., excepto el asesinato. *(*ARRIETA *palidece.)* ¡Podrán robar, destrozar, apalear impunemente!...

ARRIETA.—¿Y el otro?

LEOCADIA.—Pena de muerte a todos los masones y comuneros, salvo aquellos que se entreguen y delaten a los demás [56].

ARRIETA.—Puede que sólo sean rumores.

LEOCADIA.—*(Histérica.)* ¿Tampoco usted tiembla? ¿También está loco?

ARRIETA.—No estoy loco y siento un miedo atroz. Aunque no promulguen tales decretos, temo que el mismo Gobierno haya difundido el rumor... para provocar tropelías.

LEOCADIA.—¡Hay que huir!

ARRIETA.—No le hable a don Francisco de esos decretos.

LEOCADIA.—¿Que no le hable...?

ARRIETA.—¡Déjeme pensar lo más conveniente, se lo ruego! [Y permítame un consejo... No le esquive.

LEOCADIA.—¿Qué quiere decir?

ARRIETA.—Que se muestre afable, propicia... Que no le rehúya... si nota que la desea. *(Baja la voz.)* Aunque a usted no le agrade.

LEOCADIA.—*(Roja, con sequedad.)* ¿En bien de su salud?

ARRIETA.—Justamente.]

LEOCADIA.—[¿Es cuanto se le ocurre?] ¿Y el peligro que corre su vida?

---

[56] Fernando VII se vio obligado, por presiones del gobierno francés, a conceder una amnistía para los liberales en mayo de 1824. Calomarde, como contrapartida, decretó el 1 de julio siguiente el sobreseimiento «en todas las causas formadas desde el restablecimiento del gobierno legítimo por las vejaciones causadas a los partidarios del llamado régimen constitucional», sin más excepción que los casos de asesinato (vid. Miguel Artola Gallego, *La España de Fernando VII,* tomo XXVI de la *Historia de España* dirigida por Ramón Menéndez Pidal, Madrid, Espasa Calpe, 1968, págs. 857 y 861). Por otra parte, la Real Cédula de 1 de agosto de ese año prohibía en España y en las Indias las sociedades de francmasones y condenaba a la pena de muerte a los que no solicitasen espontáneamente el indulto, con lo que se favorecía las delaciones, admitidas sin tener en cuenta los requisitos necesarios (vid. Lafuente, *Historia...,* 19, cit., págs. 155-156). Son estos los dos decretos que al comienzo del drama decía Calomarde haber discurrido y para los que pedía aprobación real «el próximo año».

ARRIETA.—No hay vida sin salud, señora.

LEOCADIA.—¡No hay salud sin vida!

ARRIETA.—Tal vez, señora, exageremos el peligro. A don Francisco siempre se le ha respetado...

> *(Sus palabras se van apagando hasta articularse en silencio, al tiempo que la voz de* GOYA *se oye fuera y se acerca.)*

GOYA.—*(Su voz.)* Se estará preguntando, don Eugenio, qué monserga es ésta de los voladores. *(Aparece en la izquierda, mirando el grabado que trae.)* Mire este aguafuerte... *(Los ve.* ARRIETA *se ha callado. Suspicaz,* GOYA *interpela a* LEOCADIA.*)* ¿Quieres algo?

LEOCADIA.—*(Deniega.)* (Nada.) *(Señala.)* (Voy a recoger el vino.)

> *(Cruza, toma la bandeja y sale por la izquierda bajo la desconfiada mirada del pintor.)*

GOYA.—Alguna trapisonda [57] me guarda hoy esta bruja. *(*ARRIETA *se ha acercado y toma el grabado. Se aproximan los dos a la mesa y allí lo dejan para mirarlo.)* Vea, doctor. Es de una colección a la que llamo «Sueños», aunque son más que sueños. ¿Cree que se podrá volar así? [58] *(*ARRIETA *deniega.)* Leonardo pensó un artificio

---

[57] *Trapisonda:* Embrollo o enredo (DRAE).

[58] Se refiere Goya al número 13 de sus *Proverbios, Disparates* o *Sueños,* titulado *Modo de volar,* en el que «el viejo sueño humano de dominar los aires con el vuelo se traduce en una anotación casi ingenieril o al menos mecánica, que hace evocar los ingenios de Leonardo da Vinci. Las alas, estructuradas como las de los murciélagos, se mueven con los pies y las manos de modo muy ingenioso, y sólo una especie de gorra con visera de cabeza de águila, confiere a estos extraños planeadores una apariencia sobrenatural» (Alonso E. Pérez Sánchez, *Goya. Caprichos-Desastres-Tauromaquia-Disparates,* Madrid, Fundación March, 1979, pág. 170). Parece, pues, tener este grabado un sentido distinto del de los vuelos simbólicos, fantásticos o mágicos de los *Caprichos* (por ejemplo, el 61 —*Volaverunt*—, el 64 —*Buen viage*— o el 66 —*Allá va eso*—), del *Disparate de toros,* del óleo *Brujos por el aire* o de las pinturas *Asmodea* y *Las Parcas.* En el momento décimo de *La familia de Carlos IV,* de Pérez Casaux, Jovellanos muestra su convencimiento de que el hombre conseguirá, por medios científicos, volar en el futuro.

parecido [59]. *(*ARRIETA *inicia signos.)* No voló, pero acaso volemos un día [60]. *(Está mirando al doctor, misterioso.* ARRIETA, *que también lo mira fijamente, deniega.* LEO-CADIA *reaparece por la izquierda y cruza despacio. Una involuntaria mirada de* ARRIETA *advierte a* GOYA *de su presencia.)* ¡Aún no has traído a Mariquita!

LEOCADIA.—*(Se la oye perfectamente.)* Mariquita... se ha muerto [61]...

(Apresura el paso y sale por la derecha.)

GOYA.—¿Ha dicho algo? *(*ARRIETA *asiente y traza signos.)* ¿Que va a traerla? *(*ARRIETA *asiente. Un silencio.* GOYA *suspira quedo y se sienta, caviloso, tras la mesa. Al fin se decide y habla.)* [Según usted, mi mente se burla de mi oído. ¿Y de mis ojos? *(*ARRIETA *interroga con los suyos.)* Estoy sordo, pero no ciego. *(Grave.)* Me conoce bien y confío en que no me crea un demente...] Voy a confiarle algo... increíble. Prométame callar. *(*ARRIETA *asiente, expectante.)* Yo he visto a estos hombres voladores.

(Señala al grabado.)

ARRIETA.—*(*¿Qué?*)*

---

[59]   Leonardo da Vinci (1452-1519), extraordinario pintor, escultor y arquitecto, fue también un notable ingeniero y planteó distintas especulaciones técnicas y científicas entre las que se encuentra el «artificio» para volar que Goya menciona.

[60]   Hay aquí una llamada al espectador actual, que sabe que este sueño de Goya ha tenido ya realización. Como en *El concierto de San Ovidio,* el perspectivismo histórico nos permite advertir un logro determinado que se ha producido por el esfuerzo humano, aunque no para los personajes del drama (vid. Mariano de Paco, «El "perspectivismo histórico" en el teatro de Buero Vallejo», en Mariano de Paco, ed., *Buero Vallejo (Cuarenta años de teatro),* Murcia, CajaMurcia, 1988, páginas 101-107).

[61]   Goya exterioriza con las palabras de Leocadia un temor que le aqueja: el de la muerte o desaparición de Mariquita-Asmodea. Con lo que dice después a Arrieta insiste, por el contrario, en la realidad de los voladores y en la esperanza que suponen, como Eloy afirmaba en *Mito* la de los visitantes. Un poco más adelante la Voz de Mariquita repite, acentuando la duda en la que Goya está sumido: «Ya no me verás más...»

GOYA.—En los cerros de atrás. *(ARRIETA se sienta despacio, observándolo con aprensión.)* [Dos veces los vi,] hará dos años. Muy lejos, pero las ventanas de algo que parecía una casa brillaban en el cerro más alto. Y ellos volaban alrededor, muy blancos. *(ARRIETA traza signos.)* [Conozco las aves de por acá.] No eran pájaros. Pensé si serían franceses, manejando artefactos nuevos. Pero no puede ser, porque se sabría ya. *(ARRIETA traza signos. GOYA deniega y deniega, hasta que interrumpe.)* ¡No! ¡No estoy soñando con ángeles! [No eran ángeles. *(ARRIETA traza signos.)* ¿Imaginar el futuro? ¡Le digo que los he visto! *(ARRIETA traza signos y señala a* Asmodea.*)* Eso sí es imaginación. Un pobre solitario como yo puede soñar que una bella mujer... de la raza misteriosa... le llevaría a su montaña. A descansar de la miseria humana. *(ARRIETA traza signos.)* ¡No al cielo!] Ellos viven en la Tierra. No sé quiénes son.

ARRIETA.—*(Señala a los ojos de* GOYA, *meneando la cabeza.)* (También los ojos pueden engañar...)

GOYA.—Mis ojos no me engañan. Y han visto a nuestros hermanos mayores. Acaso vivan en los montes desde hace siglos... Le confesaré mi mayor deseo: que un día... bajen. ¡A acabar con Fernando VII y con todas las crueldades del mundo! Acaso un día bajen como un ejército resplandeciente y llamen a todas las puertas. Con golpes tan atronadores... que yo mismo los oiré. Golpes como tremendos martillazos. *(Un silencio. ARRIETA lo mira, turbado, y desvía los ojos.)* Piensa que soy un lunático. *(ARRIETA deniega débilmente.)* Dejémoslo. *(ARRIETA se levanta y pasea. Dedica una expresiva mirada a* Las fisgonas, *otra al pintor, y asiente para sí, apesarado. Luego se acerca y traza signos.)* Claro que me siguen encalabrinando las mozas. [Aún no soy viejo.] *(Breves signos de* ARRIETA.*)* Como entonces no, conforme. Pintar me importa cada vez más y me olvido de ello.

[ARRIETA.—*(Acentúa las palabras y apunta a* GOYA *con un dedo, apuntando luego a la derecha.)* (¿Usted, o ella?)

GOYA.—*(Se levanta y pasea, irritado.)* La Leocadia es una imbécil con la cabeza llena de nubes. *(Ante nuevos signos de* ARRIETA *se detiene, furioso.)* ¿Qué?... *(*ARRIETA *suspira en silencio y señala a* Las fisgonas. *Sobresaltado,* GOYA *va a sentarse, brusco, junto al brasero. Al fin mira al doctor con muy mala cara y éste se apresura a trazar signos.)* No tema tanto por mi salud. A mí no me parte un rayo. *(Se levanta, airado.)* ¡Y no quiero hablar de indecencias! *(Melancólico,* ARRIETA *traza signos.)* ¡Y dale con el miedo! Yo no temo a nada ni a nadie. *(*ARRIETA *se sienta en el sofá y traza signos.)* ¡Con ojo sí ando, tonto no soy! *(*ARRIETA *traza signos.)* Preocupado... ¿quién no lo está? *(Breves signos de* ARRIETA.*)* ¿Ahora? *(*ARRIETA *asiente.* GOYA *lo piensa y se sienta a su lado. Toma la badila y juguetea con ella.)* Ahora me preocupa una carta. *(Gesto de interrogación de* ARRIETA.*)* Le escribí hace muchos días a Martín Zapater y no llega su respuesta. No creo que pase nada... *(Breve pausa.)* Pero he sido imprudente. Martinillo es como un hermano y yo estoy tan necesitado de expansión... [Cuando escribo me desahogo; es como si oyese... ¡Bah! No se abren todas las cartas, y los palotes de dos viejos gruñones, ¿qué le pueden importar a nadie?] *(*ARRIETA *esboza el ademán de escribir y pregunta con un gesto.)* Cosicas nuestras... *(Ríe.)* Pero me despaché con el Narizotas.

[ARRIETA.—(¿En la carta?)

(Y repite el ademán de escribir.)

GOYA.—Me di ese gusto.] *(*ARRIETA *palidece y traza signos.)* ¡Insultos muy gordos, sí! Menos de los que se merece. *(Risueño, mira al doctor y cambia de expresión al ver la de éste.)* ¿Teme que pueda pasar algo? *(*ARRIETA *traza signos.)* Catorce días. *(*ARRIETA *se levanta y pasea. Comienza a oírse el pausado y sordo latir de un corazón.)* No pensarán tanto en mí como para abrir mis cartas... *(*ARRIETA *se detiene y traza signos. Los latidos aumentan súbitamente su ritmo y su fuerza.)* Sé lo que es el Libro Verde. Lo que dicen que es. *(*ARRIETA *traza signos.)* Gracias. Usted escribirá a Martinillo si es menester. Pero dentro de unos días... Esperemos. *(ARRIETA se acerca y le pone una mano en el hombro.* GOYA *lo mira. El doctor traza signos.)* ¿A Francia? *(ARRIETA asiente con vehemencia.)* ¿De veras piensa que... estoy en peligro? *(ARRIETA asiente.* GOYA *se toma un momento para inquirir.)* ¿De muerte? *(ARRIETA, después de un momento de vacilación, asiente.* GOYA *se levanta y pasea, nervioso.)* ¡Tengo que pintar aquí! ¡Aquí!

ARRIETA.—*(Lo detiene por un brazo.)* (¡Tiene que salvarse!)

GOYA.—*(Ríe, mientras los latidos suenan más fuertes.)* ¡Yo soy Goya! ¡Y me respetarán!

> *(*LEOCADIA *irrumpe por la derecha y llega a su lado. Mientras él pasea, habla, intentando en vano detenerlo.)*

LEOCADIA.—(¡Te aplastarán como a una hormiga! ¡Te arrastrarán en un serón, como a Riego, si te quedas! ¡Y me arrastrarán a mí! ¡Y a los niños!)

> *(Pero* GOYA *deniega y sigue hablando, cada vez más colérico, sobre el creciente ruido de los latidos.)*

GOYA.—¡No, no y no! ¿Estabas escuchando? Pues óyelo: nos quedamos. ¡No le pediré nada a ese narigón de mierda, a ese asesino! [¡Y él no se atreverá conmigo!] ¡Seguiré en mi casa, con los niños, con mi pintura y paseando por esos benditos cerros!... ¡Y contigo y con tus hijos, y con mi familia y mi nieto, festejaré aquí la Nochebuena!

LEOCADIA.—*(Oprimiéndose el cuello con sus propias manos.)* (¡Nos matarán!)

GOYA.—¡Cállate! ¡Aquí no mandas tú ni el rey! ¡Aquí mando yo!

LEOCADIA.—*(Grita inaudiblemente.)* (¡Loco!)

ARRIETA.—*(Acude a su lado.)* (Señora, cálmese y no le irrite. Es peor...) *(Los latidos suenan muy fuertes.*

Arrieta *toma a* Goya *de un brazo.)* (Don Francisco, so-siéguese... Venga...)

> *(Lo conduce a un asiento mientras, con disi-mulo, le toma el pulso. El pintor resuella, ges-ticula y murmura oscuras palabras. Los latidos se amortiguan poco a poco.* Arrieta *estu-dia unos instantes la cara de* Goya, *recoge después su sombrero y su bastón y traza signos.)*

Goya.—Acepte mis excusas, doctor. [Y gracias por su visita.] (Arrieta *deniega y, con un ademán de despedi-da, se encamina a la derecha. La voz de* Goya *suena hu-milde.)* ¿Volverá pronto? (Arrieta *asiente, se inclina y sale, acompañado de* Leocadia. *Los latidos siguen oyén-dose sordamente y su ritmo semeja al de un corazón can-sado.)* ¡Nena!... ¡Mariquita!... ¿Dónde estás?...

> *(Se levantó mientras hablaba y se asoma a la derecha. Por la izquierda se oye la voz de* Ma-riquita. Goya *se vuelve.)*

Mariquita.—*(Su voz.)* Me llevan por un corredor os-curo... No veo...

Voz de Viejo.—«¡Que viene el coco!»[62]...

Voz de Vieja.—«¡Que se la llevaron!»[63]...

> *(Larga pausa.)*

Mariquita.—*(Su voz.)* Ya no me verá más...

> *(*Goya *escuchó con creciente zozobra. Los la-tidos, ya muy débiles, dejan de oírse. Silen-cio. El pintor se pasa la mano por la frente y suspira. Las pinturas del fondo se borran lentamente y sólo reaparece la de* Saturno. Goya *toma el catalejo de la mesa y se acerca al balcón invisible para mirar hacia Palacio.*

---

[62]	Título del Capricho 3.
[63]	Título del Capricho 8.

LEOCADIA *reaparece por la derecha con una taza cuyo líquido menea en silencio, y lo mira fríamente.)*

LEOCADIA.—(Toma.)

GOYA.—No he menester de lavatripas.

LEOCADIA.—*(Señala afuera.)* (Lo ha mandado el doctor.)

GOYA.—*(Se encoge de hombros.)* No quiero porfiar. Dame. *(Toma la taza y va a sentarse a la mesa, donde deja el catalejo. Mientras bebe,* LEOCADIA *se le enfrenta y traza signos. El anciano deja de beber bruscamente.)* ¿Qué decretos? *(Impasible, ella traza signos.* GOYA *se alarma, pero disimula.)* Nunca fui masón, ni comunero. *(*LEOCA-DIA *traza signos.)* Liberal, sí. ¡Pero no van a colgar a todos los liberales! *(Ella sigue formando signos sin interrupción.)* ¿Qué? *(Ella prosigue.)* ¡Cuentos de viejas!

LEOCADIA.—(Con las manos juntas.) (¡Debemos irnos!)

GOYA.—*(Apura la taza y se levanta, hosco.)* ¿Piensas que no te veo el juego? ¡Sueñas con Francia… y con los franceses! *(Le aferra un brazo.)* ¡Pero a mí no me adornas[64]! ¡Todavía soy hombre para obligarte a gemir de placer o de miedo! ¡Tú eliges!

[LEOCADIA.—*(Forcejea.)* (¡Me haces daño!)

GOYA.—¡Ramera! ¿Te asquean mis arrugas? *(Ella deniega, turbada.)* ¡¡No lo niegues!!] *(La repele con violencia y se adelanta, con expresión de inmenso sufrimiento. Medrosa, pero resuelta,* LEOCADIA *lo mira.)* Trae a Mariquita. No la he visto en toda la mañana. *(*LEOCADIA *lo mira con frialdad. Él se vuelve.)* ¿A qué esperas? *(Ella traza signos, lenta.)* ¿Y qué se les ha perdido a tus hijos en casa del arquitecto Pérez[65]?

---

[64] Alude el pintor a la posibilidad de que Leocadia lo engañe y, por tanto, le *adorne* la frente con *cuernos* a causa de su infidelidad. Más tarde, emplea Gumersinda la misma expresión con idéntico propósito.

[65] Se trata de Tiburcio Pérez Cuervo, buen amigo de Goya, bajo cuya custodia quedó María del Rosario al marchar el pintor a Francia en 1824. Goya le hizo un excelente retrato en 1820 en el que, como en el mencionado de Arrieta, se ha visto la marca de las *Pinturas negras.*

[MARIQUITA.—*(Su voz.)* Ya no me verás más…

*(*GOYA *acusa estas palabras sin dejar de mirar a]* LEOCADIA, *[que] traza signos.)*

GOYA.—*(Desconcertado.)* Más seguros que aquí… *(Comprende de pronto y da un paso hacia ella.)* ¿Estás diciendo que se quedan allá? *(Ella asiente. A él le ahoga la rabia.)* ¿Por qué? *(*LEOCADIA *traza signos.)* ¡Tus hijos, sí! ¡Hijos legítimos del señor don Isidoro Weiss! ¡Pero ella es mi hija! ¡Y está aprendiendo a pintar conmigo y va a ser una gran pintora! [66] ¡Y quien dispone de mi hija soy yo! ¡Su padre! *(*LEOCADIA *deniega, nerviosa.)* ¿Que no? Ahora mismo voy a casa de Tiburcio y me los traigo. *(Ella se interpone y deniega.)* ¡Aparta! [*(Con el rostro en-*

---

[66]   Goya dio a María del Rosario clases de pintura y confiaba mucho en su talento. En una carta de 28 de octubre de 1824 escribe desde Burdeos a Joaquín María de Ferrer diciéndole que la niña «quiere aprender a pintar de miniatura» y desea mandarla a París, por lo que pide a su amigo que la acoja «como si fuera hija mía». En esa carta pondera de este modo las cualidades de Rosarito: «por ser el fenómeno tal vez mayor que habrá en el mundo» (vid. Juan de la Encina, *Goya en zig-zag*, cit., págs. 161-162). En una carta, escrita el 25 de julio de 1833 en Bayona, cuenta Sebastián Miñano a José Musso Valiente que, en su vuelta de Burdeos hacia España, cuando Leocadia y su hija «llegaron a la aduana de Miranda las registraron todo su equipage y sin embargo de qᵉ ellas confesaron todo lo que llevaban las han detenido […] todos los dibujitos hechos por la chica, muchos otros ejecutados por Goya y en una palabra el fruto de 4 años de trabajos. Todo ello bajo pretexto, no de indecencia ni cosa que lo valga pues de esto estaba mui lejos sino ¿a que no lo acierta Vm? porque aquellos dibujos, todos, todos, estaban hechos en papel frances y no en papel español como debiera estarlo todas las cosas que se escriben o se pintan o se empapelan en Burdeos. Est' il posible?» Y añade: «El caso es, y esto es lo doloroso, que estas pobres mugeres que han vivido casi de limosna desde que murio Goya por hacerse una buena pintora van a Madrid sin otra esperanza que la de obtener una pensioncita en premio de un bello retrato que ha hecho de la Reyna, para lo cual las he recomendado yo a Grijalba, López y Navarrete citando sus propios dibujos en prueba de su habilidad» (Debemos la noticia y el interesante texto de la carta, inédita, a la amabilidad de Juan Guirao). Más tarde, Rosario Weiss, «distinguida miniaturista», y el hijo de Vicente López, Bernardo, fueron maestros de pintura de Isabel II, según atestigua Morayta (*Historia…*, VII, cit., págs. 963-964).

cendido, ella traza rápidos signos.) ¡No me amenaces!
¿Dónde iríais tú y tus hijos sin mi amparo?

LEOCADIA.—(¡No los traigas!)

GOYA.—¡Pretendes hacerme fuerza porque sabes que
adoro a la niña, pero no te saldrás con la tuya!] *(La empuja y va a salir. Ella lo sujeta, llorosa.)* ¡Suelta!

> *(*LEOCADIA *se interpone de nuevo, con terri-
> ble gesto.)*

LEOCADIA.—(¡Espera!)

> *(Le ruega calma con las manos y traza signos.)*

GOYA.—La niña no está asustada.

> *(*LEOCADIA *afirma con los ojos húmedos y se-
> ñala con un ademán circular a las pinturas.
> El* Saturno *del fondo empieza a crecer.)*

LEOCADIA.—(La nena…) *(Su mano indica la estatura.)*
*(*Aquí…*) (Sus manos señalan al aire y las paredes.) (*Se
asusta.*) (Mima el temblor y el llanto de su hija señalando
a la pintura del fondo.)* (Cuando duerme…)

> *(Ademán de dormir; mímica de un despertar
> lleno de gritos y lágrimas.)*

GOYA.—¿Que sufre pesadillas? *(Ella asiente.)* ¡Yo lo
habría advertido! *(Ella deniega con vehemencia y le señala los oídos. Luego lo toma de un brazo y lo lleva al balcón, indicándole algo.)* ¿Los voluntarios realistas?

LEOCADIA.—*(Asiente y vocaliza.)* (¡Peligro!)

GOYA.—*(Sin convicción.)* No van a molestar a los
niños. *(Ella afirma, señala al exterior y mima la acción
de pegar a un niño, indicando que los voluntarios lo han
hecho otras veces.)* Aunque así sea, habrá que traerlos para
la Navidad… *(Ella dibuja un mohín de perplejidad.)* Conque, para ver a mi hija, habré de ir yo cada día a casa
de mi amigo Tiburcio. *(*LEOCADIA *deniega, nerviosa.)*
¿Cómo que no? *(*LEOCADIA *vuelve a señalar al balcón,
le señala a él y mima la acción de golpear. Caviloso,*

GOYA *mira por el balcón, hacia el puente. Los latidos vuelven a sonar sordamente. Entonces* LEOCADIA *retrocede sigilosa, mirándolo con ojos enigmáticos, y sale furtiva por la derecha. El pintor sacude su cabeza, se vuelve y contempla, absorto, cómo la imagen de* Saturno *crece e invade, amenazante, la pared del fondo. Luego se reporta, corre a la derecha y vocifera.)* ¡Condenada bruja! ¿Qué trampa es ésta?

> *(Bajo el sordo latir cordial torna a la mesa y toma la campanilla, que agita. Los latidos callan. El pintor para sus campanillazos y los latidos se oyen de nuevo. Mirando la enorme cabeza de* Saturno, *agita otra vez la campanilla, y cesan los latidos. Detiene su brazo, y tornan a oírse. La luz se va lentamente y, al cesar los latidos, se oye, muy débil, la campanilla. Cuando calla vuelven a oírse, más apagados, los latidos. Se oye luego la campanilla más fuerte y, cuando calla, apenas se perciben ya los latidos. La campanilla suena otra vez con fuerza y, al callar, nada se oye. Suena dos veces más la campanilla. Un silencio. La luz vuelve despacio. En el fondo aparecen* La Leocadia, *el* Santo Oficio *y* La lectura. *El cuadro de los voladores ha desaparecido. Envaradas,* DOÑA LEOCADIA *y* DOÑA GUMERSINDA GOICOECHEA [67] *están sentadas junto al brasero.* DOÑA GUMERSINDA, *que ha venido muy prendida, aparenta unos treinta y cinco años. No mal parecida y toda sonrisas, su rostro afilado y sus vivos ojos carecen de dulzura.)*

---

[67]   Gumersinda Goicoechea, hija del rico comerciante navarro Miguel de Goicoechea y de Juana Galarza, fue esposa de Francisco Javier Goya. Su hijo Mariano nació en julio de 1806.

[LEOCADIA.—¿De cierto no le apetece un vasito de rosolí [68]?

GUMERSINDA.—De cierto. Gracias.]

LEOCADIA.—Ha de perdonar los campanillazos que la zafia de Emiliana le ha obligado a dar... [De saber que era usted, yo misma habría abierto.]

GUMERSINDA.—[Por favor,] no se excuse, ya me hago cargo. ¿Qué tal se encuentra su amo?

LEOCADIA.—*(La mira con viveza, pues comprende la intención insultante.)* ¿Froncho? Muy contento y saludable. Con los arrestos de un mozo.

[GUMERSINDA.—¿Para todo?

LEOCADIA.—¿Qué quiere usted decir, mi señora doña Gumersinda?]

GUMERSINDA.—¿Come bien? ¿No tose? ¿No se cansa?

LEOCADIA.—No hace tanto que usted le ha visto. Igual está.

GUMERSINDA.—Es que a esas edades..., puede suceder lo peor de un día para otro...

LEOCADIA.—Segura estoy de que aún nos durará muchos años. *(La desafía.)* ¡Imagino que hasta podría casarse!

GUMERSINDA.—*(Estupefacta por su descaro.)* ¡Dios quiera que no dé en esa manía! Sólo una pelandusca se avendría a tal escarnio, para heredar sus bienes y adornarle encima la frente...

LEOCADIA.—No hay cuidado. Él no lo piensa.

[GUMERSINDA.—*(Dulce.)* ¿Es usted, entonces, quien lo ha pensado?

LEOCADIA.—¿Yo?

GUMERSINDA.—*(Inocente.)* ¿No ha sido usted quien ha dicho que podría casarse?

LEOCADIA.—*(Inmutada.)* Quise decir...

GUMERSINDA.—*(La interrumpe.)* Si la entiendo... Que su salud es buena. *(Señala a* La Leocadia.*)* ¿Esa manola es lo último que ha pintado?

---

[68] *Rosolí:* Licor compuesto de aguardiente rectificado, mezclado con azúcar, canela, anís u otros ingredientes olorosos (DRAE).

LEOCADIA.—Sí, señora. Es mi retrato.

GUMERSINDA.—No se le parece. Cualquiera sabe a qué mujer habrá recordado mi suegro al pintarlo...

LEOCADIA.—*(Seca.)* Pues yo he sido el modelo.]

GUMERSINDA.—[Cuando usted lo dice...] Pero aún no la he preguntado por su señor esposo. [¿Se halla bien de salud?]

LEOCADIA.—Usted no ignora que nunca lo veo...

GUMERSINDA.—¡Discúlpeme! Estos olvidos míos... Su esposo es aún muy mozo, gracias a Dios, y estará bueno y sano. ¡Él sí que vivirá largos años! *(Suspira.)* Pues yo venía a saber, doña Leocadia, si celebraríamos aquí la Navidad como de costumbre. Estamos a 15 de diciembre y habrá que ir disponiéndolo todo. ¿Armarán Belén este año? [He visto en la Plaza Mayor unas figuras lindísimas.] ¿Me consentirá que le traiga a Mariquita los tres magos?

LEOCADIA.—Mis hijos no estarán aquí, [doña Gumersinda.]

GUMERSINDA.—¿No? [¿Cómo así?]

LEOCADIA.—*(Vacilante.)* Doña Gumersinda, yo le rogaría que me ayudase a convencer a Francho de que este año... celebrásemos la Navidad en casa de ustedes.

GUMERSINDA.—*(Fría.)* ¿Por qué?

LEOCADIA.—Su suegro corre peligro... Y el barullo de esos días favorece la impunidad... [Francho debiera salir de España y no quiere hacerlo.] ¡Pero si saliera, al menos, de esta casa! ¡A la de ustedes, quizá!...

GUMERSINDA.—¿Piensa que él... debe esconderse? *(*LEOCADIA *asiente.)* ¡Pero mi suegro no ha hecho nada malo!

LEOCADIA.—Otros que nada hicieron han sido perseguidos y muertos.

GUMERSINDA.—Nuestra casa no es buen escondrijo... Tampoco mi esposo está bien considerado... Al fin, como hijo de su padre. *(Sonríe.)* Pero no van a incomodar a ninguno de los dos; no son tan perversos. [Y aquí, tan apartado, mi suegro se halla menos expuesto que en la Babel de Madrid...]

LEOCADIA.—*(Se levanta, nerviosa.)* Y si le sucede algo, como ya ha vivido bastante...

GUMERSINDA.—*(Se levanta.)* ¿Qué insinúa?

LEOCADIA.—¿La he entendido mal?

GUMERSINDA.—¡Le prohíbo...!

LEOCADIA.—*(Colérica.)* ¿Qué?

GUMERSINDA.—*(Se contiene.)* No tendré en cuenta su insolencia, pues veo que está asustada. Y aunque a usted no parezca importarle, no debemos disgustar a mi suegro. Ante él, pondremos buena cara... [La Nochebuena se festejará aquí, a no ser que él mande otra cosa. Es la familia quien lo ha de disponer, no usted [69].]

> *(Se aleja y contempla la pintura de* La Leocadia.*)*

LEOCADIA.—*(Conteniendo su indignación.)* A poco que yo pueda, Francho no pasará aquí las fiestas.

GUMERSINDA.—No se crea tan influyente, señora mía. Y no le vuelva a llamar Francho. En su boca es ridículo.

> *(*GOYA *entra por la izquierda.)*

GOYA.—*(Campechano.)* ¡La Gumersinda!

GUMERSINDA.—(¡Padre!)

> *(Se abrazan.* GUMERSINDA *besuquea la cara del anciano.)*

GOYA.—¡Qué alegría! ¿Dónde se ha metido mi Paco? *(*GUMERSINDA *deniega, mimosa y compungida.)* ¡Cómo! ¿No ha venido el muy descastado? *(Ríe.)* Pero ¿a que sí me has traído a mi nieto? ¿Y a que sé dónde está? ¿A que ha ido al cobertizo a mirar los caballos? ¡Será un gran jinete, yo te lo digo! *(Cruza.)* ¡Marianito!... ¡Marianito!... *(*GUMERSINDA *corre tras él, lo retiene y deniega.)* ¿Qué?

---

[69]   Las palabras de Gumersinda haciendo valer sus derechos de parentesco sobre Leocadia recuerdan la actitud de los familiares frente a Amalia en *Madrugada*.

GUMERSINDA.—(Marianito no ha podido venir...)
GOYA.—¿Tampoco ha venido?

>   *(GUMERSINDA deniega, con humilde contra-*
>   *riedad.)*

GUMERSINDA.—(Ma-ria-ni-to...) (Junta las manos.) (Le
pide per-dón...) (Acciona.) (Y le manda be-sos.)

>   *(Besa en el vacío y luego lo besuquea a él.)*

GOYA.—Deja, deja. *(Devuelve maquinalmente un
beso.)* No ha venido.

>   *(Mohíno, se sienta a la mesa y se pone a di-*
>   *bujar.)*

GUMERSINDA.—*(Se acerca y le besa el cabello.)* (No se
me enfade... Un día de estos se lo traigo. Prometido...)

>   *(Besa dos de sus dedos en cruz.)*

GOYA.—*(Molesto porque no la entiende.)* ¡Leo! ¿Qué
dice? *(*LEOCADIA *se acerca y traza rápidos signos.* GUMER-
SINDA *indica que no es necesario, toma un lapicero y escribe sobre un papel, pero* LEOCADIA *sigue formando signos.* GOYA *sonríe después de mirar al papel y a*
LEOCADIA*.)* Tú, que me traerás a mi nieto antes de Nochebuena, y tú, que hasta la Nochebuena no lo trae. ¡Para
fiarse de mujeres!

GUMERSINDA.—*(A* LEOCADIA*.)* (¡Yo no he dicho eso,
sino esto!)

>   *(Señala al papel.)*

LEOCADIA.—(¡Digo lo que he entendido!)

>   *(Y vuelve a trazar signos, y* GUMERSINDA
>   *torna a escribir, nerviosa.)*

GOYA.—*(Hosco.)* Y así, treinta y un años. *(Mira al
papel.)* No coincidís, no. *(A* LEOCADIA*.)* Pero a ti sí te
puedo responder. Ni hablar de celebrar fuera de aquí las
Navidades.

(GUMERSINDA sonríe, triunfal. Contrariada, LEOCADIA inicia nuevos signos. Mimosa y risueña, GUMERSINDA acaricia al pintor y, tocándose la sien con un dedo, le indica que LEOCADIA está loca.)

LEOCADIA.—(¡Es usted una deslenguada!)

GUMERSINDA.—(¡No he dicho esta boca es mía!)

LEOCADIA.—(¡Pues una malpensada!)

GUMERSINDA.—(¿De malos pensamientos se atreve a hablar?)

LEOCADIA.—(¡Y de malas acciones!)

GUMERSINDA.—(¡Cuide lo que dice!)

LEOCADIA.—(¡Embaucar a un pobre viejo es indigno!...)

GOYA.—*(Harto de no entender, las sobresalta con un gran golpe inaudible sobre la mesa.)* ¡El diablo os lleve a las dos! ¡Os quiero ahí, sentadas y tranquilas! *(Señala, y las dos mujeres van a sentarse al sofá.)* Y ahora murmurad cuanto queráis. Pero en Navidad, todos aquí, conmigo. *(LEOCADIA inicia tímidos signos.)* ¡Tus hijos también! ¡Y no quiero ver más muecas! Parecéis monas. *(Se absorbe en su dibujo. GUMERSINDA y LEOCADIA cambian, en el silencio, breves y ásperas palabras. La plática de las dos señoras no tarda en agriarse de nuevo; sus gestos muestran el sarcasmo y el desprecio que mutuamente se dedican.)* ¿Tampoco vino hoy al cartero? *(Ellas disputan y no le atienden. Él las mira y repite con fuerza.)* ¿Tampoco vino hoy el cartero? *(Ellas lo miran y LEOCADIA deniega.)* Seguid. Seguid con vuestras ternezas. *(Dibuja, y ellas tornan a su disputa. Un leve cacareo comienza a oírse y GOYA levanta la cabeza. El cacareo gana intensidad y GOYA mira al sofá, advirtiendo que el ruido gallináceo parece salir de los labios de LEOCADIA, que está en el uso de la palabra. El cacareo aumenta; es evidente que LEOCADIA está furiosa. Con altivo ademán GUMERSINDA la detiene y responde con un displicente rebuzno. GOYA las observa con extraña expresión; aunque contie-*

*ne su hilaridad, hay una chispa de terror en sus ojos. Por
boca de ambas señoras, los cacareos y los rebuznos se al-
ternan; hay creciente sorpresa en los cacareos de* LEOCA-
DIA *y victoria creciente en los rebuznos de* GUMERSINDA.
Lívida, se levanta de pronto LEOCADIA *y lanza dos furi-
bundos cacareos, que equivalen a una crispada pregunta.*
GUMERSINDA *se levanta y responde con un rebuzno solemne, que parece una rotunda aseveración. Inquieto y
oprimiéndose los oídos,* GOYA *ríe a carcajadas. Ellas en-
mudecen y lo miran. Luego se miran entre ellas. Acercándose al anciano,* GUMERSINDA *se despide con cariñosos
besos.)* ¿Te vas ya? *(*GUMERSINDA *asiente y emite un tier-
no rebuznillo.* GOYA *no sabe si espantarse o reír*[70].*)*
Pues... dales muchos besos a ese par de ingratos. *(*GUMER-
SINDA *asiente, hace una genuflexión, dedica después a*
LEOCADIA *un frío cabezazo, que ésta apenas devuelve, y
sale, rápida, por la derecha. Una pausa.* LEOCADIA *está
mirando al pintor con ojos rencorosos. Aún afectado por
la burla de sus oídos,* GOYA *dibuja. Se oye el maullido
de un gato.* GOYA *abandona el dibujo y mira al frente,
sombrío.* LEOCADIA *se acerca y le vuelve la cabeza con
violencia para que la mire. Entonces traza signos.* GOYA
se turba. Una pausa. LEOCADIA *pregunta con un impe-
rativo movimiento de cabeza. El pintor estalla.)* ¡La Gumersinda es una deslenguada!

LEOCADIA.—*(Con enérgico braceo y cabeceo.)* (¿Luego
es cierto?)

GOYA.—*(Arroja el lápiz y se levanta.)* ¡Sí! ¡Es cierto!

LEOCADIA.—*(Sus movimientos acusan auténtica desesperación.)* (¡Dios mío! ¡Así me pagas! ¡Ese es tu cariño
por Mariquita! ¡Mis hijos y yo nos veremos suplicando
una caridad por las calles!)

GOYA.—*(Pasea, huyendo de ella.)* ¿A qué vienen esos

---

[70]   En esta escena Goya ve a las mujeres que riñen como un demiurgo
a sus muñecos. Al igual que Julio en *Llegada de los dioses,* crea esas
grotescas animalizaciones, visiones degradantes que le llevan, tras la risa
a carcajadas, a no saber «si espantarse o reír».

aspavientos?... Cálmate y escucha. ¡Has de comprender-
lo!... *(La retiene por un brazo.)* ¡Cállate! *(Ella grita inau-*
diblemente.) No te oigo, pero cállate. *(Ella se desprende*
y se sienta, llorosa.) Atiende, mujer. El rey es un monstruo, y sus consejeros unos chacales a quienes azuza, no
sólo para que maten, sino para que roben. ¡Amparados,
eso sí, por la ley y por las bendiciones de nuestros prela-
dos! ¿Despojar a un liberal de sus bienes? ¡Que no se
queje; merecería la horca! No somos españoles, sino demonios, y ellos ángeles que luchan contra el infierno...
Yo me desquito. Los pinto con sus fachas de brujos y de
cabrones en sus aquelarres, que ellos llaman fiestas del
reino. Pero también madrugo, porque no soy tonto. Así
que, hará tres meses, fui al escribano y cedí esta finca a
mi nieto Marianito [71]. *(Exaltada,* LEOCADIA *traza sig-*
nos.) ¡A Mariquita no podía ser!

LEOCADIA.—(¡Es tu hija!)

GOYA.—¡Es mi hija, mas no ante la ley, ni ante la
Iglesia! [¡Y la finca debía pasar a un miembro de mi familia!...] ¡Oh! ¡No sé ni por qué te explico! *(Pasea. Ar-*
dorosa, LEOCADIA *traza signos.)* [¡No!

LEOCADIA.—(¡Sí!)

GOYA.—¡Bueno, sí! ¡Pero no! En vida puedo regalar
lo que quiera y a quien se me antoje. ¡Pero regalar la finca
a Mariquita habría sido difamarla y difamarte a ti! *(*LEO-
CADIA *deniega.)* A tus hijos y a ti os protegeré, des-
cuida...

LEOCADIA.—(¿Cómo?)

GOYA].—¡No lo he cedido todo! Dispondré donacio-
nes para vosotros...

[LEOCADIA.—(¿Cuándo?)

---

[71]   Gumersinda ha manifestado a Leocadia, en la disputa, que Goya
había hecho donación de la Quinta a su nieto Mariano. La escritura tuvo
lugar el 17 de septiembre de 1823 y en ella declara Goya «que no necesita de la hacienda donada porque le quedan bienes suficientes para su
decente manutención». Puede verse en el Apéndice V de F. J. Sánchez
Cantón, «Cómo vivía Goya», *Archivo Español de Arte,* XVIII, 1946,
págs. 108-109.

GOYA.—*(Sonríe.)* No hay prisa. Aún viviré cien años, como el Tiziano [72].]

LEOCADIA.—*(Se levanta y traza signos al tiempo que habla.)* (¡Se lo llevarán todo! ¡Tu hijo es un aprovechado y tu nuera una bruja!)

GOYA.—¡Mi hijo no es un aprovechado!

LEOCADIA.—*(Más signos.)* (¡Esperan tu muerte como grajos!)

GOYA.—¡No son grajos! ¡Y no esperan mi muerte!

LEOCADIA.—*(Más signos.)* (¡El gandul de tu nieto no espera otra cosa!)

GOYA.—*(Súbitamente herido, la zarandea.)* ¡Cotorrona! ¡Mi nieto no es un gandul y me quiere! ¡A mi Marianito lo vas a respetar! ¿Me oyes? *(*LEOCADIA *atiende de pronto hacia la derecha.)* ¿Me oyes? *(Ella le indica que calle, que algo sucede en la casa.* La Leocadia y La lectura *desaparecen.)* ¡Basta de mañas! No vas a engañarme, aunque esté sordo. *(Ella le ruega de nuevo que calle.)* ¡Que atiendas, te digo!

LEOCADIA.—*(Se revuelve, exasperada, y forma rápidos signos.)* (¡Eres imposible! ¡Me iré!)

GOYA.—¡Pues vete! *(Le oprime con fuerza un brazo.)* ¡Vete con tus hijos y pide amparo a uno de esos voluntarios del puente con quienes chicoleas [73]!

LEOCADIA.—*(Desconcertada.)* (¿Qué?)

GOYA.—¡A ese buen mozo de los bigotes! ¡Al sargento!

LEOCADIA.—*(Turbada.)* (¿Qué dices?)

GOYA.—*(Violento, la empuja hacia el frente, no sin que*

---

[72]   El pintor italiano Tiziano Vecellio, nacido hacia 1490 y muerto en 1576, era famoso como ejemplo de longevidad con gran capacidad creativa (vid. C. Belda Navarro, «Ancianidad y creatividad», en L. Hayflick, D. Barcia y J. Miquel, *Aspectos actuales del envejecimiento normal y patológico,* Madrid, ELA, 1990, págs. 455-456). Goya esperaba alcanzar la edad de Tiziano, que se creía que había sido de noventa y nueve años (Juan de la Encina, *Goya en zig-zag,* cit., pág. 155).

[73]   *Chicolear:* Decir donaires a las mujeres por galantería (DRAE). Aquí tiene el sentido de coquetear.

ella lance una inquieta mirada a la derecha.) ¡Desde aquí
te he visto!... Ya que no puedes buscarlos en Francia,
¿eh?... *(Ella deniega, pálida.)* Buscona.

> *(La repele y sale, airado, por la izquierda, sin
> reparar en el padre* DUASO, *que ha asomado
> por la derecha un segundo antes. El Santo Ofi-
> cio aumenta de tamaño.)*

LEOCADIA.—*(Tras* GOYA.*)* ¡Francho!... ¡Francho!

DUASO.—*(Se quita la teja.)* Ya sabe que no oye, señora. *(*LEOCADIA *se vuelve, sorprendida.* DON JOSÉ DUASO
Y LATRE *es un sacerdote de cuarenta y ocho años y de
aventajada estatura. Su pelo oscuro acentúa la palidez del
rostro, fino y agradable. Su aguda mirada, su tersa frente, denotan inteligencia. Sus carnosos labios revelan un
temperamento sensual que él combate con su constante
actividad y sus estudios. Un solideo le abriga la coronilla;
sobre la sotana luce la cruz de Carlos III* [74].*)* Perdone que
haya subido sin anunciarme.

LEOCADIA.—Perdone su reverencia mis gritos. Don
Francisco...

DUASO.—*(Levanta una mano.)* Comprendo, señora.

LEOCADIA.—Dígnese tomar asiento, reverendo padre.

> *(Le indica el sofá.)*

DUASO.—Gracias. *(Avanza.)* Mejor aquí, con su licencia. *(Se dirige a la mesa.)* Mis piernas soportan mal el
calor.

> *(Se despoja del manteo.* LEOCADIA *se apre-
> sura a recogerle teja y manteo, que deposita
> sobre un asiento.)*

LEOCADIA.—Permítame, padre.

DUASO.—Gracias, hija mía.

LEOCADIA.—Su reverencia querrá hablar con don
Francisco...

---

[74] La descripción del padre Duaso es expresión fiel del retrato realizado por Goya en 1824 (vid. nota 28).

DUASO.—Después de platicar con usted, mi señora doña Leocadia.

(Y le señala, cortés, el sofá.)

LEOCADIA.—Su reverencia me manda.

(Se sienta y él lo hace en el sillón, tras la mesa.)

DUASO.—Sólo he estado una vez en esta casa, pero en la calle de Valverde fui vecino de ustedes [75]...

LEOCADIA.—Lo recuerdo muy bien. Su reverencia es don José Duaso y Latre. *(Él se inclina, risueño.)* Don Francisco se va a alegrar muchísimo. Y esta su humilde servidora... también le agradece su visita, reverendo padre.

DUASO.—¿Por qué, hija mía?

LEOCADIA.—Su reverencia sabe hasta qué extremo andan desatadas las pasiones. Temo por don Francisco...

DUASO.—¿Le han molestado?

LEOCADIA.—Todavía no.

DUASO.—Quizá sobre el *todavía,* señora.

LEOCADIA.—Perdone, padre. No soy más que una mujer ignorante.

DUASO.—No se disculpe. Temer por su señor la honra. Si no me engaño, le sirve... de ama de llaves desde hace unos diez años.

LEOCADIA.—*(Baja los ojos.)* Sí, padre.

DUASO.—*(Frío.)* Su señor esposo, ¿vive aún?

LEOCADIA.—Sí, padre.

DUASO.—Es lastimoso que en tanto tiempo no se hayan reconciliado... Un matrimonio desavenido es [una gran tristeza y...] si me permite decirlo..., un gran pecado.

LEOCADIA.—Lo sé, padre. Pero él me repudió.

DUASO.—No lo ignoro, hija mía.

---

[75] En 1800 Goya vendió su vivienda de la calle del Desengaño a Godoy (que la cedió a su amante, Pepita Tudó) y compró una casa en el número 15 de la calle de Valverde. En 1803 adquirió otra en la calle de los Reyes, pero en 1812 continuaba viviendo en la calle de Valverde (F. J. Sánchez Cantón, «Cómo vivía Goya», cit., pág. 91).

[LEOCADIA.—Por sospechas sin fundamento... Créame...]

> *(Campanilla lejana. Ella mira un momento hacia la derecha.)*

[DUASO.—No le pregunto nada, hija mía. Esas intimidades sólo se deben revelar al confesor y a Nuestro Señor Jesucristo durante la misa. Porque usted irá a misa...]

LEOCADIA.—[*(Se apresura a asentir.)* Todos los domingos, a la Virgen del Puerto.] *(Se levanta, nerviosa.)* Llamó alguien... Con su licencia voy a ver.

> *(Va hacia la derecha.* DUASO *se ha levantado y asiente, pero sigue hablando y la obliga a detenerse.)*

DUASO.—Creo recordar que sus hijos viven con usted...

LEOCADIA.—*(Se vuelve.)* Así es, padre.

DUASO.—¿Serán ya mayorcitos?

LEOCADIA.—Mi Guillermo ha cumplido los catorce. *(*DUASO *aprueba, sonriente.)* Y mi María del Rosario, los nueve. *(*DUASO *la mira fijamente. Ella añade, turbada.)* Pronto cumplirá los diez.

DUASO.—*Beati pauperes spiritu* [76]... Rezaré a la Virgen, señora, para que esos inocentes reciban siempre buen ejemplo [y se críen en el temor de Dios.]

LEOCADIA.—*(Humillada.)* Gracias, reverendo padre.

> *(El doctor* ARRIETA *aparece por la derecha y se inclina.)*

ARRIETA.—Sentiría importunar.

DUASO.—*(Sonríe.)* Al contrario, doctor Arrieta. Celebro saludarle después de tantos años...

ARRIETA.—Muchos, padre Duaso. ¿Puedo darle albricias por sus recientes honores y ascensos?

---

[76] El padre Duaso dice, refiriéndose a los hijos de Leocadia, el comienzo de la primera bienaventuranza: «Bienaventurados los pobres de espíritu... (porque de ellos es el reino de los cielos)» (*Mateo,* 5, 3).

DUASO.—¿Ascensos?

ARRIETA.—¿No lo sabe, doña Leocadia? El padre Duaso ha sido nombrado capellán de Su Majestad. Y está encargado, desde mayo, de la censura de publicaciones.

(LEOCADIA *se inclina en cortés felicitación.)*

DUASO.—*(Risueño, después de un momento.)* Yo soy aragonés, mi señor don Eugenio. Y por consiguiente, muy franco. ¿No encubren cierta desaprobación sus palabras?

ARRIETA.—*(Cauto.)* No le entiendo.

DUASO.—¿Me equivoco al pensar que a usted no le agrada mi nombramiento de capellán de Palacio ni mi trabajo en la censura?

ARRIETA.—Yo sólo me ocupo en la salud de los cuerpos, reverendo.

LEOCADIA.—*(Inquieta.)* Por favor, acomódense... Mandaré que les traigan un chocolate...

ARRIETA.—No para mí, doña Leocadia. Lo tomé hace media hora.

DUASO.—No se moleste, señora. Y háganos la merced de su compañía. (LEOCADIA *se sienta.* DUASO y ARRIETA *la imitan. Un suspiro de* DUASO.*)* No pretendo sonsacarle nada, doctor Arrieta. Pretendo amistad verdadera. Se guarda demasiado silencio en España y eso no es bueno.

ARRIETA.—Así es, padre. Se ha ordenado un gran silencio[77], y la censura que su reverencia ejerce lo prueba. Quien se atreve a romperlo suele pagarlo caro. [No es fácil la franqueza, aunque nos convide a ella una persona tan honesta como su reverencia...] Pero yo nunca milité en ningún campo, salvo en el de nuestra gloriosa independencia. Yo sólo soy médico.

---

[77] En un drama histórico que se fundamenta, como señalamos en la Introducción, en la relación entre pasado y presente, y por tanto hace constante referencia a uno y a otro, es este un momento en el que se pone en cuestión de modo particularmente visible el funcionamiento de una sociedad, la de la escritura y estreno de la obra, basada en el hermetismo y el silencio.

DUASO.—*(Vuelve a suspirar.)* Y sólo quiere hablar de la salud de los cuerpos... [Confío en que un día me conozca mejor.] ¿Debo entender, al verle aquí, que don Francisco está enfermo?

ARRIETA.—Acaso.

DUASO.—¿Acaso?

ARRIETA.—Mire las pinturas de los muros.

DUASO.—¿Son suyas? Al pronto creí que serían viejos frescos de la finca.

ARRIETA.—Porque no le agradan, como a nadie.

DUASO.—*(Mira a las paredes.)* Bellas no son... Hay mucha violencia, mucha sátira en ellas. [Y algo... difícil de definir.

ARRIETA.—Pavor. Treinta y un años de sordera han mudado para él a los hombres en larvas que vociferan en el silencio.

DUASO.—Sí. Ahora veo que son de él. Porque] ese mundo ya asomó en sus grabados...

ARRIETA.—Sus grabados se difundían. Ahora, bajo el gran silencio, el pintor se consume y grita desde el fondo de esta tumba, para que no le oigan.

DUASO.—¿Por miedo?

ARRIETA.—O por locura. Tal vez las dos cosas. Y temo un triste desenlace... Goya es ya muy viejo.

LEOCADIA.—¡El padre Duaso no nos dejará sin amparo!

DUASO.—*(Después de mirarla, a* ARRIETA.*)* ¿Pensó en algún remedio?

ARRIETA.—Por lo pronto huir de este pozo, donde respira emanaciones de pantano [78].

---

[78]   David Johnston ha indicado que la metáfora del *pantano* que emplea Arrieta, como en la parte segunda la del *tumor,* referidas ambas a la sociedad española, es común a Buero Vallejo y a Unamuno («Posibles paralelos entre la obra de Unamuno y el teatro ''histórico'' de Buero Vallejo», *Cuadernos Hispanoamericanos,* 386, agosto de 1982, páginas 353-354). La imagen del *pozo,* del mismo Arrieta, es relacionada por Frank P. Casa («The Problem of National Reconciliation in Buero Vallejo's *El tragaluz*», *Revista Hispánica Moderna,* XXXV, 3, 1969, páginas 291-292) con el *pozo* al que, según Mario, vuelve Vicente en *El tragaluz,* cada vez con más frecuencia.

Duaso.—¿De esta casa, quiere decir?
Arrieta.—Quiero decir de este país, padre Duaso.

(Duaso *frunce las cejas.*)

Leocadia.—¡A Francia!
Duaso.—El verdadero pantano es Francia... ¿No se puede curar a este español en España?
Arrieta.—Eso, padre, lo debe contestar su reverencia.

(*Un silencio. Vuelo de pájaros gigantes en el aire, cuyo ruido crece. Demudado,* Goya *irrumpe por la izquierda. Todos se levantan.* Leocadia *corre a su lado.*)

Leocadia.—(¿Qué sucede?)

(*El pintor la mira con los ojos desorbitados.* Duaso *se acerca a* Goya.)

Duaso.—(Don Francisco, a mis brazos...)
Goya.—(*Mira a todos como a desconocidos.*) [Está oscureciendo.] Trae luces, Leocadia. (Leocadia *asiente y sale por la derecha.*) Que vean luz en la casa; que no está abandonada. (*Todos se miran, perplejos;* Goya *intenta serenarse.*) ¡Que estoy yo, con mis amigos! ¡Y con mis perros! [Padre Duaso, le agradezco la visita. ¿Quizá le han encargado también de la censura de las artes? (Duaso *deniega con vehemencia.*) No me engañe. ¡Estoy sordo y todos me engañan! Si viene a juzgar mis pinturas, no disimule.]
Duaso.—(*[Consternado, deniega y] abre los brazos.*) (Hijo mío, vengo como amigo...)

(Goya *lo mira, desconfiado, pero termina por abrazarlo con triste sonrisa.*)

Goya.—¡Paisano!...

(*Entra* Leocadia *con un velón encendido que deja sobre la mesa.*)

[Duaso.—(Eso, don Francisco. ¡Paisano y amigo!)

GOYA].—Excuse mi arrebato. *(Mira a todos.)* No, no estoy loco, ¡sino rabioso!

LEOCADIA.—(¿Por qué?)

GOYA.—Acaban de pintar en mi puerta una cruz [79].

LEOCADIA.—(¿Qué dices?)

(Todos corren a atisbar por el balcón. GOYA *los aparta y mira.)*

GOYA.—Ya se han ido. Los vi desde el otro balcón. *(Convulsa,* LEOCADIA *grita.* ARRIETA *intenta calmarla.* DUASO *frunce las cejas.)* Que salgan Andrés y Emilia con un balde de agua y limpien la puerta. *(*LEOCADIA *sale, muy afectada, por la derecha.)* Otro apestado: Francisco de Goya. Me habían hablado de esas cruces. *(Pasea y se vuelve a* DUASO, *con maligna sonrisa.)* Sus amigos, paisano. *(*DUASO *deniega, molesto.)* Perdóneme, no sé lo que digo. Vamos a sentarnos. *(*ARRIETA *se sienta junto al brasero.* DUASO, *tras la mesa.)* Y yo a su lado, para leer lo que quiera decirme. *(Le tiende a* DUASO *un lápiz y se sienta al extremo de la mesa.)* Porque ha llovido desde su última visita... *(*DUASO *va a escribir.)* No se disculpe; conozco sus escrúpulos. No soy cura y mi ama de llaves aún es moza. *(*DUASO *va a escribir.)* Y casada. *(El padre* DUASO *baja los ojos.)* Dígame en qué puede servirle el viejo Goya. *(*ARRIETA *se levanta para atisbar por el balcón invisible.* DUASO *escribe.* GOYA *lee.)* Al modo de Ara-

---

[79]   En el capítulo XX de *Los Cien Mil Hijos de San Luis* cuenta Galdós que el día de la entrada de los franceses en Madrid, el 23 de mayo de 1823, «centenares de hombres, cuyo furor había sido pagado, corrían por la calle celebrando entre borracheras el horrible carnaval del despotismo. Rompían a pedradas los cristales, trazaban cruces en las puertas de las casas donde vivían patriotas, como señal de futuras matanzas; escarnecían a todo el que no era conocido por su exaltación absolutista; gritaban como locos, maldiciendo la libertad y la Nación. No escapaban de sus groserías las personas indiferentes a la política, porque era preciso haber sido perro de presa del absolutismo para obtener perdón». Morayta (*Historia...,* VI, cit., pág. 787) se refiere también a las tropelías que sufrieron entonces quienes no habían figurado en las filas de los facciosos; entre otras, «se marcaban las puertas de sus casas».

gón, padre. Por las claras. ¿Tiene o no su visita algún fin? [*(*DUASO *escribe.)* Igual me quedo...] *(A* ARRIETA.*)* ¿Están borrando la cruz, doctor? *(*ARRIETA *asiente.* DUASO *escribe.* GOYA *sonríe con afecto y le oprime una mano al sacerdote.)* Gracias. De corazón. No he menester de ayuda. *(*ARRIETA *lo mira, retrocede y vuelve a sentarse.* DUASO *afirma y escribe.)* No temo a estos truhanes. Como vuelvan los despacho a tiros. *(*DUASO *menea la cabeza y escribe.)* ¿Lo cree? *(*DUASO *afirma.* GOYA *se levanta.)* ¡Nunca fui masón! *(*DUASO *escribe.)* [Cierto. Somos lo que creen que somos... Malos tiempos.] *(*LEOCADIA *entra por la derecha.)* ¿Qué han puesto en la puerta esos hijos de perra?

LEOCADIA.—(¡La cruz!)

(La dibuja en el aire.)

GOYA.—Y algo más. *(Ella deniega, turbada.)* ¡Les vi escribir algo bajo la cruz! ¿Qué era? *(*LEOCADIA *vacila.)* ¡Responde! *(*LEOCADIA *traza signos.* GOYA *emite un gruñido socarrón y mira a* DUASO.*)* Lo que han escrito le concierne a usted, padre.

DUASO.—*(Sorprendido.)* (¿A mí?)

GOYA.—Deben de ser teólogos... Han escrito *hereje.* *(*DUASO *frunce las cejas.)* ¡Bendito país, predilecto del Cielo! ¡Hasta los malhechores son inquisidores!

(De improviso, LEOCADIA *corre a echarse a los pies del padre* DUASO, *que se levanta e intenta alzarla.)*

LEOCADIA.—(¡Por caridad, padre, no le tenga en cuenta sus palabras! ¡Y sálvelo! ¡Dígale que abandone esa soberbia que le posee y que se humille, que se humille!)

DUASO.—*(Al tiempo.)* (¡Por Dios y por la Virgen Santa, señora!... Serénese... ¡Usted sabe que he venido a ofrecerme!...)

GOYA.—*(Casi al tiempo se acerca, desasosegado, y consigue levantar a* LEOCADIA.*)* ¡Llevo treinta años presenciando una comedia que no entiendo!... ¡Levanta! *(Ella* *queda en pie, jadeando en el silencio.* DUASO *le pone a* GOYA *una mano en el hombro y le insta a que atienda. Luego escribe, sin sentarse.)* No. Por nada tengo que pedir perdón. [(ARRIETA *lo mira.* LEOCADIA *intenta atisbar lo que* DUASO *ha escrito.* GOYA *va a apartarla.)* ¡No metas tú la nariz! *(*DUASO *lo detiene e indica con un gesto de aquiescencia que* LEOCADIA *puede leer también. Luego sigue escribiendo.)* ¿Es un chiste? *(*DUASO *lo mira, sorprendido.)* ¿Pedir perdón por las faltas que él cree que hemos cometido, aunque no las haya? Que le arreglen otros las carambolas en su billar. Yo no pondré la cabeza junto al taco. *(*DUASO *escribe.)* Conforme. Siempre cometemos faltas. ¡Pero contra Dios! Perdón, el de Dios, no el del Narices. *(*DUASO *menea la cabeza con pesar.* ARRIETA *traza rápidos signos de advertencia.)* Gracias, doctor. No hay cuidado.]

LEOCADIA.—(¡El padre tiene razón! ¡Humíllate!)

GOYA.—¡No me humillaré ante el rey! *(*LEOCADIA *se aparta, consternada.* DUASO *escribe y* GOYA *lee.)* ¿Qué? *(El pintor rompe a reír y pasea.* LEOCADIA *corre a la mesa para leer.)* Conque el derecho divino, ¿eh, paisano? *(*DUASO *asiente.)* La sumisión a la autoridad real aunque sea injusta, [pues Dios ha dispuesto que los monarcas hereden por la sangre el mando de sus reinos.] ¿Doctrina de la Iglesia? *(*DUASO *lo mira fijamente, sin responder.)* ¿Qué le parece, Arrieta? *(*ARRIETA *señala al padre* DUASO, *inhibiéndose.)* Padre Duaso, usted no es un curita de aldea, sino un sabio lingüista a quien aguarda un sillón en la Academia [80]. Usted no cree eso. *(*DUASO *afirma con energía.)* ¿Sí?... ¿Y le consta si la sangre de nuestro amadísimo Fernando es la de su antecesor el rey Carlos? *(Con los labios apretados,* DUASO *escribe.)* ¡Pues yo sí me atrevo a pensar mal! *(Nervioso,* DUASO *empieza a escribir.)* Dé por cierto que nuestra Virgencica

---

[80]   Iglesias Feijoo (*La trayectoria dramática de Antonio Buero Vallejo,* cit., pág. 406) precisa que Duaso pertenecía ya a la Academia, «ocupaba el sillón M y desde 1817 era Tesorero de la misma».

del Pilar no creyó en la virtud de la reina María Luisa [81]. *(Muy contrariado,* DUASO *arroja el lápiz y da unos pasos.* LEOCADIA *gesticula, rogándole que perdone al pintor su irreverencia, y mira a* GOYA *con desesperación.)* Perdone. No quise ofenderle.

*(*DUASO *lo mira con tristeza.)*

DUASO.—*(Se le oye perfectamente.)* El morbo francés [82]...

GOYA.—Sí. Eso podría haberlo dicho usted. Cualquiera sabe lo que habrá dicho. *(Con un gesto,* DUASO *declara no entender.* GOYA *se acerca, amigable, y le toma de un brazo.)* Paisano, aunque quisiera humillarme ante el rey, no podría. Le desobedecería.

*(*DUASO *se detiene y lo mira extrañado.* ARRIETA *se levanta.)*

DUASO.—(¿Cómo?)

GOYA.—En el 14, cuando cometimos la barbaridad de traer entre todos al *Deseado,* sí que volví a Palacio. ¿Y sabe lo que me espetó? Primero, que yo merecía la horca... Y luego, con esa sonrisita suya..., me mandó que no me

---

[81] Carlos Seco Serrano (Introducción a Miguel Artola Gallego, *La España de Fernando VII,* cit., pág. XXIII) relaciona la torcida personalidad del rey con su conocimiento de la conducta escandalosa de su madre: «Me parece indudable que Escoiquiz puso en el corazón del adolescente la semilla de las más atroces sospechas contra su propia madre; y que ese turbio recelo de niño hubo de pesar en el adulto hasta convertirle en el hombre desconfiado, egoísta y falaz que fue siempre Fernando VII». Acerca de algunos episodios que ilustran sobre las liviandades de la reina María Luisa, puede verse el capítulo XXI de Juan de la Encina, *Goya en zig-zag,* cit. Manuel Izquierdo Hernández (*Antecedentes y comienzos del reinado de Fernando VII,* Madrid, Cultura Hispánica, 1963, cap. II) se muestra contrario a la leyenda de la «ligereza y petulancia» y de los devaneos de María Luisa de Parma.

[82] *Morbo francés:* sífilis. Al suponer que Duaso dice estas palabras, Goya manifiesta la desconfianza que aún tiene hacia el sacerdote.

pusiera ante sus ojos mientras él no me llamara[83]. (DUASO *lo mira un segundo y corre a escribir, llevándolo de un brazo*. GOYA *lee*.) [Se lo agradezco, pero no interceda. (DUASO *escribe*.) No, y] esa es mi desgracia. [Él puede hasta olvidarse de su deseo de que yo me humille, mientras lo espera. Y yo] no puedo olvidar que estoy en sus manos, [porque el disfavor real destruye a un vasallo aunque el rey no lo recuerde.] Pero agazapado en esta casa..., tal vez logre que no piense en mí. (*Alarmada*, LEOCADIA *traza signos*.) No ofendas al padre, mujer. Un baturro no vende a otro baturro. Por eso puedo decirle [a mi paisano] lo que me entristece verle al servicio de tan mala causa. (DUASO *escribe con el rostro nublado*. GOYA *sigue hablando*.) Cuando el país iba a revivir lo han adormecido a trancazos, a martillazos... (DUASO *lo mira agudamente*. El Santo Oficio *se muda en la* Riña *a garrotazos*[84]. GOYA *lee*.) [Cierto. También nosotros hemos sido muy brutos. Pero no era lo mismo.] (DUASO *escribe algo*.) [¿Qué?] (DUASO *señala lo escrito*.) Pude igual decir... a garrotazos. (DUASO *deniega y escribe*. GOYA *lee y se aparta, sombrío*.) Claro que sé quién fue don Matías Vinuesa. El cura de Tamajón. (*Pasea*. DUASO *lo mira fijamente*.) Un tontiloco empeñado en ensangrentar al país... [Eso no me lo negará, aunque vistiese sotana como usted.] (DUASO *ha escrito entretanto y le señala el papel*. GOYA *lee de mala gana*.) [¿A qué lo pregunta? Lo sabe igual que yo.] Eran días de peligro, asaltaron la cárcel y lo mataron. [(DUASO *escribe una sola palabra*. GOYA *titubea*.)]...

---

[83] Eugenio D'Ors (*El vivir de Goya*, en *Epos de los destinos*, Madrid, Editora Nacional, 1943, pág. 257) relata este episodio: «Parece que aquél [el rey] le dijo un día: "Goya, usted merecería no ya la muerte, sino la cuerda. Pero se le perdona porque se le admira..."». Hugh Thomas (*Goya. El tres de Mayo de 1808*, Barcelona, Grijalbo, 1979, pág. 86) cree que la anécdota es apócrifa, pero «representa la verdad de la situación».

[84] Afirma Javier de Salas que estas riñas a garrotazos con los contendientes metidos en el barro eran habituales en algunos pueblos hispánicos. El gran verismo de la pintura (vid. Gudiol, *Goya*, I, cit., pág. 379) la hace muy adecuada para expresar la lucha entre hermanos, cainita, que en España se estaba desarrollando.

A golpes. *(*DUASO *deniega. Una pausa.* GOYA *baja la voz.)* Lo mataron a martillazos[85]. *(Una pausa. A la derecha de la* Riña *aparece el* Perro[86].*)* [¡Pero yo no lo maté, ni tampoco seguí aquella horrible moda del bastón con el martillo en el puño! *(*DUASO *escribe.)* Sí, una moda liberal, pero... *(*DUASO *escribe.)* ¡Sí! Soy liberal.] *(Se miran.* GOYA *va al fondo y contempla la* Riña. DUASO *se acerca y la mira a su lado.* GOYA *habla con gravedad.)* Es cierto. El crimen nos acompaña a todos[87]. *(Una*

---

[85] El 29 de enero de 1821 se detuvo al conspirador absolutista Matías Vinuesa, capellán de honor de Su Majestad y arcediano de Tarazona, antiguo cura de Tamajón, y se encontraron en su poder escritos sediciosos (vid. Alberto Gil Novales, *Las sociedades patrióticas,* I, cit., págs. 611-617). Vinuesa es condenado el 4 de mayo a una pena que pareció escasa (diez años de presidio) puesto que, después de ciertas declaraciones del juez, se esperaba la capital y se atribuyó la suavidad de la sentencia a presiones de Palacio. Se produjo entonces una algarada popular y más de un centenar de personas asaltó esa misma tarde la cárcel, asesinó a Vinuesa e intentó hacer lo mismo con el juez. Según Artola (*La España de Fernando VII,* cit., pág. 700), el miedo, que tantas veces jugó un papel decisivo en la vida del rey, se apoderó de éste después del suceso. Pérez Galdós lo relata en *El Grande Oriente* (caps. XXIII y sigs.) y refleja con detalle la crueldad de la muerte de Vinuesa (capítulo XXVI).

[86] Cree Gudiol (*Goya,* I, cit., pág. 381) que la cabeza de perro, que algunos han considerado un fragmento, «como composición completa y acabada que es, resulta una de las obras más extrañas de toda la historia de la pintura española, y una de las más sorprendentes en la mundial de antes del expresionismo posterior a 1900». Pierre Gassier (*Goya, testigo de su tiempo,* cit., pág. 217) ha escrito que «la audacia del tema no ha sido nunca igualada: con sólo una cabeza de perro emergiendo de un paisaje muerto, Goya expresa la intensidad de un drama que sobrepasa al animal para tornarse humano».

[87] Plantea aquí Goya un espinoso problema moral que suele darse en todo enfrentamiento humano y en las luchas de absolutistas y constitucionales se presentó, como surgió en nuestra guerra civil de 1936. Buero Vallejo se ha enfrentado en un plano personal a esta difícil cuestión: «La guerra civil española fue, entre otras cosas, un crimen: hubo espantosos crímenes en ambos bandos. Pero aunque yo, que fui combatiente en el republicano, nunca haya matado a nadie ni haya cometido nunca un delito de inhumanidad durante ella, comprendo sin embargo que algunos de los actos negativos que se efectuaron en mi bando eran míos también de cierto modo. Hubiera sido fácil, al estilo de algunos puristas que se refugiaron en el extranjero en torres de marfil, decir:

pausa.) Queda por saber si hay causas justas, aunque las acompañe el crimen [88]. *(DUASO lo mira.)* Vaya trampa, ¿eh, paisano? Porque si me responde que el crimen borra toda justicia, entonces la causa a que usted sirve tampoco es justa. Y si me dice que sí las hay, tornaremos a disputar por cuál de las dos causas es la justa... Así. *(Señala a la pintura.)* Dios sabe por cuántos siglos todavía. *(Se vuelve hacia el frente. Una pausa.)* He pintado esa barbarie, padre, porque la he visto [89]. Y después he pintado ese

---

"No, no. Yo con el crimen no quiero nada. Me voy a llorar por los crímenes de España a París, a Nueva York o a México". Pero no valía huir. Había que mancharse las manos aquí dentro, lamentando que algunos se las mancharan demasiado para salvar la causa popular; y si el crimen nos rozaba, aunque fuese de modo indirecto, intentar el difícil *consuelo* de que, en el otro bando, el crimen era por lo menos tan grande, si no más, y sin duda mucho menos disculpable socialmente.» Y recuerda una «tremenda frase» de Larra que incorporó a *La detonación:* «Asesinatos por asesinatos, ya que los ha de haber, prefiero los del pueblo» (Ida Molina, «Una charla de Buero Vallejo», *Estreno,* V, 1, primavera 1979, pág. 28). En una entrevista posterior habla nuevamente de ello al mencionar el periodista que «su padre, que era teniente coronel, fue fusilado por los republicanos». Buero responde: «Fue un trauma muy doloroso [...] No he olvidado esa muerte, la llevo siempre aquí; pero, claro, una de dos: dado que todos los frentes políticos cometen crímenes, lo queramos o no, o nos desligamos de toda acción política, o cargamos con el peso de los crímenes de nuestra facción, pero sabiendo muy bien que los contrarios lo han hecho exactamente igual» (Mauro Armiño, «La cárcel de Buero Vallejo», *Cambio 16,* 23 febrero 1987).

[88] A pesar de esta presencia del crimen en todas las causas, existe la esperanza de que alguna vez no suceda así. En *Llegada de los dioses* Felipe acusa a Verónica: «¡También tu revolución tortura cuando guerrea o toma el poder!» A lo que ella replica: «Esa no es mi revolución. Mi revolución despertará toda la grandeza de los hombres, o no será. Tendrá que hacerlo, si quiere evitar que vosotros aniquiléis el planeta» (Antonio Buero Vallejo, *La tejedora de sueños. Llegada de los dioses,* edición de Luis Iglesias Feijoo, Madrid, Cátedra, 1985[7], pág. 293).

[89] Goya quiere desvelar la verdad, mostrar la tremenda realidad que tiene ante él. Recuérdese al respecto la leyenda de la segunda versión del frontispicio para la serie de los *Sueños,* en la que el autor dice que pretende con esa obra perpetuar «el testimonio sólido de la verdad». Larra, en *La detonación,* adopta una actitud semejante (que puede verse igualmente en el dramaturgo): «Intentaré denunciar esa ignominia en que vivimos» (edic. cit., pág. 62), porque «mi deber es decir verdades» (pág. 87).

perro solitario, que [ya no entiende nada y] se ha quedado sin amo... Usted ha visto la barbarie, pero sigue en la Corte, con su amo... Soy un perro que quiere pensar y no sabe. Pero después de quebrarme los cascos, discurro que fue así: Hace muchos siglos alguien tomó a la fuerza lo que no era suyo. A martillazos. Y a aquellos martillazos respondieron otros, y a éstos, otros... Y así seguimos. Martillo en mano. *(DUASO se dirige a la mesa. LEOCADIA le implora en silencio. DUASO escribe. Sin acercarse, GOYA habla.)* No insista, padre. No volveré a Palacio. [*(LEOCADIA traza signos, suplicante.)* Para salir a Francia es menester el permiso regio. No voy a cruzar los Pirineos como un matutero [90]. *(LEOCADIA señala a DUASO, indicando que el sacerdote lo podría conseguir. GOYA deniega. DUASO escribe y le ruega que lea. GOYA lo hace.)* No, padre, Gracias.] Pasaremos aquí la Nochebuena y nada sucederá. Con el nuevo año, decidiremos. ¡Pero antes acabaré estas pinturas! *(DUASO escribe y le toca un brazo. GOYA lee y acusa repentina alegría.)* ¿De veras vendrá la víspera de Nochebuena? *(DUASO asiente, risueño.)* ¿Y por qué no pasa esa bendita noche con nosotros? ¿Eh, Leocadia? *(LEOCADIA disimula mal su contrariedad desde que ha comprendido que el padre DUASO acepta la permanencia del pintor en la quinta.)* ¡Habrá buenos turrones, y buen piñonate, y un vinillo de la tierra que es pura miel! ¡Y zambombas y panderos que rompen los vidrios!

DUASO.—*(Deniega, afable.)* (No puedo...)

GOYA.—Vaya si lo siento. Tendrá sus obligaciones... *(DUASO asiente.)* ... en Palacio *(DUASO baja la vista* [y GOYA *lo mira, suspicaz.)* Oiga, paisano: ¿quizá le ha hablado el rey de mí? *(DUASO vacila y escribe algo.]* ARRIETA *lo mira.)* [¿Le ha hablado, sí o no? *(DUASO escribe de nuevo.)* A veces creo que los demás están más sordos que yo [91]. *(Señala al papel.)* No entiendo sus latines, pero

---

90 *Matutero:* Que va de matute, clandestinamente, a escondidas.
91 Goya, como indicamos en la Introducción, ve lo que no ven quienes están sanos, conoce en profundidad a pesar de su deficiencia.

confío en que nada le dirá al rey de esta visita... *(*DUASO *escribe, sonriente.)* ¿Más latinajos?

DUASO.—*(Con afable ademán muestra su sotana.)* (¡Soy cura!)

> *(*GOYA *ríe y el sacerdote lo abraza.)*]

GOYA.—¡Pues hasta la víspera de Nochebuena, padre! Le acompaño al portón.

DUASO.—*(Se inclina ante* ARRIETA.*)* (Dios le guarde, doctor.)

ARRIETA.—(Él sea con su reverencia.)

> *(*LEOCADIA *entrega a* DUASO *sus prendas. Él las agradece con un paternal gesto de despedida, le tiende la mano, que ella besa, y sale por la derecha, acompañado por* GOYA.*)*

GOYA.—*(Su voz.)* Cúbrase, padre, que ya hace frío...

> *(Estrépito de cristales rotos. Envuelta en un papel, una piedra cae al suelo.* LEOCADIA *grita;* ARRIETA *la recoge.* DUASO *reaparece, presuroso.)*

DUASO.—¿Qué ha sucedido?

ARRIETA.—*(Le muestra la piedra.)* Mire.

> *(*LEOCADIA *intenta retener a* DUASO, *que pretende, colérico, asomarse al balcón.)*

LEOCADIA.—¡No se acerque! ¡Pueden tirar otra!

> *(*GOYA *reaparece en la derecha.)*

GOYA.—¿Olvidó algo, padre? *(Todos lo miran, hasta que él comprende lo ocurrido.)* ¿Una piedra?

ARRIETA.—(Con un papel.)

> *(Lo ha dicho mirando a* DUASO, *que se acerca y tiende la mano.)*

La sordera le hizo entrar «en otro mundo», en el que, al igual que el ciego adivino Tiresias, percibe lo esencial de las cosas por encima de las apariencias.

DUASO.—(Démelo.)

GOYA.—*(Se interpone, hosco.)* ¡No, paisano! Ese billete es para mí.

> *(Arrebata el papel, va a la mesa, se cala las gafas y lee.)*

LEOCADIA.—*(Trémula.)* (¿Qué dice?)

GOYA.—Un consejo pictórico. También son pintores. *(Lo miran, extrañados.)* Escuchen: ¿Cuál es la diferencia entre un masón y un lacayo de los masones? Pinta una horca con un sapo viejo colgando y pon debajo: aunque no me apunté, el son bailaba[92]. *(LEOCADIA tiene que sentarse. ARRIETA mira al exterior.)* No mire, don Eugenio. Se habrán agazapado en las sombras.

LEOCADIA.—(¡Lléveselo fuera de aquí, padre Duaso!...)

> *(DUASO va a escribir y un ademán del pintor lo detiene.)*

GOYA.—¡No saldré de aquí!

DUASO.—*(Se toca la frente.)* (¿Está loco?)

GOYA.—No estoy loco. Y ahora váyase, padre. A un sacerdote nada le harán; son muy piadosos. Ni a quien le acompañe; conque usted, doctor, salga con el padre Duaso. Les espero a los dos el 23 de este mes. *(DUASO va a insistir. GOYA le corta, tajante.)* ¡Vayan con Dios! *(DUASO suspira, le oprime el brazo con afecto y se encamina a la derecha. ARRIETA se inclina ante GOYA y se reúne con DUASO. Con el rostro lleno de malos presagios, LEOCADIA los precede, indicándoles el camino. Salen los*

---

[92]   *Bailar uno al son que le tocan:* Acomodar la conducta propia a los tiempos y circunstancias (DRAE). Goya es acusado de profesar ideas próximas a las de los masones, aunque no lo sea formalmente, y es amenazado con la muerte a la que ellos estaban condenados (vid. nota 56). Él había afirmado taxativamente a Leocadia: «Nunca fui masón, ni comunero». No se ha encontrado, en efecto, prueba documental alguna de que Goya fuese masón, a pesar de esa cercanía de su pensamiento racionalista y liberal al de la francmasonería.

tres. Una pausa. Se oye el lejano aullido de un perro y el pintor se vuelve, brusco, a mirar el que ha pintado. Comienzan a oírse lentos y sordos latidos. Con los dientes apretados, GOYA *deniega y al fin le vuelve la espalda al fondo, para acercarse al balcón invisible.)* Ya se van mis amigos... Otra vez en el desierto [93].

> *(Crece la fuerza de los latidos.* GOYA *vuelve a denegar y, con visible esfuerzo, intenta no oír nada. Los latidos se amortiguan; la* Riña *se trueca en* Asmodea. *Sobre el ruido, ya muy leve, de los latidos, crece la voz de* MARIQUITA.*)*

MARIQUITA.—*(Su voz, sigilosa.)* Otros salen de casa... Ahora... ¿No los oye?

GOYA.—*(Sonríe, amargo, pero desconfía.)* No será Leocadia... *(Se asoma a la derecha y vuelve, disgustado consigo mismo.)* ¡No quiero oírte! Vete. Sé que no existes.

> *(Los latidos cesan.* GOYA *mira, intrigado a su pesar, a la derecha.)*

MARIQUITA.—*(Su voz.)* No lo sabe... *(*GOYA *se tapa los oídos.)* Y aunque se tape los oídos... ¿Cómo no va a oír a su Asmodea?

GOYA.—¿Asmodea?

MARIQUITA.—*(Su voz, riente.)* Mi mano sabe acariciar... Le llevaré a la montaña, taña, taña, taña...

GOYA.—*(Crispado.)* ¡Mariquita!

MARIQUITA.—*(Su voz.)* Quita, quita, quita... Mariquita, Mar, Marasmodea, dea, dea, dea... Marasmo [94]...

---

[93] La salida de sus amigos deja al pintor en absoluta soledad, «en el desierto», igual que «ese perro solitario, que ya no entiende nada y se ha quedado sin amo...», «que quiere pensar y no sabe», como ha dicho a Duaso. Los signos escénicos favorecen la identificación con el can cuya imagen se está proyectando (lejano aullido) y evidencian el miedo que esta situación genera (latidos sordos de intensidad creciente).

[94] Indica José García Templado en su edición de *El sueño de la razón* (Barcelona, Plaza & Janés, 1986, pág. 222) que en esta intervención de Mariquita se producen asociaciones subconscientes, manifesta-

> *(Silencio.* GOYA *se abalanza a la paleta, la empuña y toma pinceles. Cuando va a subir por la gradilla, regresa* LEOCADIA *por la derecha, llorando sin gestos.)*

GOYA.—Mañana me traigo a tus hijos. *(Ella deniega blandamente.)* ¡Ya lo verás! *(Ella traza signos.* GOYA *se demuda y queda inmóvil un segundo, con los ojos chispeantes. Luego baja presuroso de la gradilla, abandona paleta y pinceles y se abalanza a la puerta de la derecha.)* ¡Andrés! ¡Emiliana!... *(Sale y se oye su voz.)* ¡Perdularios! ¡Raposos! [95] ¿Así me pagáis?... ¡Os mando que os quedéis!... *(Breve pausa.)* ¡¡Sanguijuelas!! *(Un silencio. Vuelve* GOYA.*)* Se han ido. *(*LEOCADIA *asiente.)* [Por la cruz, por la pedrada... *(Ella asiente.)*] Son peores que ratas.

LEOCADIA.—*(Deniega y se la oye perfectamente.)* Es que no están locos [96].

> *(*GOYA *la mira, sobresaltado. Luego mira a Asmodea y cruza hasta la mesa, hurgándose un oído. Se vuelve.)*

[GOYA.—¿Quién va a cuidar de los animales?
LEOCADIA.—*(Le apunta con un dedo.)* (Tú.)]
GOYA.—[No. Tampoco tú cuidarás de la huerta, ni del fogón.] Mañana irás a las posadas de la calle de Toledo a buscar criados. *(*LEOCADIA *traza signos.)* ¡Vendrán! ¡Esta es buena casa! *(*LEOCADIA *va a negar, pero mira de pronto al frente, medrosa.)* ¿Oyes algo? *(Ella señala al*

---

das por medio de un automatismo verbal, cuya llegada al término *marasmo* «nos sugiere que el pintor se encuentra perdido, paralizado en un mar de angustia».

[95] Los términos *perdulario* y *raposo* tienen aquí un sentido general de insulto, por encima de sus significados precisos («persona descuidada o viciosa» y «astuta», respectivamente).

[96] Con estas palabras que Goya crea por boca de Leocadia comienza a dudar de su decisión de no marcharse de su casa. Los hechos le apuntan la posibilidad de que sea locura no hacerlo, a pesar de su negativa a Duaso pocos momentos antes.

balcón invisible, asustada. Vuelven los latidos. GOYA *avanza. Ella intenta sujetarlo; él se desprende y llega al balcón.)* Leo, mata esa luz. *(*LEOCADIA *apaga las llamas del velón. Las pinturas del fondo se oscurecen; el aposento queda iluminado por una vaga claridad lunar.)* Bultos junto a la puerta. [Creo que pintan otra cruz.]

LEOCADIA.—*(Ahoga un grito y señala al exterior, mimando los golpes.)* (¡Están golpeando la puerta!)

(Los latidos se vuelven más rápidos.)

GOYA.—¡Hay que atrancar! ¡Corre tú a cerrar por detrás!

(Sale, seguido de LEOCADIA, *por la derecha. En cuanto desaparece, los latidos cesan bruscamente y se oye un estruendo de golpes, voces y carcajadas.)*

VOCES.—¡Hereje!... ¡Masón!... ¡Te colgaremos a ti y a esa zorra! *¡Negro!*... ¡Te enseñaremos lo que es España, renegado, gabacho [97], comecuras!... ¡Te romperemos los cuatro dientes que te quedan, baboso!... ¡Te cortaremos la lengua, para que no blasfemes más y para que rabie la puta! [98]...

(Carcajadas. Golpes contra la madera del portón. GOYA *vuelve, rojo de ira, y se acerca al frente para mirar al exterior. En cuanto entra, callan todas las voces y ruidos de fuera, reanudándose, más fuertes y rápidos, los latidos.* LEOCADIA *reaparece a poco por la derecha, retorciéndose las manos. Sin reparar en ella, el viejo pintor siente el empellón de su sangre*

---

97 *Gabacho:* De modo despectivo, francés. Este sentido negativo se ve ya en el *Tesoro de la Lengua Castellana o Española* de Covarrubias y se reitera en el *Diccionario de Autoridades* aplicado a algunos «pueblos de Francia».

98 La insistencia de las voces que se oyen en las referencias religiosas (hereje, comecuras, blasfemar) conecta con la anterior afirmación de Goya en la que, con amarga ironía, ponderaba su *piedad*.

*aragonesa y corre al fondo. Agarra la esco-
peta, comprueba aprisa su carga y va hacia
la izquierda.* LEOCADIA *grita, deniega, corre
a su lado.)*

LEOCADIA.—(¡No, Francho! ¡No cometas esa locura!)

(GOYA *la rechaza y sale por la izquierda;
ella lo sigue. En cuanto salen, los latidos
callan y vuelve a oírse el escándalo ante la
puerta de la casa.)*

VOZ.—(*Entre carcajadas de los otros.)* ¡Asómate,
fantoche [99], masonazo!

LEOCADIA.—*(Su voz.)* ¡Francho, por la Virgen San-
tísima!

VOZ.—¡Abre, puta!

(*Golpes en la puerta.)*

LEOCADIA.—*(Su voz.)* ¡Nos arrastrarán, nos devo-
rarán!

VOZ.—¡Abre, *negro*! ¡Que te vamos a romper los
huesos... a martillazos!

LEOCADIA.—*(Su voz.)* ¡Dame esa escopeta! *(Gime.)*
¡Dámela!...

VOZ.—¿Estáis en la cama?...

LEOCADIA.—*(Su voz, sollozante.)* ¡Francho, ten piedad de mí!...

VOZ.—¡A taparse, que viene el coco! [100]...

---

[99] La palabra *fantoche* (títere o muñeco movido con hilos) enlaza
con las de Goya al final de la parte segunda, cuando, ya vencido, se
considera a sí mismo («cornudo Matusalén») personaje de una «comedia de cristobitas». Leocadia lo ve entonces «como un gran fantoche
grotesco».

[100] *Que viene el coco* es el título del Capricho 3, como dijimos. En
él hay una clara alusión al temor que se impone a los niños y este
miedo puede entenderse como un modo de mantener la opresión
sobre los demás.

(Carcajadas, que cesan de súbito al reaparecer GOYA *por la izquierda, seguido de* LEOCADIA. *Los latidos vuelven a oírse muy fuertes. Desconcertado, el pintor parece haber perdido su arrojo. Con el rostro lleno de lágrimas,* LEOCADIA *le quita suavemente la escopeta y la deja sobre el arcón.* GOYA *se adelanta y se inmoviliza ante la mesa, con la mirada perdida.* LEOCADIA *avanza y se detiene ante el brasero, temblando. Los dos miran al frente, bajo el tronar de los latidos.)*

TELÓN

PARTE SEGUNDA

[(Luz en el primer término. El resto de la escena, oscuro. A la derecha, en un sillón, EL REY borda. El padre DUASO, de pie, aguarda respetuosamente. EL REY lo mira de soslayo, sonríe y deja de bordar.)

EL REY.—¿Y bien, padre Duaso?

DUASO.—Señor, don Francisco de Goya no parece inclinado a volver por Palacio. Sólo aspira a trabajar en el retiro de su quinta.

EL REY.—Es pintor de cámara.

DUASO.—Supongo, Señor, que se cree en decadencia. Y como hace años que la Corte nada le encarga, pienso que prefiere no imponer en Palacio pinturas que no son del gusto de Vuestra Majestad.

EL REY.—*(Ríe.)* Usted supone, usted piensa... No hay duda de que es buen amigo de Goya. *(Suave.)* Pero también yo soy padre y amigo de todos mis súbditos... ¿Qué ha dicho él?

DUASO.—*(Vacila.)* No he logrado convencerle, Señor, de que suplique gracia a Vuestra Majestad.

EL REY.—*(Con sorna.)* Ya lo sé, padre Duaso... ¿Cuáles fueron sus palabras?

DUASO.—*(Embarazado.)* Dijo que... no creyendo haber hecho nada malo, no hallaba motivos para pedir gracia.

EL REY.—*(Suspira.)* ¡Cuánta obstinación! Ningún liberal cree haber hecho nada malo. ¿Le brindó usted su intercesión?

Duaso.—Sí, Majestad.

El Rey.—¿Qué contestó?

Duaso.—Me rogó... que no me tomase ningún trabajo por él.

El Rey.—*(Después de un momento.)* ¿Cómo vive?

Duaso.—¡Como un anciano inofensivo, Señor! Recluido en su quinta y sin encargos, decora las paredes con feas y torpes pinturas.

El Rey.—¿Está asustado?

Duaso.—¿Quién puede saberlo? Está sordo y es difícil hablar con él. Parece tranquilo...

El Rey.—¿Tranquilo?

Duaso.—No acobardado, cuando menos. Pero su médico sospecha que ello podría ser indicio de locura senil.

El Rey.—¿Quién es su médico?

Duaso.—El doctor Arrieta, Señor.

El Rey.—Arrieta... No me suena como muy adicto. Será algún masón...

Duaso.—No parece que se haya significado, Señor.

El Rey.—Padre Duaso, ¿qué se puede hacer? Abrimos los brazos amantes a nuestros hijos y nos rechazan. Como católico ferviente, mi mayor deseo es el de usted: restaurar el Santo Tribunal de la Inquisición en España. Lo voy, sin embargo, demorando por no extremar rigores... Pero los españoles son rebeldes, ingobernables... No agradecen el trato dulce y escupen en la mano que se les tiende [101].

Duaso.—Me colma de alegría comprobar la buena disposición de Vuestra Majestad... Si Vuestra Majestad me da su venia, volveré a rogar a Goya que se eche a los pies del trono.

El Rey.—*(Asiente.)* Cuente con mi gratitud, padre Duaso.

---

[101] Estas y otras ideas recuerdan las expresadas en la conversación inicial de la obra entre el monarca y Calomarde. Respecto a la Inquisición, vid. nota 8.

Duaso.—Prometí a Goya visitarlo el 23, víspera de Nochebuena. ¿Puedo asegurarle que Vuestra Majestad revoca su antigua orden?

El Rey.—*(Intrigado.)* ¿Qué antigua orden?

Duaso.—Goya me ha confiado que, en el 14, Vuestra Majestad le dijo que merecía la horca y le ordenó que no viniese a Palacio mientras no lo mandase llamar [102].

El Rey.—*(Risueño.)* ¡Se lo dije riendo!... *(Suspira.)* ¡No entienden! Fue una chanza. ¿Cómo iba yo a pensar que Goya debía ser ahorcado?

Duaso.—*(Alegre.)* ¿Puedo entonces asegurarle...?

El Rey.—*(Le corta, risueño.)* No. A pesar de todo, ha sido un constitucional, un impío, un adversario de mis derechos absolutos, y debe rogar mi perdón sin que yo dé el primer paso. ¡Ya he dado un avance discreto mediante las visitas de usted! Así pues, yo no he revocado ninguna orden, ni usted le habla en mi nombre. ¿Entendido?

Duaso.—Entendido, Señor.

El Rey.—Quiero tan sólo que ese terco aprenda la sumisión debida a la Iglesia y a la Corona. ¿Comprende, padre Duaso?

Duaso.—¡Lo comprendo y lo aplaudo, Señor! Quisiera, no obstante...

(Se interrumpe.)

El Rey.—*(Afable.)* Hable, padre.

Duaso.—Majestad, aunque Goya me ha pedido que no interceda a su favor, el afecto que le profeso me obliga a hacerlo.

El Rey.—¡Pero si le digo, padre Duaso, que no voy a castigar a Goya, y que me basta con que suplique perdón!...

Duaso.—Lo sé, Señor. Pero la casualidad hizo que, en mi primera visita, presenciase incidentes desagradables...

El Rey.—¿Incidentes?

Duaso.—Pintaron una cruz y escribieron la palabra

---

[102] Vid. lo indicado en la nota 83.

hereje sobre su puerta: lanzaron una piedra que rompió los vidrios, envuelta en un papel insultante...

EL REY.—*(Frunce el entrecejo.)* ¿Quiénes?

DUASO.—No los vimos, Señor. Estaba oscuro.

EL REY.—*(Medita.)* Habrá que poner freno a esos excesos...

DUASO.—Los tiempos que corren, Señor, son propicios a otros desmanes. Temo por mi paisano y quisiera evitárselos. Si Vuestra Majestad me diese licencia para ser con él más explícito...

EL REY.—¡Encarézcale los peligros, padre Duaso! Tal vez ello le persuada a pedir gracia... ¿No le atemorizaron los incidentes?

DUASO.—Más bien le irritaron.

(Un silencio.)

EL REY.—Truhanes de la calle que no se atreverán a más... Pero encarézcale a Goya los peligros. El temor es también una virtud cristiana. *(Levanta el bordado y da una puntada.)* ¿Me dijo que lo visitará la víspera de Nochebuena?

DUASO.—El 23, Señor.

(Un silencio. EL REY *da otra puntada.)*

EL REY.—Padre Duaso, confío en que usted le haga aceptar nuestro amparo. Y si tampoco esta vez lo consigue, seguiremos siendo pacientes con ese obstinado... *(Puntada.)* Pero no vaya antes de las ocho de la noche.

DUASO.—*(Sorprendido.)* ¿No antes de las ocho?

EL REY.—*(Lo mira, risueño.)* En bien del propio Goya... Otro día le explicaré por qué se lo pido. Tómelo como una orden.

DUASO.—*(Perplejo.)* Así lo haré, Señor.

EL REY.—*(Lo despide levantando la diestra.)* Gracias por su ayuda, padre Duaso.

> *(Se absorbe en su bordado.* DUASO *se arrodilla, se incorpora y retrocede. La luz se extingue.]* Coro de tenues risotadas. En la pared

del fondo comienzan a brillar Las fisgonas, *el* Aquelarre *y* Judith. *Acurrucada sobre la gradilla, la silueta del pintor se recorta a contraluz. El aposento se ilumina. Envuelto en una vieja bata para defenderse del frío,* GOYA *trabaja en la señorita sentada que se ve a la derecha del* Aquelarre. *De tanto en tanto se estremece y se sopla los dedos. La tarima, sin brasero, enseña su boca. Leve, múltiple, insistente, el coro de misteriosas risas puebla la soledad del anciano.* GOYA *se detiene para escucharlas, menea la cabeza y continúa pintando.)*

GOYA.—Fantasías. *(Del regocijado coro descuellan dos burlonas gargantas femeninas.)* ¡No escucharé! *(Se concentra en su tarea. A las risillas se unen chillidos de lechuzas. Irritado,* GOYA *se detiene.)* Basta un querer y se van los ruidicos.

(Pinta, esbozando vagas negativas. Chillidos y risas se amortiguan. Alguna carcajada más fuerte provoca la muda repulsa del pintor. Los ruidos se debilitan y cesan. GOYA *se cerciora del silencio y suspira. Se sopla los dedos, empuña un pincel y trabaja.)*

MARIQUITA.—*(Su voz.)* No. *(*GOYA *se interrumpe en el acto y atiende.)* Usted no puede acallar las voces. *(*GOYA *sacude la cabeza, tenso. Una pausa.)* ¿Soy yo ésa que pinta? *(*GOYA *mira, sorprendido, a la figura en que pintaba.)* Leocadia dice que es ella, pero soy yo. Una niña sin miedo a las brujas. ¡La mayor bruja de todas!

(Ríe.)

GOYA.—*(Inclina la cabeza.)* Es la sordera.
MARIQUITA.—*(Su voz.)* No lo cree.
GOYA.—La sordera.
MARIQUITA.—*(Su voz.)* Yo le aviso de cosas que suceden y que no ve... La marcha de los criados...

GOYA.—¡Puedo barruntarlas! [103].

(Una pausa.)

MARIQUITA.—*(Su voz.)* ¿Qué buscaba antes por la casa?... En el bargueño de ella, bajo las almohadas de ella...

GOYA.—No quiero escuchar.

(Se dispone a pintar.)

MARIQUITA.—*(Su voz.)* Ya no tiran piedras. Ya no pintan cruces...* (GOYA, *que volvió a detenerse para escuchar, no dice nada. Las lechuzas vuelven a chillar y, en medio de su algarabía, ríen las dos burlonas gargantas femeniles.* GOYA *deja la paleta y se tapa los oídos.)* Ella tarda... *(*GOYA *baja de la gradilla soplándose los dedos y, por el balcón invisible, mira al camino. La voz susurra.)* Tarda siempre, desde hace días... *(Tenue coro de risas.)* Ayer se empeñó usted en salir a los cerros. *(Un silencio.)* A buscarme.

GOYA.—No estoy loco. Sé dónde está mi Mariquita.

MARIQUITA.—*(Su voz.)* Allí estoy. Pero la niña de mil años... está en los cerros. *(El pintor vuelve a la mesa y se sienta, sombrío.)* Al regresar ayer notó algo. El rastro de una visita... Un olor tal vez. *(Un silencio.)* Busque el botón. *(*GOYA *se sobresalta. La voz ríe.)* En el estuche de las alhajas no ha mirado.

GOYA.—Se le pudo caer...

MARIQUITA.—*(Su voz.)* ¿Al sargento de los mostachos? Esta mañana rondó por acá y usted vio que le faltaba el botón.

GOYA.—Se le caería.

MARIQUITA.—*(Su voz.)* Se lo pudo dar a ella como un presente.

---

[103]   *Barruntar:* Conjeturar por indicios o señales. Goya exterioriza ideas, temores, suposiciones y sospechas propias a través de la voz de Mariquita.

GOYA.—Estoy delirando. ¡Pero lo sé! Aunque te hable, no existes. ¿Para qué sufrir? No buscaré el botón.

(Coro de tenues carcajadas. Una voz descuella.)

MUJER.—*(Su voz.)* No busques, moribundo. ¿Qué te queda ya en la Tierra? Ni siquiera nosotras.

OTRA MUJER.—*(Su voz.)* No busques el botón. Busca nuestro recuerdo.

MUJER.—*(Su voz.)* Estás solo.

OTRA MUJER.—*(Su voz.)* Imita a este pobre imbécil de tu pintura.

(Ríen las dos voces.)

MUJER.—*(Su voz entre risas.)* Confiesa que lo deseas...

(Con los ojos cerrados y el rostro contraído, GOYA asiente, y asiente...)

OTRA MUJER.—Date ese gusto, ya que ella te abandona.

MUJER.—*(Su voz.)* No nos reiremos.

(GOYA se levantó. Dedica una extraviada mirada a Las fisgonas y se encamina hacia la izquierda. Cuando va a salir, oye la voz de MARIQUITA.)

MARIQUITA.—*(Su voz.)* Aún no es viejo, don Francisco. ¿Buscará el botón o se encerrará para... recordar? (GOYA titubea.) Si estuviese en el estuche de las alhajas, ¿creería en mí?

LAS DOS MUJERES.—*(Sus voces.)* Estás solo.

(GOYA sale. Larga pausa, durante la cual la pintura del centro se muda en Las Parcas [104].

---

[104] En estos momentos en los que Goya se siente más acosado, fuera y dentro de su casa, aparece proyectada la pintura de *Las Parcas*. Junto a las tres figuras femeninas, que tienen en sus manos un muñeco de los empleados en los maleficios, una lente y unas tijeras, hay otra de hombre, que Goya, al explicar el cuadro a Arrieta, dice que es «un gran brujo que ríe entre ellas». En una obra dramática de Azorín, desconocida hasta su publicación en 1993, *Judit*, ésta se ve asediada por tres damas enlutadas: Cloto, Laqueis y Átropos, que quieren que las acompañe a su mundo despreciando la vida.

*Comienza a oírse por la derecha el jadeo de
una persona que sube con trabajo la escalera. Al llegar a la planta se detiene, cobra aliento y entra. Es* LEOCADIA. *Desgreñada, des-
mejorada por los rudos trajines a que le obligó
la partida de los criados, está casi fea. Un
mantoncillo de paño le abriga los hombros.
Trae el brasero encendido y bajo el brazo sujeta una escoba. Al no ver a* GOYA, *se sor-
prende un tanto. Luego suelta la escoba, que
cae al suelo, para manejarse mejor y encaja
el brasero en la tarima. Levanta la copa, lo
badilea un poco y después va a mirar con cansados ojos por el balcón. Suspira, retrocede
y recoge la escoba con un débil quejido que
denuncia sus agujetas. Estremecida por el frío
se encamina a la izquierda para barrer; antes
atisba por la puerta y, como nada oye, comienza su desganado barrido. A los pocos segundos su mirada se posa casualmente sobre*
Las fisgonas *y deja de barrer, inquieta. Luego
mira, suspicaz, hacia la izquierda. Torna a su
trabajo, pero se advierte que piensa con disgusto en lo que podrá estar haciendo el pintor.* GOYA *vuelve momentos después. Reaparece erguido, fulgurante la mirada y los puños
cerrados en los bolsillos de la bata; diríase que
rejuvenecido. Durante unos momentos, se
miran.)*

GOYA.—*(Áspero.)* Has tardado. *(Ella inicia cansados
signos. Él la interrumpe con un seco ademán.)* ¡Ya sé!
Comprar leña, dar el pienso a los caballos... *(*LEOCADIA
reanuda el barrido. GOYA *avanza, mirándola con ira.)*
¡No quiero miradicas de mártir! ¡Vendrán criados! *(Ella
deniega levemente.)* ¡Los traerá la Gumersinda! *(Ella deja
de barrer y dibuja un mohín despectivo. Él va al balcón,
saca las manos de los bolsillos y se las refriega, buscando*

palabras. Ella advierte su tensión y lo mira, inquieta.) ¿No
ha venido el cartero? *(Se vuelve a mirarla. Ella abre los
brazos, en evidente negativa.* GOYA *pregunta con suavidad.)* Y ayer por la tarde, ¿no vino nadie? *(Después de
un momento, ella deniega.* GOYA *da unos pasos rápidos
hacia la mujer y se detiene.* LEOCADIA *retrocede, alarmada por su expresión. Él desvía la vista, se sienta en el sofá
y extiende las manos al calor del brasero. Mirándolo a hur-
tadillas, ella reanuda el barrido. La voz de* GOYA *la turba
súbitamente.)* Ven acá. *(Mirándolo con aprensión,* LEO-
CADIA *abandona en un rincón la escoba y se acerca.* GOYA
*la ha hablado sin mirarla y vuelve a hablar con los ojos
clavados en el brasero.)* ¿Sigues teniendo miedo? *(Ella
asiente, expectante. Él la mira.)* ¿Eh? *(Ella vuelve a asentir.)* Yo diría que no. *(Ella vacila, desconcertada.)* Ya no
hablas de abandonar la casa... *(*LEOCADIA *menea la cabeza cansadamente, expresando la inutilidad de discutir,
y se vuelve para alejarse.)* ¡Espera! *(Ella se detiene, temblorosa y se vuelve.)* ¿Por qué has perdido el miedo? *(Ella
no acierta a responder.)* ¿No es singular? [De repente, tan
conforme con seguir entre estas paredes.] La amazona in-
trépida, la coqueta que sueña con Francia, trabaja como
una bestia, [se empuerca en la cocina] y no tiene tiempo
ni de atusarse [105]. Pero no se queja... *(Breve pausa.* LEO-
CADIA *se sienta junto al pintor, pendiente de sus palabras.)* Y ya no hay cruces en la puerta, ni pedrisco en los
vidrios... Pero yo no he pactado con nadie. *(Muy suave.)*
¿Lo has hecho tú? *(*LEOCADIA *baja la vista. Su alterada
respiración le levanta el pecho.)* ¿No contestas? *(Ella desliza su mano y toma la de él sobre el sofá.)* ¿Esta es tu
respuesta? *(*LEOCADIA *levanta la mano de* GOYA *y estampa en su palma un largo beso.)* ¿Qué pretendes? *(*LEOCA-
DIA *lleva la mano del pintor a su mejilla y traza signos.*
GOYA *sonríe, maligno.)* ¿Has dicho que me quieres? *(Ella
afirma, acariciando y besando la mano varonil.)* Pues responde a mi pregunta. *(Ella hace un gesto de desespera-*

---

[105]   *Atusarse:* arreglarse o componerse.

ción. Se estrecha contra él, traza signos...) ¿Y qué hago desde hace años, sino ampararte?

(LEOCADIA se abraza a él, llorosa.)

LEOCADIA.—(Síguelo haciendo... Tienes que comprender...) *(Lo besa. Afectuosos besos en la mejilla, que se tornan bruscamente ardorosos. Abrazada al anciano, le llena de lágrimas el rostro, le besa en la boca. Su cuerpo se desliza para sentarse sobre las rodillas masculinas. Nerviosa, aferra una de las manos de GOYA y la pasea sobre su propio cuerpo. Su tronco se vence y arrastra con él al del hombre... Repeliéndola con fuerza, GOYA se levanta. Ella tiende los brazos suplicantes. Después los baja y queda inmóvil.)* (Sálvame...)

GOYA.—Ramera. *(Ella deniega, llorando. GOYA busca en su bolsillo y saca un botón de metal, que enseña. Con ojos de alimaña acosada, ella se sobresalta y casi grita. GOYA hace un ademán afirmativo, va a la mesa y deja en ella el botón.)* Así está mejor. Sin careta. El botón que le falta a la casaca de ese rufián lo guardabas tú como otra alhaja.

> *(Con la cabeza humillada, ella deniega casi imperceptiblemente. Al tiempo, se oye en el aire la propia voz de LEOCADIA, que inquieta un momento a GOYA.)*

LEOCADIA.—*(Su voz.)* ¡Tómame!

GOYA.—Buen mozo, ¿eh? Guapico, recio... [Temblabas de pánico,] todo te faltaba y, de pronto, todo lo logras. El garañón [106] que apeteces y la seguridad de esta casa. En pago, tu carne. Pero la das a gusto.

> *(Ella niega con los labios apretados. Vuelve a oírse su voz en el aire.)*

---

[106] *Garañón:* Semental. Con esta animalización, Goya expresa la degradación de los deseos que imagina en su amante. Las frases que cree que pronuncia Leocadia refuerzan esa actitud supuesta.

LEOCADIA.—*(Su voz.)* Hazme tuya...

GOYA.—¡No te atrevas a negar! ¡Ni a intentar conmigo la farsa del amor! Eso no te lo perdono. Te brindabas a mí como a un viejo sucio mientras pensabas en el otro.

> *(Ella deniega, crispada, al tiempo que se oye en el aire su voz.)*

LEOCADIA.—*(Su voz.)* Eres un viejo sucio...

GOYA.—*(Enardecido por las burlas de su mente, que ella ignora.)* ¡Lo tienes clavado en la frente desde que te revolcaste ayer con él, aquí mismo!

> *(Negando y con las manos enlazadas en súplica, se hinca ella de rodillas. Pero su voz se oye en el aire.)*

LEOCADIA.—*(Su voz.)* ¡Tienes setenta y seis años!

> *(GOYA enrojece y se abalanza hacia ella con las manos engarfiadas.)*

GOYA.—¡Zorra asquerosa! *(Le aferra el cuello. Ella logra zafarse, levantándose espantada y retrocediendo. Las facciones del pintor se contraen; pugna por no llorar. Se vuelve y murmura muy bajo.)* Setenta y seis años... *(Con los ojos muy abiertos, LEOCADIA bordea el brasero para enfrentársele de lejos, e inicia tímidos signos alfabéticos que él no quiere ver. Ella acorta la distancia.)* Déjame solo. *(Ella se detiene y luego torna a acercarse despacio. Él la mira con odio y tristeza.)* ¡Vete! *(Ella deniega y comienza su patética pantomima. Señala al exterior —al amante que se le atribuye— y a sí misma; junta sus dos índices y niega con la cabeza. Los besa luego en cruz y levanta la diestra en ademán de jurar.)* Ahórrame tus embustes. *(LEOCADIA torna a besar la cruz de sus dedos y a negar con vehemencia. Corre a la mesa, toma el botón de metal y se lo muestra. GOYA la mira con fijeza. Ella señala al suelo —la casa— y deniega. Luego señala al exterior. La voz de GOYA suena terrible.)* ¡No te lo encontraste en el polvo del camino! ¡Te lo dio él! *(Ella afirma, enérgica.)* ¿Entonces?

> *(LEOCADIA suspira, disponiéndose a prose-*
> *guir, y repite, señalando al suelo, que no, se-*
> *ñalando luego al exterior y esbozando en el*
> *aire la forma de un puente.)*

LEOCADIA.—(El puente.)

GOYA.—¿Te lo dio en el puente? *(Ella asiente.)* ¿Te acompañaba? *(Bajando la cabeza, ella asiente.)* [Y no es la primera vez, porque te galantea. *(Ella asiente débilmente.]* GOYA *arrebata el botón de su mano y lo exhibe.)* ¡Y aceptas su regalo! *(Arrebolada,* LEOCADIA *traza breves signos. Pausa.* GOYA *deja el botón en la mesa.)* ¿Por temor? *(Ella asiente. Él la aferra de improviso.)* ¿Y por qué no lo arrojaste al río?

LEOCADIA.—*(Sacude su brazo dolorido.)* (¡Me haces daño!)

GOYA.—*(La suelta con violencia.)* ¡Patrañas!

LEOCADIA.—*(Deniega y señala al exterior.)* (Él…) *(Se señala a sí misma.)* (A mí…) *(Su mano describe volutas que salen de su boca.)* (Ha dicho…) *(Su dedo señala al exterior y dibuja un trayecto hasta la casa.)* (Que vendrá…) *(Señala al suelo.)* (Aquí…) *(Vago ademán.)* (Un día…) *(Señala a la mesa y mima la acción de tomar una cosa.)* (A tomar el botón.)

GOYA.—¿Que vendrá un día a que se lo devuelvas? *(Ella asiente, atribulada.)* Mientes.

> *(Pero su voz denota duda. Ella se pone una*
> *mano sobre el corazón y alza la otra.)*

LEOCADIA.—(Te lo juro por mis hijos.)

> *(GOYA la mira, indeciso. Agotada, ella va a*
> *sentarse junto al brasero. Antes de que llegue*
> *se oye en el aire la voz de GOYA.)*

GOYA.—*(Su voz.)* «¡Quién lo creyera!» [107].

---

[107]   Título del Capricho 62. Dos interpretaciones de este grabado pueden unirse aquí: la relativa a la disputa entre las brujas que, enzarzadas, caen al abismo y la que se refiere a su lascivia.

(Breve pausa. Un suave maullido se oye. GOYA *se recuesta en la mesa, mirando a* LEO- CADIA. *Ella le envía de soslayo una enig- mática mirada e inclina la cabeza. Perma- nece en silencio, mas su voz se oye en el aire, a ráfagas sonoras, que a veces casi se pierden.)*

LEOCADIA.—*(Su voz.)* ¿No crees a tu Judith? ¿A tu Judas?... Acabaré contigo. Judith tomará el cuchillo mien- tras maúllan los gatos y el murciélago revolotea y se bebe tu sangre y Judas te besa y Judith te besa y te hunde la hoja y grita que la quisiste estrangular y que tuvo que de- fenderse. Teme a Judith, teme al rey, el rey es el patíbulo y Judith es el infierno... [108].

[GOYA.—*(Se oprime un oído y habla para sí.)* ¿Cómo saber?...

*(*LEOCADIA *lo mira un segundo, levanta la copa del brasero y badilea con prosaica me- lancolía. Pero su voz vuelve por los aires.)*

LEOCADIA.—*(Su voz.)* Tántalo, ya nunca me ten- drás [109]. Tus garras decrépitas no estrujarán mis senos, tus encías no mojarán mis hombros. Otros dientes me es- peran, otros brazos dorados. Te degollaremos en la tinie- bla y esta será la casa del cartelón del crimen. Beberás hiel

---

[108]   En la atormentada mente de Goya se produce una confusión alu- cinada que identifica a Leocadia con Judit (que dio muerte al general enemigo por el interés de su pueblo) y con Judas (que ocasionó la de su amigo y maestro por interés personal) y se siente amenazado por ambos personajes bíblicos, personificados en su amante. Ésta se une también al rey como se unen traición y terror.

[109]   La voz de Leocadia recuerda el tema del Capricho 9, en el que se aplica el suplicio de Tántalo (ver el agua sin poder saciar su sed) al de los maridos viejos, incapaces de gozar de sus mujeres o amantes jó- venes. El tema, de gran tradición literaria, no es extraño en la obra de Goya y, como es sabido, fue llevado al teatro por su amigo Leandro Fernández de Moratín. Las palabras posteriores de Leocadia («mortaja de fuego...») muestran, por medio de bellos contrastes, estas obsesio- nes del pintor.

entre maullidos, arderán tus canas bajo la corona de irrisión [110]...]

> *(GOYA se ha ido acercando; la toma del cabello y le vuelve la cabeza para mirarla a los ojos con sus ojos de obseso.)*

GOYA.—¿Cómo saber?

> *(Mientras ella lo mira con la boca apretada, su voz vibra en el aire, despertando tenues ecos.)*

LEOCADIA.—*(Su voz.)* Mortaja de fuego te envuelve, se vuelve, de hielo. Me verás cruzar riendo a la grupa del caballo, desde tu sudario... de hielo. Mi estela... se pierde... Te muerde... las venas... resecas... hasta tu esqueleto... de hielo... *(Segundos antes, LEOCADIA desvió la vista escuchando algo y ahora señala a la derecha.)* (Llaman...) *(Para sacar al pintor de su abstracción, le toca un brazo.)* (¡Llaman!)

> *(GOYA vuelve despacio de su delirio.)*

GOYA.—¿Llaman? *(Ella asiente. Él indica que aguarde y va a mirar por el balcón invisible. LEOCADIA se levanta, expectante.)* El doctor Arrieta.

> *(LEOCADIA sale por la derecha. GOYA se abstrae ante el balcón.)*

MARIQUITA.—*(Su voz, muy leve.)* Un botón no es un presente de la calle, sino de la alcoba. *(Sin moverse, GOYA cierra los ojos.)* Búsqueme, no es viejo para mí. Los padres no son viejos para sus hijos, y Asmodea tiene mil años... Le llevaré de la mano, niño mío, y ya no volverá.

GOYA.—*(Musita, sombrío.)* Ya no volveré. *(Se vuelve*

---

[110] El *cartelón* evoca los utilizados para ilustrar los romances de ciego y alude de nuevo a las creaciones esperpénticas de Goya. La *hiel* y la *corona,* bebida e instrumento de la pasión de Cristo, presagian la que el pintor padecerá. Los elementos trágicos y grotescos se mezclan, al igual que después se juntarán en escena.

despacio. Entran por la derecha LEOCADIA *y* ARRIETA.)
Don Eugenio, tome asiento. Consuela que los amigos se
acuerden de uno. *(*ARRIETA *esboza un ademán afable y
se encamina al brasero trazando signos.* GOYA *mira a*
LEOCADIA.*)* Sí... ayer salí a pasear por los cerros. *(*ARRIE-
TA *traza signos al sentarse.)* No hay cuidado. ¡Nos han
dejado en paz! *(*ARRIETA *hace un gesto de duda; parece
fatigado.)* Leo, trae el cariñena. ¡Aunque proteste el doctor! *(El doctor no protesta y* GOYA *lo observa, intrigado.* LEOCADIA *sale por la izquierda. El pintor se sienta
al amor del brasero y tiende las manos.)* ¿Está enfermo?
No trae buena cara. *(*ARRIETA *deniega blandamente.)*
¿Sucede algo? *(*ARRIETA *responde con un vago ademán
y traza signos.)* Gracias. Yo estoy bien. *(*ARRIETA *traza
signos.)* Tristezas... Cosas mías. *(*ARRIETA *traza signos.)*
También por Zapater. Sigo sin carta suya. *(Breve pausa.
El doctor le señala, señala a su oído y, con vagos ademanes circulares, al aire.* GOYA *tarda en responder.)* Alguna vocecica... de tarde en tarde. No hago caso. *(*ARRIE-
TA *traza breves signos.)* En los cerros, ¿qué?

> *(*ARRIETA *se señala un ojo y describe con la
> mano desplazamientos de voladores.* LEOCA-
> DIA *entra con la bandeja, la jarra y dos copas
> servidas. El doctor se levanta.* LEOCADIA
> *ofrece las copas y ellos las toman.)*

ARRIETA.—(Gracias, señora.)

LEOCADIA.—*(Mientras va a dejar la bandeja sobre la
mesa.) (*Le dejo con él, doctor. Aún he de aviar la comi-
da. ¿Me disculpa?*)*

ARRIETA.—(Es usted muy dueña.)

> *(*GOYA *los ve hablar con la irremediable sus-
> picacia del sordo.* LEOCADIA *recoge al pasar
> la escoba y la muestra a* ARRIETA.*)*

LEOCADIA.—(No pude terminar de barrer... No vienen
criados.)

(ARRIETA *se inclina y ella sale por la derecha.*
El doctor vuelve a sentarse. Un silencio.)

GOYA.—(*Lo mira de reojo y se decide a hablar.*) No
he vuelto a divisar hombres-pájaros, si es lo que pregun-
taba. (*Aquiescencia de* ARRIETA.) Y usted, don Eugenio,
¿qué ha visto? (*Triste encogimiento de hombros del doctor.*) Cuerdas de presos, insultos de la canalla, acaso
muertos por las cunetas... (ARRIETA *baja la vista.*) Los
hombres son fieras. Y otra cosa que no sabría decir...
Otra cosa... que noto desde que perdí el oído. Porque
entré en otro mundo. En el otro mundo. (*Ante la muda
curiosidad de* ARRIETA.) Sí... Las gentes ríen, gesticulan,
me hablan... Yo las veo muertas. Y me pregunto si no soy
yo el muerto, asistiendo al correr de los bichos en la
gusanera [111]... Yo amaba la vida. Las merendolas en la
pradera, los juegos, las canciones, las mocicas... Llegó la
sordera y comprendí que la vida es muerte... Una figurita
de duquesa ríe y se cimbrea en el silencio. Es un autómata [112]... Abrazada a mí, dice cosas que ignoro y yo le digo

---

[111]   Menciona Goya los males que la represión política y la cerrazón ideológica están produciendo, pero también algo que su situación
personal añade a la fiereza humana. En su «otro mundo», los seres
humanos se le presentan como cadáveres con apariencia de vida.
Aunque no sea el mismo su significado, recuerdan estas palabras las
de Larra en «El día de difuntos de 1836»: «Dirígianse las gentes por
las calles en gran número y larga procesión, serpenteando de unas en
otras como largas culebras de infinitos colores: ¡al cementerio, al
cementerio! ¡Y para eso salían de las puertas de Madrid! Vamos
claros, dije yo para mí, ¿dónde está el cementerio? ¿Fuera o dentro?
Un vértigo espantoso se apoderó de mí, y comencé a ver claro. El
cementerio está dentro de Madrid. Madrid es el cementerio. Pero
vasto cementerio donde cada casa es el nicho de una familia, cada calle
el sepulcro de un acontecimiento, cada corazón la urna cineraria de
una esperanza o de un deseo». Al final del artículo, el escritor descubre espantado: «Mi corazón no es más que otro sepulcro».
[112]   La sordera ha cambiado la perspectiva de Goya, haciéndole
ver que la vida es muerte y que los demás son para él puras imágenes
de seres vivos. La figura del *autómata,* tan empleada en el siglo XIX,
sirve a Goya para representar la dualidad entre la realidad inanimada
y su vida aparente.

ternezas que sólo oigo dentro de mi cráneo. La miro a los ojos y pienso que tampoco me oye... En la guerra he visto gritar, llorar ante la sangre y las mutilaciones [113]... Era lo mismo. Autómatas. Las bombas estallaban y yo sólo imaginaba una gran risa... Por eso quiero tanto a la gente; porque nunca logro entregarme del todo, ni que los demás se me entreguen. Los quiero porque no puedo quererlos. He olvidado la voz de mi Paco. No conozco la voz de mi Marianito, ni la de mi Mariquita. Nunca oí la voz de Leocadia. Moriré... imaginándolas. ¡Qué sé yo lo que es esa mujer! *(Baja la voz.)* ¡Qué sé yo lo que es usted!... Fantasmas. ¿Hablo realmente con alguien? *(Movimiento de* ARRIETA.*)* Ya sé. El fantasma de Arrieta me va a decir que estoy sordo. Pero toda esa extrañeza... ha de significar algo más. *(*ARRIETA *asiente.)* ¿Sí? ¿Es algo más? *(*ARRIETA *afirma con fuerza.)* ¿El qué? *(*ARRIETA *traza signos.* GOYA *piensa un momento.)* ¿Sordos todos? *(*ARRIETA *asiente.)* No le comprendo... *(*ARRIETA *va a accionar.* GOYA *lo detiene con un ademán.)* Sí. Sí le comprendo. Pobres de nosotros. *(*ARRIETA *suspira.)* [Y la familia no es un consuelo, pues también se nos va... Murió mi Pepa, otros hijos se me murieron [114]... Y si medran, es peor. *(Sorpresa de* ARRIETA.*)* ¡No estoy ciego! Mi Paco es un pisaverde [115] con la cabeza llena de viento. Soñamos que se volverán dioses al crecer, y se vuelven majaderos o bribones [116]. Mi Paco es... un recuerdo. Un niñico her-

---

[113]   Al referirse a las merendolas en la pradera, a la figurita de duquesa y a la guerra, Goya evoca con amargura distintos momentos de su vida y de su obra pasada: los cartones para tapices (en especial *La pradera de San Isidro*) y otros cuadros de género anteriores a su sordera; las relaciones con la Duquesa de Alba, con sus dibujos y óleos; los *Desastres de la guerra; El dos de mayo de 1808 en Madrid; Los fusilamientos en la montaña del Príncipe Pío...*

[114]   Josefa Bayeu, con la que Goya contrajo matrimonio en 1773, falleció el 12 de junio de 1812. De sus hijos, sólo le sobrevivió Francisco Javier.

[115]   *Pisaverde:* Hombre presumido y afeminado que se ocupa únicamente de cuidar su figura y de hacer ver su afectada elegancia.

[116]   Al final de *Llegada de los dioses* afirma Julio ante el cadáver de su padre: «Nunca sabré por qué he cegado. Sólo sé al fin que no soy

moso, con un piar que me alegraba las entrañas y al que yo, hace muchos años..., ¡Dios mío, cuántos ya!..., enseñaba a dar sus primeros pasos... Ese niño se ha muerto. Quizá Mariquita se vuelva tonta y agria, si no me la matan antes en otra guerra. Va a ser una gran pintora [117], pero ¿qué es eso? Nada. Bien lo sé.] *(Está llorando.* ARRIETA *le pone una mano sobre la suya.* GOYA *lanza una desgarradora queja.)* ¿Para qué vivimos? *(*ARRIETA *le muestra los muros con un ademán circular.)* ¿Para pintar así? Estas paredes rezuman miedo. *(Sorpresa de* ARRIETA.*)* ¡Miedo, sí! Y no puede ser bueno un arte que nace del miedo. *(*ARRIETA *afirma.)* ¿Sí? *(*ARRIETA *traza signos.)* ¿Contra el miedo?... *(*ARRIETA *asiente.)* ¿Y quién vence en estas pinturas, el valor o el miedo? *(Indecisión de* ARRIETA.*)* Yo gocé pintando formas bellas, y éstas son larvas. Me bebí todos los colores del mundo y en estos muros las tinieblas se beben el color. Amé la razón, y pinto brujas... Son pinturas podridas... *(Se levanta y pasea.* [ARRIETA *traza signos.)* Sí. En *Asmodea* hay una esperanza, pero tan frágil... Es un sueño. *(Compadecido, el doctor forma nuevos signos.* GOYA *sonríe con tristeza.)* Quizá los hombres-pájaros sólo eran pájaros. Otro sueño.] *(*ARRIETA *baja la cabeza.* GOYA *señala al fondo.)* Mire *Las Parcas.* Y un gran brujo que ríe entre ellas. Pues alguien se ríe. Es demasiado espantoso todo para que no haya una gran risa... Este muñeco que sostiene una de ellas soy yo. He vivido, he pintado... Tanto da. Cortarán el hilo y el brujo reirá viendo el pingajo de carne que se llamó Goya. ¡Pero yo lo preví! Ahí está [118]. *(*ARRIETA *traza sig-*

---

un dios, sino un enfermo de tu mundo enfermo. Si llegan un día, otros serán los dioses» (edic. cit., pág. 340). Goya reconoce, en este momento de la verdad, la auténtica condición de su hijo, como después admitirá la propia.

[117]   Vid. nota 66.

[118]   Goya se identifica con el muñeco que una de las Parcas tiene en la mano, pero señala al mismo tiempo su superioridad por el conocimiento que posee. Si las pinturas nacen del miedo y están «podridas», muestran igualmente la valentía de su autor para enfrentarse con la verdad.

nos.) ¿Para qué irse de España? No suplicaré a un felón. ¡Pintaré mi miedo, pero mi miedo no me azotará en las nalgas! *(Atrapa su copa, que había dejado sobre la tarima, y la apura de un trago.)* ¿Nos emborrachamos, don Eugenio? *(*ARRIETA *deniega, triste. Impulsivo,* GOYA *le oprime un hombro.)* Perdóneme. Le he contristado.

ARRIETA.—*(Deniega y traza signos.)* (Penas mías.)

GOYA.—¡Ahóguelas en vino! *(Va a tomar la copa del doctor, pero* ARRIETA *lo detiene con las facciones alteradas.* GOYA *lo mira, intrigado. Se acerca a la mesa y se sirve vino, observando de reojo a su amigo.)* Desde que entró le noto apesarado. *(*ARRIETA *lo mira y desvía la vista.* GOYA *bebe un sorbo.)* Usted guarda malas noticias… No me las oculte. *(*ARRIETA *deniega y traza signos…* GOYA, *que lo miraba muy atento, bebe su copa de golpe y la deja con ira sobre la mesa.)* ¿A usted? *(Avanza hacia el doctor.* ARRIETA *asiente, con los ojos mortecinos.)* ¿Cuándo le han puesto la cruz? *(Signos de* ARRIETA.*)* ¿Por qué ha venido? ¡Debió esconderse! *(Signos de* ARRIETA.*)* ¡Yo estoy como un roble! *(Signos de* ARRIETA.*)* Pero usted es un médico. *(Se acerca por detrás y le oprime los hombros.)* Y un amigo. *(Breve pausa.)* Un buen médico. Un buen pintor. Cruces en sus puertas. Pobre España. *(*ARRIETA *se levanta y pasea, apesadumbrado.)* ¿No habrá entre sus pacientes alguien poderoso a quien recurrir? *(*ARRIETA *señala su frente, indicando que lo piensa.)* Si no halla algo mejor, véngase a esta casa. *(*ARRIETA *sonríe, le señala y traza una cruz en el aire.)* ¡La de mi puerta me crucifica a mí, no a usted! Viviendo aquí correría menos peligro. ¡Podría pasar con nosotros la Nochebuena! Sacudiríamos penas y luego… se quedaba usted. *(Tímido.)* Estaríamos los dos menos solos… *(*ARRIETA *le indica que calle y señala hacia la derecha.)* ¿Ha sonado la campanilla? *(*ARRIETA *asiente.* GOYA *corre al balcón.)* ¡El cartero! ¡Al fin llegó! *(Mira a* ARRIETA. *Comienzan a oírse latidos de corazón, que se sostienen durante la escena siguiente.* ARRIETA *se vuelve hacia la puerta. Momentos después aparece en ella* LEOCADIA *con una carta*

en la mano. GOYA *avanza hacia ella.)* Dámela. *(*LEOCA-
DIA *le tiende la carta. El pintor lee las señas.)* La letra de
Martín Zapater. *(*Las Parcas *se truecan lentamente en el*
Aquelarre. *Con la carta cerrada entre sus manos,* GOYA
medita.) Si no la abriera... *(*LEOCADIA *y el doctor se*
miran, sorprendidos.) Como si no la hubiese recibido.

LEOCADIA.—*(Después de un momento, con expresivo*
ademán.) (¿La abro yo?)

GOYA.—[Crees que no me atrevo? No. Estoy pensan-
do que, si es mejor no saber cuándo nos vamos a morir,
¿por qué no ignorar cuanto nos aguarda? Las cartas se
podrían rasgar sin abrirse... Pues tantas veces lo que nos
anuncian no se cumple, sea malo o bueno... *(*ARRIETA
tiende la mano hacia la carta. GOYA *lo mira.)* Podría
romper ésta sin leerla.] No por miedo, sino contra el
miedo. *(Se ríe.* ARRIETA *da un paso hacia él, inquieto.)*
Tonto de mí. Estoy atrapado y he de jugar el juego hasta
el final. *(Va a la mesa, se cala sus gafas y abre la carta.*
Después de leerla eleva la vista, abstraído.) Don Eugenio,
vuelva a Madrid y busque amigos. Yo mantengo mi oferta.

> *(Deja las gafas en la mesa, se mete el papel*
> *en un bolsillo y se encamina despacio hacia*
> *el fondo. Al pasar junto a* LEOCADIA, *ésta lo*
> *detiene.)*

LEOCADIA.—*(Con expresivo gesto.)* (¿Qué te dice?)

GOYA.—¿La carta?... Martinillo está inquieto. Lleva
más de un mes sin noticias mías. *(Sigue su camino y*
toma paleta y pinceles. LEOCADIA *no disimula su pavor.*
ARRIETA *baja la cabeza.)* Mi carta fue interceptada. Si
hay Libro Verde, en él estaré. El déspota piensa en mí.

> *(*LEOCADIA *estalla en inaudibles gemidos y se*
> *derrumba sobre un asiento.* ARRIETA *corre a*
> *su lado para calmarla.* GOYA *mira un instante*
> *sus aspavientos desde la isla de su sordera y*
> *se aplica a pintar en la figurita femenina del*
> *manguito. La luz baja hasta la oscuridad*

*total; los latidos se amortiguan y callan poco
después. Vuelve la luz al primer término. Sen-
tados a la izquierda, el padre* DUASO *y el doctor* ARRIETA *se miran. El resto de la escena,
oscuro.)*

DUASO.—Mañana es Nochebuena. Prometí a don
Francisco visitarle hoy. Iré después de las ocho. ¿Quiere
acompañarme, doctor Arrieta?

[ARRIETA.—*(Leve inclinación.)* Ahora mismo, si lo prefiere. Podemos hablar por el camino.

DUASO.—*(Saca su reloj y lo mira.)* Lo siento. No puedo
ir antes de las ocho [119].]

ARRIETA.—*(Saca su reloj.)* [Son las seis y media.]
Quizá sea mejor que hablemos después, si ahora le aguar-
dan otras obligaciones.

DUASO.—*(Sonríe.)* Dispongo de todo mi tiempo.

ARRIETA.—*(Sonríe, perplejo.)* Entonces... Podríamos
hablar mientras llegamos, [si salimos ahora. El camino es
largo y a las ocho ya habrá oscurecido.]

DUASO.—*(Después de un momento.)* Aquí platicare-
mos mejor. *(*ARRIETA *enarca las cejas; no comprende.)*
¿Le sucede algo a nuestro amigo?

[ARRIETA.—Sí.

DUASO.—¿Es él quien le envía?

ARRIETA.—No.

DUASO.—Le escucho.]

ARRIETA.—Padre Duaso, sé que puedo confiar en
usted...

DUASO.—No lo dude.

ARRIETA.—Nuestro amigo debe esconderse.

DUASO.—¿Qué ha sucedido?

ARRIETA.—Una carta suya a Martín Zapater ha sido
interceptada. Y en ella injuriaba al rey.

*(*DUASO *se yergue, sorprendido.)*

---

[119] Recuérdese lo que el rey le ordenó, añadiendo hipócritamente
que era «en bien del propio Goya».

DUASO.—¿Cómo sabe que la interceptaron?

ARRIETA.—Martín Zapater no la ha recibido.

DUASO.—¿Cuándo la mandó Goya?

ARRIETA.—Hace veintidós días [120].

DUASO.—*(Se sobresalta.)* ¿Veintidós días? *(Sus dedos esbozan leves cálculos.)* ¿No se engaña?

ARRIETA.—No.

DUASO.—*(Nervioso, después de cavilar.)* Goya debe suplicar perdón a Su Majestad sin tardanza. Yo le acompañaré.

[ARRIETA.—*(Denegando.)* No es seguro que lo alcanzase, aunque lo pidiese.

DUASO.—Si Su Majestad no le ha castigado todavía por esa carta, quizá no desea castigar...]

ARRIETA.—Padre Duaso, no hay memoria de que el rey haya perdonado una ofensa. Yo le ruego que hoy mismo persuada a Goya de que se oculte.

DUASO.—¿Dónde?

ARRIETA.—*(Vacila.)* Dudo de que su hijo y su nuera quisieran acogerlo... [Y allí es donde primero lo buscarían.]

DUASO.—¿Y [en la casa de] algún amigo?...

ARRIETA.—[El rey sólo quiere vasallos que recelen y teman. Y lo está logrando. Tanto, que] a don Francisco le quedan sólo dos amigos.

DUASO.—¿Usted y yo?

ARRIETA.—Así es. Y yo no puedo ofrecerle asilo porque, como quizá usted sepa..., también en mi puerta han pintado una cruz.

---

[120]   Luis Iglesias Feijoo (*La trayectoria dramática de Antonio Buero Vallejo,* cit., pág. 408 n.) ha observado que «la cronología interna del drama resulta un tanto apretada. En la conversación entre el médico y el sacerdote se precisa inequívocamente que Goya escribió a Zapater hace "veintidós días" y, dado que hablan el 23 de diciembre, la carta fue enviada el 1 de ese mismo mes. Por tanto, la primera visita de Arrieta a la quinta, durante la que el pintor dice que han pasado ya "catorce días" desde que la mandó, nos sitúa en el 15 de diciembre. Pero esa es la fecha en que se produce la segunda visita del doctor, que sin duda no ha tenido lugar el mismo día que la anterior».

DUASO.—*(Seco.)* Lo ignoraba. ¿Me cree capaz de tomar parte en esas miserias?

ARRIETA.—Sólo quise decir que usted podía saberlo, como sabe de otras.

DUASO.—Entonces, ¿también usted corre peligro?

ARRIETA.—*(Se encoge de hombros.)* ¿Quién no?

DUASO.—¿Y ha venido a pedir por... Goya?

ARRIETA.—Usted es amigo y paisano de Goya, no mío.

[DUASO.—*(Después de un momento.)* Usted es un buen médico y apenas se ha significado... Esa cruz es un exceso del fanatismo. Indagaré quiénes la han pintado y buscaré remedio. Si le sucede algo entretanto no vacile en invocar mi nombre.

ARRIETA.—Se lo agradezco de corazón, padre Duaso.

DUASO.—En cuanto a Goya... Es singular. Hace días que pienso en brindarle esta casa... si no lograba que visitase al rey y si él no me lo pedía.

ARRIETA.—No hará ninguna de las dos cosas. Ofrézcaselo hoy sin que lo pida.]

DUASO.—*(Sonríe.)* Salvaremos a Goya. Le protegeré a usted. Y confío en que todo ello... le fuerce a reconocer que no somos tan feroces como afirman los liberales...

ARRIETA.—Ciertamente usted no lo es.

[DUASO.—Ni muchos otros, amigo Arrieta; sea más generoso. *(Gesto escéptico de* ARRIETA.*)* Doctor, usted cree que sirvo a una causa cruel y que un cristiano no debería hacerlo. Pero me juzga mal, porque olvida la caridad. Gracias a Dios nunca faltan personas compasivas; tampoco cuando ustedes gobernaban. Endulcemos dolores y callemos ante otras torpezas, puesto que no podemos hacer más.

ARRIETA.—¿Y si se pudiera hacer más?

DUASO.—Esa es la ilusión progresista, hijo mío... Yo no la comparto. El hombre siempre será pecador, y en nuestra mano sólo está evitarle algunas ocasiones de pecado... Soy censor de publicaciones por eso.

ARRIETA.—Padre Duaso, yo soy médico y quiero que la gente viva sana y feliz. Bendigo al Cielo porque siempre hay hombres buenos que ayudan al perseguido. Cristo lo aprobaría, pero no habría callado ante otras infamias.

DUASO.—Era fuerte porque era Dios. Nosotros somos débiles... Doctor Arrieta, yo estoy contento por lo que voy a hacer. ¿No me favorecerá con su afecto por esas ayudas, aunque provengan de un hombre débil?]

[ARRIETA.—Y con mi eterna gratitud, padre Duaso...] Pido al Cielo que [usted] no llegue a ser otra víctima.

DUASO.—*(Frío.)* No le entiendo.

ARRIETA.—*(Grave.)* Conozco bien los excesos del fanatismo. También sufrimos los del nuestro en el trienio liberal. Hoy nos dicen masones a los vencidos; mañana se lo dirán a las gentes como usted.

DUASO.—*(Altivo.)* ¿Quiénes?

ARRIETA.—Los más fanáticos. Pelearán contra ustedes y tal vez contra el mismo rey...

DUASO.—¿Qué dice, hijo?

ARRIETA.—Lo preveo. El rey fundará Escuelas de Tauromaquia y cerrará Universidades [121]. Mas quizá no le valga y le llamen masón los exaltados. Hay un tumor [122] tremendo en nuestro país y todos queremos ser cirujanos implacables. La sangre ha corrido y tornará a correr, pero el tumor no cura. Me pregunto si algún día vendrán médicos que lo curen, o si los sanguinarios cirujanos seguirán haciéndonos pedazos.

---

[121] Las palabras de Arrieta indican, más que unas facultades proféticas, una muestra de los previsibles excesos que, vistos desde la perspectiva del dramaturgo, han resultado cumplidas realidades. Por orden de 28 de mayo de 1830, Fernando VII disponía la creación de una escuela de Tauromaquia en Sevilla y, según aprecia Modesto Lafuente (*Historia...*, 19, cit., pág. 239), «dotaba y nombraba los maestros o profesores que habían de enseñar desde la cátedra el modo de luchar con las fieras y de derramar su sangre, con lo que acostumbraba al pueblo, que ya veía con sobrada frecuencia verter la de los hombres, a estos espectáculos...». Cuando comenzó en Francia la revolución de 1830, Calomarde cerró las Universidades y otros centros de enseñanza durante dos cursos (1830-1832). En *La detonación* (edic. cit., pág. 77) Calomarde comenta a don Homobono, mencionando la revolución de julio y la instauración de una Constitución en Portugal: «He mandado cerrar todas las Universidades. No eran más que focos de agitación liberal».

[122] Vid. la nota 78.

DUASO.—*(Suspira.)* [Su pregunta equivale a mi afirmación...] El hombre es pecador. Seamos, pues, humildes y salvemos a Goya.

ARRIETA.—Usted lo salvará. Pero yo no estaré contento.

DUASO.—¿Por qué no?

ARRIETA.—Para que viva Goya acaso destruyamos a Goya.

DUASO.—Explíquese.

ARRIETA.—Bajo la amenaza del hombre a quien ha insultado, Goya vive a caballo entre el terror y la insania. Y en ese extraño forcejeo de su alma, yo, un hombre mediocre, estimulo el terror de un titán para que deje de serlo.

DUASO.—Por su salud.

ARRIETA.—Y por su vida. ¡Porque soy médico! Y además, ya no es un gran pintor, sino un viejo que emborrona paredes. [Yo quiero que su miedo le salve, para que viva tranquilo sus últimos días como un abuelo que babea con sus nietecitos.]

DUASO.—Entonces...

ARRIETA.—¡Eso quiero creer, pero no estoy cierto! ¿Y si esos adefesios que pinta en los muros fueran grandes obras? ¿Y si la locura fuera su fuerza? [¿No querré que un gigante se vuelva un pigmeo porque yo soy un pigmeo? [123]]

DUASO.—Usted cumple con su deber, como yo con el mío.

ARRIETA.—*(Lo mira intensamente.)* Si yo fuera usted, padre Duaso, tampoco estaría tranquilo.

DUASO.—¿Cómo?

ARRIETA.—Yo elegí vivir en la vergüenza y por eso elegí el silencio. Voy a romperlo con usted porque me consta su hombría de bien... y porque ya estoy marcado.

---

[123] A pesar de que poco después Arrieta dice que no cree que las pinturas sean buenas, aquí plantea tres preguntas de gran interés para llegar a la justa valoración de las mismas. La *locura* como fuente de conocimiento profundo es, por otra parte, motivo frecuente en el teatro bueriano (vid. nota 9I).

DUASO.—*(Frío.)* Pondere sus palabras, hijo mío.

ARRIETA.—Supongamos, padre Duaso…, no es más que una suposición…, que Su Majestad vacilase en dar la campanada de ejecutar a don Francisco. Es un maestro afamado, no se distinguió en la política…

DUASO.—Ello demostraría que don Fernando no carece de benignidad.

ARRIETA.—O de cautela. Y supongamos que, sin decidirse a una sanción tan sonada, quisiera el rey vengarse de su pintor… *(Gesto de disgusto de* DUASO *por el verbo, que* ARRIETA *desdeña.)* Que el altivo Goya le suplique gracia entre lágrimas y se retracte como el pobre Riego complacería de momento a Su Majestad… Otro hombre, diría, que deja de serlo.

DUASO.—Doctor Arrieta, no puedo permitirle…

ARRIETA.—*(Tajante.)* Entonces me callo.

(Pausa.)

DUASO.—Perdone. Continúe.

ARRIETA.—Gracias… Pienso que al no asomar Goya por Palacio, no le sería difícil al rey enviar a un hombre que se lo sugiera. *(*DUASO *se inmuta.)* Entiéndame, padre; un hombre deseoso de ayudar a un amigo que, sin advertirlo, colabora en el propósito regio: que el aragonés díscolo y entero se vuelva una piltrafa temblorosa.

DUASO.—¡Usted se contradice!

ARRIETA.—¡No! Si Goya accede, demostrará que teme; si no accede, temerá.

DUASO.—¡No interpreta bien los hechos!

ARRIETA.—¿Conocía usted la existencia de esa carta de Goya?

DUASO.—¡Dios es testigo de que no!

ARRIETA.—Le creo. ¿Me equivoco igualmente si pienso que el rey le ha hablado a usted de Goya?

DUASO.—*(Titubea.)* No voy a contestar a más preguntas.

ARRIETA.—Toléreme todavía unas palabras. Me ha llegado un rumor que confirma la bondad de su corazón, padre Duaso.

DUASO.—¿Qué rumor?

ARRIETA.—Que usted oculta ya, en esta casa, a algunos paisanos suyos en peligro.

DUASO.—¿Se dice eso?

ARRIETA.—Es la triste gaceta de los vencidos, susurrada entre gente segura. No quiero saber si ese rumor es cierto; si Goya viene a su casa, lo será. Pero usted es un sacerdote leal al trono... Es increíble que el padre Duaso acoja a nadie, hoy o mañana, sin contar de antemano con la tolerancia regia. ¿O yerro?

DUASO.—*(Después de un momento.)* Por caridad, ahórreme sus preguntas.

ARRIETA.—No volveré a preguntar. Le expondré, tan sólo, mi peor sospecha... Usted prometió visitar hoy a nuestro amigo. Yo no le pregunto por qué después de las ocho y de ningún modo antes... *(*DUASO *lo mira con creciente desasosiego.)* Pero dudo de si no estaremos cometiendo un error irreparable... al no apresurar la visita a Goya sin aguardar a que den las ocho. *(*DUASO *saca su reloj y medita, nervioso.)* Pero si usted no *debe* ir antes de esa hora... *(Aún con el reloj en la mano,* DUASO *se levanta y mira a* ARRIETA; *el temor invade su faz.* ARRIETA *se levanta también.)* Padre Duaso, si usted hubiera sido peón de algún juego, no olvide que puede haber otros peones.

> *(Muy afectado y caviloso,* DUASO *deniega para sí con brusquedad, como quien se advierte caído en una trampa inesperada.)*

DUASO.—Nadie va a jugar con el padre Duaso. A buen trote podemos llegar a la quinta a las siete y media. Tomemos mi coche. *(Guarda su reloj y, de nuevo sereno, se encamina a la derecha.)* [Sígame, doctor.] *(*ARRIETA *lo acompaña y la luz los sigue.* DUASO *se detiene antes de salir.)* Esas pinturas de la quinta... ¿son realmente malas?

ARRIETA.—No creo que sean buenas.

DUASO.—¿Por qué no?

ARRIETA.—Él mismo dio la respuesta en uno de sus

grabados... «El sueño de la razón produce monstruos» [124].

DUASO.—¿Siempre?

ARRIETA.—Tal vez no siempre..., si la razón no duerme del todo.

DUASO.—*(Suspira.) Abyssus abyssum invocat* [125]...

> *(Sale, seguido de* ARRIETA. *La escena se ilu-
> mina lentamente. Los asientos que ocuparon*
> ARRIETA *y* DUASO *han desaparecido. Bajo las
> luces del velón, de bruces sobre el extremo de-
> recho de la mesa y en la misma postura que
> dio a su cuerpo en el aguafuerte famoso,*
> GOYA *dormita. Una fría luz lunar* [126] *entra
> por el balcón. En el fondo, enormes, los* Vie-
> jos comiendo sopas. *Durante unos instantes,
> nada sucede. Se oyen después dos recios gol-
> pes dados en una puerta. El dormido se rebu-
> lle. A los golpes, extrañas y mortecinas clari-
> dades invaden el aposento. Un tercer golpe
> suena, y las raras luces crecen de súbito. Tór-
> nanse las del velón insignificantes llamitas ver-
> dosas que nada alumbran. Mal iluminada por
> la luz aún creciente, se advierte una insólita
> figura a la derecha. Es una* DESTROZONA [127]
> *de carnaval, con máscara de viejo decrépito,
> cuyas orejas son grandes alas de murciélago* [128].

---

124 Título del *Capricho* 43.

125 «Un abismo llama a otro abismo», *Salmos,* 42, 8.

126 La iluminación irreal en las escenas oníricas y en las alucinaciones es característica en el teatro de Buero Vallejo, desde *El terror inmóvil* y *Aventura en lo gris.* En este sueño de Goya se acentúan los elementos carnavalescos, tan frecuentes en sus pinturas, grabados y dibujos (vid.
Teresa Lorenzo de Márquez, «Tradiciones carnavalescas en el lenguaje
icónico de Goya», en AA.VV., *Goya y el espíritu de la Ilustración,* cit.,
págs. 99-109).

127 *Destrozona:* En carnaval, máscara vestida de mujer.

128 En el número 71 de los *Desastres (Contra el bien general)* aparece un ser monstruoso «cuyas orejas son grandes alas de murciélago».
La caracterización de estos personajes está inspirada en grabados de

Sentado en la tarima del brasero y con un grueso libraco cerrado sobre las rodillas, mira impasible a GOYA. Rumor de alas gigantescas en el aire. Bajo la mirada del enmascarado el pintor vence con trabajo su modorra y se vuelve para mirar, sorprendido, a la extraña presencia. Se oye un débil maullido.)

GOYA.—¿Quién es? (El fantoche no responde. Abre su libro y da unos secos golpecitos sobre sus páginas. Invocada por ellos asoma otra DESTROZONA por la izquierda. Ostenta una cabeza gatuna y dos enormes tetas le inflan los harapos; trae en las manos un raro bozal de alambre, con voluminoso candado en el que se inserta una gruesa llave. El pintor vuelve la cabeza. Al tiempo se oyen fuera murmullos de cencerros y aflautadas risitas, que se repiten de vez en vez. GOYA se oprime los oídos.) ¿Oigo?

(La gata DESTROZONA se acerca a GOYA y se detiene. GOYA mira ambas apariciones. El HOMBRE-MURCIÉLAGO da otro golpecito sobre el libro y el fragor de los cencerros aumenta. GOYA mira a las puertas. Por ellas irrumpen, corriendo y ululando con destemplados chillidos de mascaritas, quienes reían fuera: otras dos DESTROZONAS con careta de cerdo que blanden gruesos martillos y de cuyos cinturones cuelgan mohosos cencerros.)

CERDOS.—¡No me conoces! ¡No me conoces!

(Repitiendo su cantinela y entre risas se acercan a GOYA, lo levantan por los sobacos y lo llevan al centro de la escena.)

Goya, especialmente en sus *Caprichos*. Recordemos, por ejemplo, los gatos del número 43 (*El sueño de la razón produce monstruos*), los murciélagos del 45 (*Mucho hay que chupar*), los enormes candados de *Los Chinchillas* (50), o los engendros animales y humanos del 63 (*¡Miran qué grabes!*).

GOYA.—*(Forcejea.)* ¡No me toquéis!
MURCIÉLAGO.—«Nadie se conoce» [129].

> *(Otro fuerte golpe sobre una puerta. Las máscaras enmudecen.)*

GOYA.—Yo sólo quiero comer sopas.

> *(El* HOMBRE-MURCIÉLAGO *ordena silencio con un prolongado siseo y señala a la mesa.* GOYA *mira. Tras ella emerge despacio otra máscara que se sienta con suavidad en el sillón. Viste un amplio dominó negro con capucha, de la que salen fuertes cuernos de toro; el rostro es una tosca calavera)* [130].

CORNUDO.—*(Levanta una mano.)* En nombre del cura de Tamajón.

> *(Los de la cara de* CERDO *levantan, entre risas, sus martillos para asestarlos contra el cráneo de* GOYA.*)*

MURCIÉLAGO.—No. *(Golpea en el libro.)* Vean si tiene rabo.
GOYA.—¿Rabo?

> *(Intenta desasirse.)*

MURCIÉLAGO.—*(Lee en el libro.)* Judíos y masones tienen rabo. Dios Nuestro Señor les infligió ese estigma infernal para aviso de las almas cristianas. Procédase.

> *(Los de la cara de* CERDO *vuelven a* GOYA *de espaldas.)*

GOYA.—¡No os atreváis!

> *(Los de la cara de* CERDO *le levantan los faldones y miran.)*

---

[129]   Título del Capricho 6.
[130]   Esta máscara proviene de *El entierro de la sardina,* óleo que se ha considerado precedente de las *Pinturas negras* por la técnica utilizada en él.

MURCIÉLAGO.—¿Tiene rabo?

CERDO 1.º—Muy largo.

CERDO 2.º—Peludo y grueso.

CERDO 1.º—Muy verde.

GOYA.—¡Cerdos malditos!

CERDO 2.º—Y lo mueve.

GOYA.—¡Os reventaré a coces, bandidos! ¡Os despanzurraré como a gusanos!...

> (*El* CORNUDO *hizo una seña y, al tiempo que habla* GOYA, *los de la cara de* CERDO *le dan media vuelta. La* GATA *se acerca y le encaja el bozal de alambre, cerrando el candado con una ruidosa vuelta de llave. Aunque sus labios siguen profiriendo improperios tras el enrejado, la voz del pintor se apaga.*)

MURCIÉLAGO.—¿Tiene algo que alegar el acusado?

CERDO 1.º—Nada.

> (GOYA *se debate y habla sin que se le oiga.*)

CERDO 2.º—El acusado confiesa poseer rabo.

CERDOS.—Es masón y judío.

CORNUDO.—Su Majestad se digna bordar una flor.

GATA.—¡Viva el rey absolutamente absoluto!

CERDOS.—(*Al tiempo que giran con* GOYA, *canturrean.*)

> ¡Trágala, perro!
> ¡Tú, francmasón!
> ¡Tú que no quieres
> Inquisición! [131]

---

[131] Cuenta Mesonero Romanos (*Memorias de un Setentón,* Madrid, Tebas, 1975, págs. 191-192), a propósito del episodio en el que Riego entonó su propio himno en el Teatro del Príncipe (septiembre de 1820), que el *Trágala* era una insultante canción que se trajo de Cádiz y que tuvo gran número de variaciones en letra y música. Gozó de mucha popularidad entre los liberales, puesto que servía de desahogo a quienes tanto tiempo estuvieron sometidos (vid. Gil Novales, *Las sociedades patrióticas,* I, cit., págs. 128 sigs.). Hubo versiones absolutistas del *Trágala*

(Después obligan a GOYA *a postrarse de rodillas y levantan los martillos. El* CORNUDO *se pone en pie y extiende una mano solemne.)*

CORNUDO.—Aún no.
MURCIÉLAGO.—Soltadlo.

(Los de la cara de CERDO *sueltan al pintor y se repliegan hacia las puertas.* GOYA *mira a todos, expectante.)*

GATA.—¡Miau!...
MURCIÉLAGO.—Su Majestad se digna bordar otra flor. *(El* CORNUDO *se acerca a* GOYA, *que se incorpora y retrocede hacia una puerta. El cara de* CERDO *que allí le aguarda levanta el martillo y agita sus cencerros.* GOYA *intenta cruzar y el* CORNUDO *le embiste.* GOYA *esquiva la cornada, corre a la otra puerta y allí le esperan el martillo y los cencerros del otro enmascarado. Al retroceder le roza otra embestida del* CORNUDO. *Por un momento se miran los dos, inmóviles. El* CORNUDO *embiste de nuevo y* GOYA *lo burla con dificultad; torna a embestir y derriba a* GOYA. *La* GATA, *que maulló a cada embestida, emite ahora un estridente maullido y los regocijados caras de* CERDO *cencerrean.)* Basta. *(El* CORNUDO *levanta la cabeza y permanece rígido.)* Vosotros.

(Los de la cara de CERDO *vanse acercando a* GOYA *con los martillos a media altura.)*

—————

y la creada en esta obra por Buero trueca situación y términos de una de las estrofas habituales del *Trágala* liberal, reproducida por Mesonero:

> Trágala o muere,
> tú, servilón,
> tú, que no quieres
> Constitución.

En *Masones, comuneros y carbonarios* (Madrid, Siglo XXI, 1971, págs. 345-348) ofrece Iris M. Zavala dos interesantes documentos sobre esta canción, que debió ser anterior al siglo XIX y que Goya utilizó en la leyenda del Capricho 58 (*Trágala perro*), en el que se critica la ignorancia de quienes se dejan embaucar por los frailes, uno de los cuales lleva una gran jeringa dirigida a un hombre inclinado y suplicante.

GATA.—¡Mueran los *negros*!

MURCIÉLAGO.—*(Leyendo en su libro, ganguea, aburrido.)* Por judío, masón, liberal, jacobino, insolente, impertinente, reincidente, pintor, masturbador, grabador...

GATA.—«¡Qué pico de oro!» [132].

> *(Los de la cara de* CERDO *están junto a* GOYA, *caído y de espaldas.)*

MURCIÉLAGO.—... Te entregamos al brazo secular.

GATA.—¡Viva el rey neto y muera la nación! [133]

CERDOS.—*(Elevan despacio los martillos y cantan con voces de sochantres.)*

> Trágala, perro...

> *(Ataviada como la* Judith *de la pintura y con su gran cuchillo en la mano,* LEOCADIA *aparece por la derecha.)*

LEOCADIA.—¡Quietos! *(Todos la miran.* GOYA *levanta la cabeza y se incorpora con visible temor.)* Yo seré el brazo secular. *(*GOYA *se arrodilla de frente. Ella llega a su lado y, agarrándole de los cabellos, le obliga a presentar el cuello. Cuando adelanta el cuchillo para degollarlo vuelven a oírse estrepitosos golpes contra una puerta.* LEOCADIA *se yergue, medrosa. Los ojos del pintor brillan.)* ¡Ellos!

> *(*LEOCADIA *huye por la izquierda. El* MURCIÉLAGO *cierra su libro de golpe y se levanta. La luz baja rápidamente.)*

MURCIÉLAGO.—¿Ellos? *(*GOYA *asiente con ardiente*

---

[132] Título del Capricho 53.

[133] Los vivas al «rey neto» o al «rey absolutamente absoluto» eran aclamaciones frecuentes en la época y Galdós las recoge en sus *Episodios Nacionales*. Morayta (*Historia...,* VI, cit., pág. 866) refiere que, cuando el rey marchaba en octubre de 1823 camino de Sevilla, le gritaban en Utrera: «¡Viva el rey absolutamente absoluto!», «¡Vivan las cadenas!», «¡Muera la Nación!», «¡Mueran los negros!» y entonaban la molesta canción «La Pitita».

alegría. Los golpes se repiten, apremiantes. Los de la cara de CERDO *levantan al pintor y lo sientan aprisa en la silla donde dormitaba.)* ¿Quiénes son ellos?

> *(Batir de alas gigantescas en el aire. La* GATA *se apresura a abrir el candado y libra a* GOYA *del bozal. La luz se vuelve mortecina.)*

GOYA.—¡Los voladores están llamando a todas las puertas de Madrid!

> *(Lluvia de golpes sobre la puerta.)*

TODOS.—*(Menos* GOYA *y el* CORNUDO.*)* ¡No!

> *(Y huyen, gritando y maullando, por ambas puertas. El* CORNUDO *levanta la barbilla del pintor con inesperada suavidad. Ya no hay más luz en el aposento que la de la luna y el velón.)*

CORNUDO.—Yo volveré.

> *(Empuja despacio la cabeza del pintor, de tal modo que éste vuelve a caer adormilado y de bruces sobre la mesa. El* CORNUDO *se desliza sigiloso y desaparece por la izquierda. Momentos después se oyen tremendos golpes. En el fondo aparecen* Saturno, *el* Aquelarre *y* Judith. GOYA *se despabila y levanta la cabeza. Los golpes cesan en el mismo instante. Con los ojos llenos de una loca esperanza,* GOYA *se levanta.)*

GOYA.—¡Tan fuertes que yo mismo los oiría! *(Corre al invisible balcón, pero no logra distinguir nada. En su atuendo habitual,* LEOCADIA *irrumpe por la derecha, horrorizada. Llega junto a* GOYA *y tira, nerviosa, de su brazo.* GOYA *se vuelve y ella sólo acierta a señalar, con la garganta apretada, hacia la derecha. Los latidos suenan de improviso, rápidos, y continúan durante la siguiente escena. Al comenzar su son,* LEOCADIA *huye por la iz-*

quierda, desprendiéndose del anciano, que intenta rete-
nerla.) ¿Qué sucede? (GOYA va hacia la derecha para
mirar, cuando aparecen en la puerta cinco VOLUNTARIOS
REALISTAS. No traen fusiles; tan sólo sus sables al cinto.
Las carrilleras [134] de sus morriones [135] enmarcan aviesas
sonrisas. El primero de ellos es un SARGENTO de recios
bigotes, buen mozo, de aire presuntuoso, en cuya casaca
se advierte la falta de un botón de metal. Los dos que le
siguen traen el sable desenvainado; uno de los dos últimos porta un lío de tela que envuelve algo. GOYA corre
al arcón para tomar la escopeta, pero uno de los que blanden el sable es más rápido y corre a poner la mano sobre
el arma, mientras el otro sujeta al pintor. El SARGENTO
avanza y se apoya en el respaldo del sofá. Atusándose los
mostachos, hace una seña. El VOLUNTARIO portador del
lío de ropa lo arroja sobre el sofá y corre con su compañero a la izquierda, por donde salen.) ¡Sayones! (Uno de
los que sujetan a GOYA lo abofetea.) ¡Os haré salpicón!
¡Os echaré los perros! (En el silencio poblado de latidos,
todos ríen a carcajadas. Quienes lo sujetan le traen a trom-
picones al primer término. El SARGENTO se acerca con
una mordaza que sacó del bolsillo.) ¡Sabandijas! ¡Si vol-
véis a tocarme la cara…!

> (El SARGENTO ahoga sus palabras metiéndo-
> le un trapo en la boca y luego lo amordaza,
> anudando con fuerza en el pescuezo. El pin-
> tor gruñe y se debate en vano. El SARGENTO
> se recuesta en la mesa, hace una seña y los dos
> sicarios arrojan al suelo al anciano, quien, al
> ponerse de rodillas para levantarse, recibe en
> la espalda el primer sablazo de plano. GOYA
> lanza un feroz gruñido; intenta zafarse, pero
> un segundo sablazo lo abate; después los dos

---

[134] *Carrilleras:* Correas que penden de los lados del casco o del gorro
para sujetarlo.
[135] *Morrión:* Gorro militar con visera y copa alta.

*sables caen y caen, con vivo ritmo, sobre su
cuerpo, que va encogiéndose bajo el dolor.)*

VOZ MASCULINA.—*(En el aire.)* «Para eso habéis nacido» [136].

(Cuando los VOLUNTARIOS *que salieron por
la izquierda retornan trayendo a* LEOCADIA,
GOYA *no gruñe ya y aguanta en silencio.* LEO-
CADIA *vuelve desgreñada y despechugada, so-
portando risas procaces y torpes caricias. Los
que la traen la obligan a mirar y ella grita. Uno
de ellos pretende besarla y el* SARGENTO *se
yergue.)*

SARGENTO.—(¡Con la mujer nada, ya os lo he dicho!)

*(*GOYA *perdió fuerzas y bajo los sablazos cae
al suelo como una pelota de trapo. El* SAR-
GENTO *hace una seña. Los* VOLUNTARIOS *en-
vainan los sables entre risas e improperios.
Uno de ellos corre al sofá y deslía el envolto-
rio, mientras el otro incorpora a medias a*
GOYA *y le levanta la cabeza para que mire.
Vuelve su compañero con la tela extendida y
se la muestra a* GOYA: *es un sambenito [137] inquisitorial que, en el lugar de las habituales
llamas toscamente pintadas entre las aspas, ostenta negras siluetas de martillos [138]. Todos
ríen a carcajadas y el aire se puebla de chillidos de murciélagos y lechuzas.* LEOCADIA
gime y farfulla inaudibles súplicas. El SAR-
GENTO *y un* VOLUNTARIO *sostienen a* GOYA
arrodillado, mientras el portador del sambe-

---

[136]   Título del *Desastre 12.*
[137]   *Sambenito:* Escapulario que se ponía a los reos de la Inquisición.
[138]   La insistencia icónica y verbal en los martillos conecta con la
preocupación moral de Goya por el asesinato a martillazos del cura de Tamajón (vid. notas 85 y 87) y con su temor, en sueños y despierto, de
ser atacado con esos objetos.

*nito se lo encaja por el cuello. Luego lo alzan
por los sobacos y, medio a rastras, le llevan
a la silla donde dormitó y le sientan.* LEOCA-
DIA *grita y forcejea. Latidos y chillidos de
animales arrecian.)*

VOZ MASCULINA.—*(En el aire.)* «¡No grites,
tonta!» [139].

VOZ FEMENINA.—*(En el aire.)* «¡Mejor es holgar!» [140].

(GOYA *mira a* LEOCADIA. *El* VOLUNTARIO
volvió al sofá y regresa con una coroza [141],
*mientras otros dos de ellos atan las manos del
viejo pintor con una soguilla que aseguran tras
el respaldo, y sus pies, con otra cuerda, a las
patas del asiento.)*

VOZ MASCULINA.—*(En el aire.)* «¡Tanto y más!» [142].

(Entre las risotadas de todos, el VOLUNTARIO
*que trajo la coroza saca de ella una cruz negra
de madera, la encaja en las atadas manos del
artista y luego le encasqueta la coroza, trans-
formándolo en uno de los penitenciados que
él grabó y pintó tantas veces.)* [143]

VOLUNTARIO 1.º—(¡A martillazos te romperemos la
crisma!)

VOLUNTARIO 2.º—(¡A martillazos!)

(Risueño, el SARGENTO *cruza hacia el sofá,
ante la maliciosa mirada del que sujeta a* LEO-
CADIA. *Los otros tres se balancean ante*
GOYA, *canturreando.)*

---

139   Título del Capricho 74.
140   Título del Capricho 73.
141   *Coroza:* Capirote cónico de papel que se colocaba en la cabeza
de ciertos condenados.
142   Título del Desastre 22.
143   Recuérdese, por ejemplo, la impresionante *Escena inquisitorial,*
tabla al óleo de la Real Academia de Bellas Artes de San Fernando, cuya
ejecución guarda similitud con la de las *Pinturas negras.*

Voluntarios.

(¡Trágala, perro!
¡Tú, francmasón!
¡Tú que no quieres
Inquisición!)

*(Acercándose, lo vociferan en su rostro; luego
bailotean en corro y reiteran el* Trágala. *Quien
la sujetaba lanza a* Leocadia *de un empellón
a los pies de* Goya, *y ella queda apoyada en
la silla, mirando al viejo a través de sus lágrimas. El* Sargento *hace una seña desde el
sofá y los danzantes se reúnen con el otro* Voluntario, *canturreando todavía retazos del*
Trágala. *Los chillidos de alimañas se amortiguan poco a poco.)*

Sargento.—*(Acercándose a los cuatro les habla con
sigilo.)* (Desvalijad lo que queráis. La casa es vuestra.)
Voluntario 1.º—*(Risueño y sigiloso.)* (¡A las alcobas!)
Voluntario 2.º—*(Lo mismo.)* (¡A la despensa!)
Voluntario 3.º—*(Lo misma)* (¡A la cocina!)

(Los Voluntarios 1.º *y* 2.º *salen por la izquierda casi de puntillas; al pasar ante el* Saturno *uno de ellos le dedica una burlona
mueca de fingido temor. Lor* Voluntarios
3.º *y* 4.º *salen, entre maliciosos guiños, por
la derecha. Los ruidos animales, ya escasos,
cesan del todo en ese momento.* Goya *mira
al* Sargento *y a* Leocadia, *ésta sigue mirando al pintor espantada, y el* Sargento,
*sonriente, observa a los dos. Los latidos se
vuelven más fuertes y angustiosos. Con sus
chispeantes ojos clavados en la mujer, el* Sargento *se descubre con aparente calma y tira
el morrión sobre el sofá. Luego empieza a sacar-
se el tahalí*[144] *de donde pende su sable. De re-*

---

[144]　*Tahalí:* Tira de cuero u otra materia que cruza desde el hombro
derecho por el lado izquierdo hasta la cintura, donde se unen los dos
cabos y se coloca la espada (DRAE).

pente, LEOCADIA nota que ya no hay ruidos en la estancia y levanta sus aterrados ojos sin atreverse a mirar hacia atrás, sintiendo en su espalda la mirada del macho. Los latidos apresuran su ritmo. GOYA mira fijamente a la mujer. Ella se vuelve despacio y sus desorbitados ojos tropiezan con la sonrisa del SARGENTO, que deja caer al suelo su tahalí. LEOCADIA ahoga un grito, se levanta y corre hacia el fondo, pero el SARGENTO la atrapa brutalmente y, con un beso voraz en la boca, la arrastra hacia el sofá. LEOCADIA forcejea, pero es derribada. El impulso vuelca el sofá y la frenética pareja desaparece tras él. En el mismo instante una tempestad de ruidos estalla. Al latir, que no cesa, se suman de nuevo los chillidos de las alimañas y, con ellos, rebuznos, cacareos, carcajadas, estremecedores alaridos. El pandemónium continúa unos segundos y luego se aplaca un tanto, resolviéndose en largas oleadas de risas entre las que descuellan voces diversas.)

VOZ FEMENINA.—*(Irónica.)* «¡Tal para cual!» [145].

VOZ MASCULINA.—*(Indignada.)* «¡No se puede mirar!» [146].

(GOYA desvía la vista y la pierde en el vacío.)

VOZ FEMENINA.—«¡Se aprovechan!» [147].

VOCES FEMENINAS.—*(Sobre las risas.)* «¡Y son fieras! ¡Y son fieras!» [148]...

VOZ MASCULINA.—«¡Y no hay remedio!» [149].

---

[145] Título del Capricho 5.
[146] Título del Desastre 26.
[147] Título del Desastre 16.
[148] Título del Desastre 5.
[149] Título del Desastre 15.

Voces femeninas.—«¡Y son fieras»...
Voz masculina.—«¿Por qué?» [150]...

> *(Chillidos y risas callan.* Goya *vuelve a mirar tras el sofá volcado. Los latidos cesan también. En el hondo silencio se oye la voz de* Mariquita.*)*

Mariquita.—*(Su voz.)* Me hacen daño.. *(El anciano escucha, estremecido.)* ¿Qué me pasa, don Francho?... Me aplastan la mano, mi brazo se derrite, mis carnes se corrompen... Ya no siento las piernas, son un charco en el suelo...

Goya.—*(Su voz, en el aire.)* «Murió la verdad» [151].

Mariquita.—*(Su voz.)* Me corre la mejilla algo viscoso... Mis ojos estallan y se escurren... No veo... ¡Socórrame!

Goya.—*(Su voz en el aire.)* «¡Divina razón, no dejes ninguno!» [152].

Mariquita.—*(Su voz acusa extraña descomposición.)* No puedo... hablar. Mi lengua... Mi boca... es pus.

> *(Silencio. Con inmensa pesadumbre,* Goya *mira de nuevo a la pareja oculta. Una avalancha de alaridos sobreviene; los latidos se reanudan muy fuertes y rápidos.)*

Goya.—*(Su voz en el aire, muy sonora.)* «¡No hay quien nos socorra!» [153].

> *(La barahúnda llega al máximo. Vase luego aplacando: cesan los gritos, los latidos pierden ritmo y se apagan. Cual si sufriera un desmayo,* Goya *inclina la cabeza. El silencio reina de nuevo. Las botas del* Sargento, *que se entreveían, desaparecen y su figura emer-*

---

[150] Título del Desastre 32.
[151] Título del Desastre 79.
[152] Título del dibujo 122 del Álbum C (vid. nota 53).
[153] «No hay quien los socorra» es el título del Desastre 60.

ge tras el sofá, mostrando el desorden de sus ropas. Mientras se abotona mira a GOYA, que no se mueve. Luego recobra el tahalí, se lo pone, alcanza su morrión y se lo cala. Irónico, da unos pasos hacia el pintor y considera su aspecto; luego se vuelve y lanza una risueña ojeada a la mujer que yace en el suelo. Tentando su ojal vacío cruza ante GOYA, se acerca a la mesa y curiosea. Sonriendo, toma una cosa: es el botón de metal. Se lo muestra a GOYA, que sigue inmóvil, y se lo guarda, ufano. Su expresión se torna grave; mueve el reloj de la mesa para comprobar la hora y, con paso marcial, se encamina al fondo, dando inaudibles palmadas hacia la izquierda mientras vocifera.)*

SARGENTO.—(¡Pascual! ¡Basilio! ¡Os quiero aquí sin tardar! ¡Ya es hora!) *(Nuevas palmadas.)* (¡Aprisa!) *(Segundos después regresan lo dos* VOLUNTARIOS. *Uno de ellos trae un cofrecillo de madera y en la otra mano una gran torta de la que come. El otro exhibe, sonriente, un pernil y también mastica algo. El* SARGENTO *abre el cofrecillo y aprueba con un gesto. Vuelve al lado de* GOYA, *que apenas abre sus vidriosos ojos, le levanta la cabeza y con la otra mano indica que espere, mientras dice:)* (¡Volveremos!)

(Luego sale por la derecha, seguido de los dos VOLUNTARIOS, *que se codean y señalan, sonrientes, el cuerpo de la mujer. Larga pausa, durante la cual el* Saturno *y la* Judith *se esfuman despacio.* LEOCADIA *se incorpora tras el sofá y asoma lentamente, mostrando sus ropas sueltas y una mejilla amoratada. Apoyándose en el mueble se levanta y contempla largamente al sambenitado.* GOYA *la está mirando sin pestañear. El* Aquelarre *aumenta de ta-*

maño. Llorosa y titubeante, LEOCADIA *avanza unos pasos, pero hay algo en los ojos del viejo que la obliga a detenerse. No obstante, vuelve a caminar y, a su lado, se arrodilla y le desata los pies. Luego se incorpora, le quita la cruz de las manos para dejarla sobre la mesa, desanuda la cuerda del respaldo y libera sus manos. Acusando el dolor de la espalda,* GOYA *alza sus brazos y desata su mordaza, escupiendo el trapo de la boca. Después se levanta y ella lo ve erguido ante sus ojos como un gran fantoche grotesco. Con airado revés, arroja* GOYA *la coroza, que rueda por el suelo, y continúa mirando a la mujer. De pronto corre al fondo, aunque la paliza recibida le hace renquear y quejarse muy quedo.* LEOCADIA *acude para ayudarle a caminar; él se detiene y la rechaza.)*

GOYA.—[¡No me toques! *(Ella retrocede.)*] Tú los has traído. *(Ella lo niega muy débilmente.)* ¡Para gozar!

*(*LEOCADIA *vuelve a denegar. Él se abalanza a la escopeta, la empuña y levanta, trémulo, el gatillo.)*

LEOCADIA.—*(Asustada.)* (¡Francho!)

(Retrocede aterrada y tropieza con el sofá caído. Suspirando de dolor y de rabia, GOYA *avanza despacio hacia el frente, sin perderla de vista. Ella va a girar para mirarlo.)*

GOYA.—¡No te muevas! *(*LEOCADIA *permanece de espaldas bajo la amenaza.)* Y suplícale a Dios que te perdone. *(Con la escopeta en ristre, la acecha desde el primer término.)* ¿Rezas?

> *(Sin volverse, ella asiente. El anciano se echa la escopeta a la cara.)*

LEOCADIA.—*(Su voz, dolorida y serena, se oye perfectamente.)* Dispara. *(Sin bajar el arma, GOYA enarca las cejas; cree haber oído y aguza su atención. De momento nada percibe; la voz de la mujer llega después a ráfagas que a veces se apagan.)* ... Terminaré entregándome a otros si no me matas... Soy culpable, aunque no sé quién lo es más... (GOYA *baja poco a poco la escopeta y continúa fijo en la nuca de la mujer.)* ... Mi pobre Francho, te he querido... sin entenderte... Tu vivías tras una muralla y, sin embargo, seguí a tu lado... [Protegiendo la casa,] velando por ti, sufriendo mi temor, que no es el tuyo... Escuchando el galope de caballos que se alejan sin que ninguno me alce a su grupa... Acarreo el carbón, alimento a las bestias, mis manos encallecen, mi cuerpo se marchita... Las noches de soledad, el lecho frío... Escucho los gruñidos de tu desvelo desde mi alcoba, sabiendo que ya no vendrás, [que ya no te atreves...] y prefiriéndolo así, porque las escasas veces que me buscabas ya no sentía a mi lado el toro que fuiste, sino a un abuelo fatigado... Sola, salvando a mis hijos y a esta finca y a ti y a mí de tu espantosa obstinación, que cerraba todas las puertas... *(Comienza a volverse despacio sin dejar de hablar y se la sigue oyendo con claridad. Con la cara llena de lágrimas lanza una angustiada mirada a* GOYA *y humilla la cabeza.)* ... He debido tolerar a ese sargento, reír sus procacidades, prometerle que... Pues estábamos a su merced... Y no sé si le he llamado con mi deseo... Dispara. *(Una pausa.)* ¿No te basta?... Una sospecha te atenaza...

> *(GOYA atiende con pasmada fijeza. Se oye una voz en el aire y al punto alza los ojos.)*

VOZ MASCULINA.—«¡No hay quien nos socorra!»
LEOCADIA.—No te mentiré... Él ha sido bestial, me ha golpeado... Y yo... soy una perra ansiosa de sentir. Y he sentido aquí, ante tus ojos..., y he recordado llena de ho-

rror y de gozo... nuestros primeros tiempos [154]... Estoy perdida. Pensaba en otros cuando me entregaba a ti, pensaré en ti cuando me entregue a otros. *(Gime.)* Desata este nudo, desata esta vida. Ábreme la puerta que me queda.

> *(Un silencio. El pintor apoya el arma contra la mesa.)*

GOYA.—*(Para sí.)* Nunca sabré qué has dicho. *(Avanza.)* Pero quizá te he comprendido [155]. *(Se detiene en el centro de la escena. Sonríe con tristeza.)* Y a mí también me he comprendido. ¡Qué risa! ¡Comedia de cristobitas! Pasen, damas y caballeros. Deléitense con los celos del cornudo Matusalén y las mañas del arrogante militar... El viejo carcamal [156] amenaza a su joven amante porque no se atreve a disparar contra otros. ¡Así es! ¡Cuando ellos entraron yo no llegué a tiempo a la escopeta porque no quise! Porque no me atreví a llegar a tiempo [157]. ¡Pura comedia!

---

[154] La violación de la mujer como medio de expresar un modo o estado de violencia no es extraña en la obra de Buero. Así sucede en *Aventura en lo gris, Hoy es fiesta, La doble historia del doctor Valmy* o *Caimán.* En el drama que comentamos la ambigua actitud de Leocadia puede relacionarse con la de Lorenza en *Música cercana* y, más aún, con la de Fernandita en *Un soñador para un pueblo.*

[155] Goya, por su sordera, no ha podido oír a Leocadia, pero, como en otros momentos de la obra, pone en sus labios las palabras que cree que ella pronuncia; éstas son las que el espectador percibe. No son, pues, aceptables reparos como los de Lorenzo López Sancho, que, en su crítica del estreno («*El sueño de la razón,* de Buero Vallejo, en el Reina Victoria», *ABC,* 8 de febrero de 1970, pág. 63), veía como una ruptura del sistema creado por el dramaturgo el que el público oyese a la amante del pintor en esta escena.

[156] Como Iglesias Feijoo señaló (*La trayectoria dramática de Antonio Buero Vallejo,* cit., pág. 419), hay en estas frases «un recuerdo concreto» de *Los cuernos de don Friolera.* En el momento en el que Goya reconoce su vencimiento y acepta su responsabilidad, se nombra con el mismo insulto («carcamal») que, al comienzo del drama, le aplicó Calomarde.

[157] Esta culpable falta de voluntad para actuar trae a la memoria uno de los dos recuerdos del protagonista de *Lázaro en el laberinto,* aquél en el que, víctima del miedo, no ayudó a Silvia cuando fue atacada por los enmascarados.

*(LEOCADIA estalla en sollozos, corre a su lado
y se abraza a él.)*

LEOCADIA.—(¡Francho!)

(Una pausa.)

VOZ MASCULINA.—*(En el aire.)* «¡No hay quien nos desate!»[158].

(GOYA se encoge bajo el dolor.)

LEOCADIA.—(¡Francho, pobre mío, te han destro-
zado!)
GOYA.—Ayúdame.

*(Apoyado en ella, se dirige a la silla y se sien-
ta ahogando quejidos.)*

LEOCADIA.—(Francho, échate en tu cama. Te curaré...)

*(Intenta despojarle del sambenito y él se
opone.)*

GOYA.—No estoy herido. Golpeaban de plano... *(Ella
traza rápidos signos.)* No, no. Ya sólo queda pudrirse,
mientras se pintan podredumbres. *(Ella le pone una mano
en el hombro y lo mira, temerosa por el extravío de sus
ojos. Él murmura, incoherente. LEOCADIA atiende hacia
la derecha.)* «Lo mismo en otras partes... Así sucedió...
Siempre sucede»[159].

*(Cautelosa y amedrentada, asoma, entre
tanto, GUMERSINDA por la derecha, trayendo un bolso con provisiones.)*

GUMERSINDA.—(¿Qué ha pasado?...)
LEOCADIA.—(Los voluntarios realistas.)

(GUMERSINDA ahoga un grito.)

---

[158]   *¿No hay quien nos desate?* es el título del Capricho 75. Este grabado guarda relación directa con el *Disparate matrimonial.*
[159]   Títulos de los Desastres 23, 47 y 8 respectivamente.

GOYA.—¿Quién es?... *(*GUMERSINDA *deja el bolso en un asiento y avanza sin creer en lo que ve. Al cerciorarse de que el sambenitado es su suegro se desata en aspavientos y gritos.)* ¿Tú, Gumersinda? [¿Traías aguinaldos para mañana? Ya no habrá fiesta. *(Ríe.)* Vendrían los lobos y nos devorarían para que no cantásemos villancicos. He de irme porque van a volver. Lo han dicho.]

GUMERSINDA.—(¡Ayúdeme a quitarle este horror!)

(Pretende sacarle el sambenito y él se resiste.)

GOYA.—Quieta. Ellos no quieren que me lo quite y debo ser sumiso. *(¿Desvaría? ¿Se burla?)* Le rogaré a Vicente López que me dé clases de pintura [160]... Y a ti, Gumersinda... *(Atónita, su nuera ha retrocedido unos pasos. Cree que enloquece y grita.)* ¡No grites! Acércate. *(*GUMERSINDA *se acerca reprimiendo gemidos.)* Quiero rogarte que me lleves con mi hijo y mi nieto. Si me quedo aquí, me destrozarán el cráneo a martillazos.

*(*GUMERSINDA, *denegando repetidas veces, torna a gritar.)*

GUMERSINDA.—*(Denegando.)* (¡No puede usted ir allá!)

GOYA.—*(Levantándose con esfuerzo.)* ¿Me niegas asilo?

GUMERSINDA.—*(Separa los brazos, los une en súplica.)* (¡Nos apalearán a todos! ¡Allá no puede ir! ¡Allá no, compréndalo! ¡No! ¡No!)

(Y vuelve a gritar, histérica.)

GOYA.—*(Entretanto.)* ¡Es la casa de mi hijo, y yo os la cedí, como os he cedido esta finca! *(Su voz ha ganado fuerza; está irritado.)* ¡Te pido que me salves! ¡Y no me grites! *(Ante las desaforadas negativas de su nuera pro-*

---

160   Con esta *desvariada* o *burlesca* afirmación Goya parece aceptar, real o irónicamente, ese extraño mundo sin sentido en el que los valores son tan distintos de los suyos; en el que, con palabras de Calomarde, Goya «no es el gran pintor que dicen» y «un gran pintor es Vicente López».

fiere con fuerza.) ¡¡Cállate!! *(Y la abofetea.* GUMERSIN-
DA *se traga el aliento y enmudece al punto. Luego llori-
quea en silencio y se aparta.* GOYA *se domina y sonríe tris-
temente.)* De nuevo la cólera contra quien la puedo usar.
Otra vez la comedia. No valgo más que esos rufianes.
(Pausa.) ¿Qué han hecho de mí, Leocadia? *(Para sí.)* ¿Qué
he hecho yo de mí?

> *(*LEOCADIA *le toca el brazo, inquieta, miran-
> do a la derecha.* GUMERSINDA *mira también,
> alarmada. El padre* DUASO *y el doctor* ARRIE-
> TA *entran precipitadamente y, de un vistazo,
> comprenden lo ocurrido.)*

ARRIETA.—(¡Tarde!)

> *(A* DUASO *se le nubla la frente.)*

DUASO.—(Ayúdeme, doctor.)

> *(Se dispone a despojar a* GOYA *del sambe-
> nito.)*

GOYA.—¡No, no!
DUASO.—*(Enérgico.)* (¡Sí!)

> *(Entre el doctor y él le quitan el sambenito,
> que* DUASO *arroja al suelo con despecho.*
> GOYA *se lleva una mano al hombro dolo-
> rido.)*

ARRIETA.—*(A* LEOCADIA.*)* (¿Lo han golpeado?)

> *(*LEOCADIA *asiente.* ARRIETA *toca la frente
> del pintor y traza rápidos signos.)*

GOYA.—Puedo sostenerme. [Daban con los sables de
plano.] Aunque ya soy viejo… *(Con inmensa melancolía.)*
Sí. Ya no soy más que un viejecico engullesopas. Un anciano al borde del sepulcro… *(*ARRIETA *deniega.)* Un país
al borde del sepulcro… cuya razón sueña… *(Perplejidad
de todos.)* ¿Eh?… No sé qué me digo. Padre Duaso, cum-
plí muchos años…

Francisco de Goya, «Si amanece, nos vamos» (grabado de la serie *Los Caprichos,* núm. 71, 1799)

Voz masculina.—*(En el aire, muy suave.)* «Si amanece, nos vamos»[161].

Goya.—*(Que la ha oído.)* Vea ese sambenito. Volverán con martillos. *(Se aferra a la sotana de* Duaso. *Disimulando mal su disgusto,* Duaso *le toma de la mano y lo conduce a la mesa, donde escribe.)* Usted manda y yo obedezco. Iré a su casa. (*Gumersinda corre junto al padre* Duaso *y le besa la mano, mascullando confusas palabras.* Duaso *corta sus efusiones con gravedad y escribe.)* Se lo permito. Cuando lo crea prudente ruegue en mi nombre a Su Majestad que me perdone... *(*Duaso *baja los turbados ojos. Una melancólica mirada se cruza entre* Goya *y* Arrieta*.)*... Y que me dé su venia para tomar en Francia las aguas de Plombières[162].

> *(Bajo el peso de la aborrecible misión que ahora concluye,* Duaso *asiente sin alegría.* Arrieta *se aparta, sombrío.)*

---

[161]   Esta frase, que se repite en diferentes voces hasta el final del drama, es el título del Capricho 71. Alfonso E. Pérez Sánchez («Goya y la Ilustración», en AA.VV., *Goya y el espíritu de la Ilustración,* cit., págs. 22-23) afirma que este grabado posee «un valor especialmente significativo» como resumen de lo que es el pensamiento de Goya: «El amanecer, es decir, la claridad solar, el triunfo de la luz renacida, ahuyenta los trasgos, brujas y duendes, cuyos dominios son la oscuridad y la noche. Ese amanecer es, sin duda, el esplendor luminoso de la ciencia, del saber, de la verdad descubierta y triunfante, tras esa especie de noche permanente que parece constituir la historia de España».

[162]   Desde sus primeras intervenciones, Leocadia expresa la posibilidad y el deseo de que el pintor vaya a tomar «las aguas de algún balneario francés», dejando el peligroso ambiente de la corte. Ahora Goya, que la había acusado de soñar con Francia y con los franceses, acepta hacer lo que antes rechazó: pedir autorización al rey y salir de España. Aprovechando la concesión de una amnistía general (vid. nota 56), solicita al rey un permiso de seis meses, con el pretexto de acudir a los baños de Plombières, que Fernando VII le concedió el 30 de mayo de 1824. El pintor llegó el 24 de junio a Burdeos (según Moratín, «sordo, viejo, torpe y débil y sin saber una palabra de francés y sin traer un criado y tan contento y deseoso de ver mundo», vid. Juan de la Encina, *Goya en zig-zag,* cit., pág. 155) y, días después, a París, desde donde vuelve a Burdeos en septiembre.

VOZ FEMENINA.—*(En el aire, muy suave.)* «Si amanece, nos vamos».

GOYA.—*(Que la ha oído.)* Leocadia, hemos de separarnos por algún tiempo. Te ruego que dispongas un atado con mis pinturas, mis carpetas, mis planchas… Llevarás lo mío a casa del padre Duaso. Y después vete a casa de Tiburcio Pérez, con tus hijos. Dile que el viejo Goya le desea una feliz Navidad y le suplica un rincón para ti. *(*LEOCADIA *asiente.* [A GUMERSINDA.*)* Dile a mi Paco que aquí quedan los animales… Que se haga cargo de ellos… *(*DUASO *le toca un brazo y deniega.* ARRIETA *deniega también, pesaroso.)* ¿No? *(*DUASO *escribe.)* No, Gumersinda. Esos monstruos han matado a los caballos y a los perros… Los gatos habrán escapado y maullarán por ahí esta noche, cuando ya no estemos…] Padre Duaso, si yo tardase en reunirme con esta pobre mujer, le pido que vele por ella. No tolere que la atropellen… por mi culpa.

> *(*LEOCADIA *se aparta, conmovida.* DUASO *y* ARRIETA *la observan con intrigados y espantados ojos.* DUASO *asiente.)*

VOZ MASCULINA.—*(En el aire.)* Yo sé que un hombre termina ahora un bordado…

GOYA.—*(Abstraído.)* Y dice… Me ha salido perfecto… *(*ARRIETA *se acerca.* GOYA *lo mira.)* ¿Qué he dicho?…

VOZ MASCULINA.—*(En el aire.)* ¿Quién nos causa miedo?

GOYA.—El que está muerto de miedo… Un gran miedo en mi vientre. Me han vencido. Pero él ya estaba vencido.

DUASO.—*(Lo toma con suavidad del brazo.)* *(*¿Vamos?*)*

GOYA.—Sí, sí. Usted me manda. [Vámonos.]

> *(Caminan.)*

VOCES MASCULINA Y FEMENINA.—*(En el aire.)* «Si amanece, nos vamos».

GOYA.—*(Se detiene.)* ¿Amanecerá?

VOCES MASCULINA Y FEMENINA.—*(Más fuertes.)* «Si amanece, nos vamos».

> *(Otros murmullos se suman; vocecitas de ambos sexos que repiten, como un flujo y reflujo de olas.)*

VOCES.—«¡Si amanece, nos vamos! ¡Si amanece, nos vamos!»...

GOYA.—¿Vendrán los voladores? *(El coro de voces aumenta.)* Y si vienen, ¿no nos apalearán como a perros? *(Risita.)* ¡Los perros de Asmodea!

> *(ARRIETA va a su lado y lo toma del otro brazo.)*

ARRIETA.—(Vamos, don Francisco.)

> *(Dan unos pasos. GOYA se detiene, se desprende de sus amigos y se acerca a LEOCADIA. Las voces se multiplican. GOYA aproxima su rostro al de ella. Las dos miradas se cruzan por unos instantes: empavorecida y expectante la de ella, terriblemente escrutadora la del pintor.)*

GOYA.—Nunca sabré.

> *(DUASO lo toma suavemente. Él gira y lanza una ojeada circular de despedida a las pinturas. Contemplándolas, una extraña sonrisa le calma el rostro. Luego se apoya en sus amigos y se encamina a la derecha. GUMERSINDA se suma al grupo y articula, humilde, palabras de confortación. Van a salir todos y LEOCADIA, en el centro de la escena, ve alejarse al anciano pintor con una dolorosa y misteriosa mirada.)*

Voces.—«¡Si amanece, nos vamos!».

> *(Repitiendo y repitiendo la frase, la confusión de voces avanza como un huracán sobre la sala entera [163], al tiempo que se va la luz y brilla en el fondo, bajo la ensordecedora algarabía, la agigantada pintura del Aquelarre.)*

TELÓN

---

[163] Este efecto final guarda semejanzas con el sonido de los timbres telefónicos en la sala al concluir *Lázaro en el laberinto* y con el estrépito de cristales y los llantos, gritos y quejas de la última escena de *Las trampas del azar*.

PLANET OF THE APES

NOVELIZATION

by
John Whitman

Based on the motion picture screenplay written by
William Broyles, Jr., and
Lawrence Konner
& Mark D. Rosenthal

HarperEntertainment
An Imprint of HarperCollins*Publishers*

HarperEntertainment
An Imprint of HarperCollins Publishers
10 East 53rd Street, New York, NY 10022-5299

HarperCollins books are available at special quantity discounts for bulk purchases for sales promotions, premiums, or fund-raising. For information please call or write: Special Markets Department, HarperCollins Publishers Inc., 10 East 53rd Street, New York, NY 10022-5299. Telephone: (212) 207-7528. Fax: (212) 207-7222.

ISBN 0-06-093768-8

HarperCollins®, ♨®, and HarperEntertainment™ are trademarks of HarperCollins Publishers Inc.

First printing: August 2001

Printed in the United States of America

Visit HarperEntertainment on the World Wide Web at
http://www.harpercollins.com

10 9 8 7 6 5 4 3 2 1

CHAPTER ONE

The flight pod bucked as it skimmed the edge of Jupiter's gravity well. The pilot leaned forward and slapped a control lever with the lazy confidence of someone who'd followed the routine a hundred times. The turbulence subsided.

The pilot tugged at the monitoring vest strapped to his chest. Comfortable with navigational procedures, he was just as *un*comfortable with the uniform. They had never been able to find one that fit him right.

An alarm on the control panel bleeped, and a round sphere blossomed at the center of the flight pod's view screen. The pilot had been too busy learning command procedures to remember the name of this celestial object. Vaguely, he recalled a phrase and a name uttered by people back on the command ship. *Moon of Jupiter. Europa.*

On cue, the pilot entered a new series of commands designed to stop the alarm sound. But instead of stopping, the alarm grew louder, and a blinking light flashed on the control panel. The pilot grunted and reentered the command sequence. The alarm grew more urgent.

The pilot leaned forward anxiously. As he did, his face

fell into the light of the alarm beacon and was reflected in the view screen. His face was framed by thick dark hair. His dark round eyes stared intently down at the control panel, and the nostrils on his flat nose flared nervously.

He was a handsome chimpanzee.

The chimp pilot showed his teeth in a nervous grin and carefully punched the keys in the order he'd memorized so carefully, but still the flight pod would not respond. With another, louder grunt, the pilot slapped the controls in frustration. The pod bucked and swerved as though it had been grabbed by a giant hand. It was heading straight for Europa now, and the Jovian moon was swelling in the view screen.

The pilot screamed and began to pound at the controls helplessly. He threw one hand up over his eyes to block out the view of the moon rushing toward him while the other continued to slap the panel meaninglessly.

At the last second before the pod hurtled down into Europa's grip, another hand reached over the chimp's shoulder and touched a lone button on the control panel. All at once the alarms ceased. The view screen froze, and the cabin lights went up.

Capt. Leo Davidson, late twenties, and carrying himself with the confidence of a man who'd spent a career navigating the hostile environment of space, slid up alongside the chimp pilot. On the screen, a text message popped up. SIMULATION PAUSED. END PROGRAM? Y/N.

Leo ended the program and then smiled at the chimp. "Sorry, Pericles. You lose."

The chimp looked back at him and chattered indignantly.

"Surprised?" The human laughed. "I changed your flight sequence."

Pericles tapped the keys. *Changed the flight sequence.* He understood that that meant a different order of buttons, an order he hadn't been taught. It wasn't fair.

"I know you can hit the fastball . . . but what about the curve?"

In response, Pericles curled his lip like a toddler and smashed his hand down on the console. *Bam!*

Leo frowned. "That's enough, Pericles."

Bam!

"Stop it . . ."

Bam!

". . . or no treat."

Pericles stopped and folded his long-fingered hands into his lap.

Leo laughed. "How well do I know you? Come on, let's get out of this place."

Leo and Pericles left the flight simulation deck of the United States Air Force *Oberon. Oberon* was the latest success in a series of rapid-fire advancements in technology that had energized the space program after nearly a century of neglect. The ship was currently in orbit about twenty-five miles above Earth's surface.

As Leo and Pericles exited the simulator and walked down one gleaming white hall, the human ran his hand along the hull.

What a waste. About two hundred billion dollars' worth of research and construction to create a ship that could fly to Jupiter and back, and *Oberon* spent most of her time tethered to Earth by politicians brave enough to build expensive toys but too scared to actually play with them. Leo spent his downtime imagining what he'd do with five minutes at the helm of *Oberon.*

Oberon was a model of quiet efficiency and order. That was, until you reached the Animal Living Quarters. Leo and Pericles reached the door and barely glanced at the warning sign announcing—CAUTION: LIVE ANIMALS. SECURITY ACCESS ONLY.

Leo keyed the entry and the door slid back. Instantly he was assaulted by a riot of hoots and shrieks. Pericles grabbed Leo's hand instinctively; then he released it a moment later as the sounds registered as mostly joyful and anxious. The primates on *Oberon* were treated with care.

Leo passed by an orangutan in a large cage. The primate's wide, intent eyes studied a mock-up of the same control panel Pericles had worked in the flight simulator. The orangutan was slowly inputting sequences in response to signals on the screen. Every time he punched in the right code, he'd be rewarded with a mango.

In another section of the Animal Quarters, a technician was sampling a melody on a small keyboard. Beside him, a lowland gorilla stared quizzically at the keyboard, listening to the melody intently. When the technician stopped playing, the gorilla reached out tentatively and tapped the keys, reproducing the melody slowly and perfectly.

Suddenly Pericles scooted forward and leaped into the waiting arms of a young woman in a white lab coat adorned by a pair of glasses hanging from a neck-strap and a badge that read LT. COL. GRACE ALEXANDER, CHIEF MEDICAL OFFICER.

Dr. Alexander nuzzled Pericles' face. "Was the *Homo sapiens* mean to you again?" She glanced at Leo disapprovingly. "We all know it's just rocket envy."

Leo grinned back at her. Grace Alexander was a couple of years older than he was, probably smarter than he was, and she certainly outranked him. All of which put her at the center of his attention. He pointed to the chimp she was hugging so closely in her arms. "You ever consider getting an actual boyfriend?"

"You mean do I enjoy being miserable?" the chief medical officer shot back. "I'll stick with my chimps."

Pericles tugged at the doctor's coat, wanting something. When she didn't respond, he jumped out of her arms and onto a nearby counter and began to tug at a locked cabinet, chattering impatiently. Leo popped the cabinet open and scooped a biscuit out of a huge bag of treats. But instead of passing it to Pericles' outstretched hand, he held the biscuit behind his back.

"Which hand?" he asked.

The chimpanzee shot him a look that, in a human, would have amounted to an insult. Then he jabbed at Leo's left hand. The captain brought that hand up. Empty. Pericles pointed to the other hand and Leo brought it up. Empty. The chimpanzee squawked in frustration.

Leo sighed. "Another curve."

He reached behind his back and pulled the biscuit from his pocket. He tossed it to Pericles, who caught it in midair and hopped a few feet away as though Leo might suddenly try to snatch it back.

Dr. Alexander's eyes turned to Leo with sudden seriousness. "You weren't authorized to change his flight training."

Leo shrugged. "I'm teaching him."

Dr. Alexander refused to be dismissed. "You're teasing him. It's not the same thing."

Leo Davidson didn't have a Ph.D. in molecular biology, nor was he an expert on primate behavior. But he was a captain in the United States Air Force space exploration division. He'd flown a dozen midrange space missions before the age of thirty, and he was top man on the *Oberon*'s flight list. He certainly wasn't going to back down from a doctor, no matter how good-looking she was. He met her gaze with a self-assured smile.

"That monkey is gene-spliced, chromosome enhanced . . . He's a state-of-the-art primate. He can take it."

Dr. Alexander replied, "When you frustrate them, they lose focus, they get confused. Even violent."

Leo jabbed his finger toward the bulkhead of the ship. "Out there it's frustrating. Out there you can get confused, and if that happens, you don't have a chance to get violent because you get dead. I like Pericles, Doc, and I want him to come back from every mission he goes on. That's why I changed his training program."

"I would simply appreciate it if you'd—"

A new shriek erupted from a nearby cage, and a pair of simian hands grabbed hold of the bars, rattling them with surprising strength. Pericles loped over to the cage and put his long fingers over the hands of the chimp inside. She was a female with a round belly. She hooted at Pericles softly and he chittered back.

Dr. Alexander could not suppress a smile. "Congratulations, Pericles, you're going to be a daddy."

Leo raised an eyebrow. "Really? I thought I saw a smirk on his face."

"Actually," said the doctor with a smirk of her own, "the female was the aggressive one."

"Chimps have all the luck," Leo joked. But when he glanced at Dr. Alexander he realized she was looking at him meaningfully, and he wondered if he'd just missed his chance to ask her out.

"Captain Davidson. Postcard!" A noncommissioned officer passed by, handing Leo a thin LCD mini computer monitor about the size of his palm. He looked back at the doctor, hoping to get a little more of that look she'd been giving him, but the moment had passed, and she turned away. Leo made a mental note to kick himself later.

CHAPTER TWO

Leo found a quiet spot in the rear section of the ship, leaned back against the bulkhead, and clicked the postcard into play. The date flashed quickly. 02-07-2029. Nearly a week ago. The mail was slow in outer space.

For a moment the screen was filled with a heaving beige blur, until the video zoomed out and Leo realized it was his father's forehead. His mother, sister, and younger brother were all crammed into the frame, with other relatives flashing in and out of the chaotic background.

"Now?" his mother said, a bit flustered. "Okay. Hi, Leo! It's Mom."

"Hi, Leo!" "Hi, nephew!" "Keep your helmet sealed, buddy!" A wave of faces washed onto the tiny screen and then fell back until he saw only his mother and father. In the background he could see bits of an old airstrip, a hangar, and a wind sock hanging from a pole. He recognized it as the local airport where he'd taken his first flying lesson—his home away from home before joining the air force and then the space division.

"Leo," his mother said, "I have so much to tell you . . ."

His father cleared his throat and spoke up. "But she won't, son, 'cause this is costing me a fortune. Hi, Leo. The TV showed some pictures of you from space*zzzztttt*—" The screen sputtered for a moment, then snapped back and his father was saying "—real proud of you—"

pzzzzzttttt.

The transmission cut out again; then Leo caught a glimpse of his mother smiling against a tear and saying, "We just want you to come back to us safely—"

ppszzzzt-pop!

The picture cut out completely, replaced by static.

"Hey," Leo complained. He tapped the postcard and then smacked it against the bulkhead. The static was replaced by a black background and the words YOUR SERVICE HAS BEEN INTERRUPTED.

"No kidding," Leo snorted. "We can build a starship with nuclear fuel cells designed to last forever, but we can't—"

Suddenly, the hallway lights went out. In fact, every light on the ship went out. For a moment, the slightest moment, Leo felt fear seep through his usually courageous outlook. He waved his hand in front of his face and saw nothing.

A moment later, an emergency generator whined to life and the lights came back on. Leo sighed with relief and bolted for the command deck. Something was seriously wrong.

CHAPTER THREE

An elevator door slid open, and Leo dashed down one of *Oberon*'s many corridors. This one ended in a large wall made of shatterproof glass. Set into the transparent wall was a control panel and a scanning screen. Leo pressed his hand against the screen, which flashed briefly. A door in the glass wall opened and Leo rushed inside.

A number of crew members were already there. He glanced at Dr. Alexander, then gave a nod to Hansen, a tech specialist, and two of the ship's officers: Maj. Frank Santos and Maria Cooper. Karl Vasich, the ship's commander, paced back and forth anxiously as his crew studied a number of displays.

"We found it," Santos said. Commander Vasich stopped pacing.

"It found us," Maria Cooper corrected. She pointed up at the ship's main view screen.

On the screen Leo saw a cloud, a mix of dark and light like a storm head lit up by sunrise, rushing through space.

"It's moving like a storm," Hansen, the techie, said.

Commander Vasich nodded. "That's what it is. An electromagnetic storm."

Major Santos looked at his screen to confirm something. "That's what's causing blackouts on Earth."

"It's . . . it's beautiful," Maria Cooper said reluctantly.

Vasich smirked. "So's the sun till you get too close."

"This is weird," Hansen muttered.

"Could you be a little less technical?" Leo asked.

Hansen explained. "I'm picking up frequency patterns. All across the band. Radio waves, television signals, the works."

"Tune them in," Commander Vasich ordered.

The technician opened up his receiver and switched the signal from his headset to the main screen. Instantly the command deck was filled with sights and sounds flashing onto the screen. Leo caught images of an old black-and-white cartoon, a big purple dinosaur, a music video with a very young-looking Madonna, a broadcast of the first moon walk, and some modern television shows that Leo liked to watch.

"What is all that?" Major Santos asked.

"That . . . thing is sucking up satellite relays," Hansen explained, although he hardly seemed to believe himself. "It's picking up satellites, cell phone conversations, TV broadcasts . . . every electronic communication from Earth . . ."

"But some of those broadcasts are twenty, thirty years old," the commander said.

"Yeah," Leo agreed. "I haven't seen that Madonna video since I was a kid."

"I know . . . ," Hansen said. "It's picking up broadcasts from . . . from all time."

"That's a lot of TV." Leo smirked. "Ten billion channels and nothing to watch."

The first bleep of an alarm sounded and then went silent. At the same moment, the entire ship went dark again. When the power returned, and they all stared at each other nervously.

"It sure knows how to get your attention," Maria Cooper whispered.

Commander Vasich was the first to recover his wits. "All right. Let's get to work." Leo was impressed with how businesslike he made it sound. "We'll start with a pass through the core. Take initial radiation and gamma ray readings." He nodded at Leo. "Get your monkey ready."

Leo hesitated. "Uh, sir, this is a waste of time."

The other officers groaned. Vasich rolled his eyes. "Captain Davidson, we have standard procedures—"

"And by the time you go through all of them, that electromagnetic storm could be gone."

Vasich knew what his ace pilot was lobbying for, and he was prepared for it. "No manned flights," he said, quoting right from the mission guidelines. "First we send out an ape. Then if it's safe, we send a pilot. No exceptions."

• • •

Thirty minutes later Leo was standing next to the pilot's seat in *Alpha Pod,* strapping Pericles in. He worked hard to hide his nervousness from the chimp. That was the most difficult part of Leo's job, but he knew that Pericles' life depended on it. If Pericles detected fear in Leo, he'd start to become afraid himself, and that might make him forget all his careful training.

"Okay, pal," Leo said, patting Pericles on the head. "Just follow your sequence and then come home. Understand? *Home.*"

Leo stepped back. Pericles screeched once. To reassure him, Leo gave a thumbs-up sign. The chimp looked down at his own hand, selected his thumb, and raised it. Leo grinned and kept the smile on his face until the pod door was completely sealed.

It took Leo no more than ninety seconds to sprint back to the command deck. He plopped down at the station, elbow-to-elbow with Commander Vasich, and slid on the headset.

"Pod away," droned a neutral voice from somewhere in the ship.

"Acknowledged," Commander Vasich said. A timer on the command console begin to tick away the seconds.

On his own console, Leo tracked *Alpha Pod*'s flight path as it looped once around the much larger *Oberon* and then streaked away toward the electromagnetic storm. For a few brief seconds, *Alpha Pod*'s flight looked picture perfect. Then the image started to blink.

"What's wrong?" a soft voice said breathlessly.

Leo nearly jumped. He hadn't realized that Dr. Alexander was leaning over his shoulder.

"The blink indicates he's off course," Leo said.

Vasich's businesslike voice continued. "Lock on him."

"He's not responding," Leo said.

Dr. Alexander's eyes shifted to the medical readouts transmitted by the vest Pericles wore. "There's a surge in his heart rate. He's scared."

Leo tried to boost the signal, hoping Perciles would catch it and make the changes he wanted. But instead of smoothing out, the indicator showing the chimp's course began to blink more rapidly; then it simply went out.

Leo's breath caught in his throat. He waited, expecting the indicator to come back on. Then he waited, expecting someone to say there'd been a malfunction. But there was nothing wrong with the equipment, and the light did not return.

"We lost him," Leo breathed.

"Light him up again," Vasich ordered.

"I can't," Leo said in the same shocked whisper. "Jesus . . . he's gone."

He felt Grace Alexander's hand touch his shoulder reassuringly. "He's trained to come back to the *Oberon*."

Leo ignored her and spun toward Vasich. He stared at

the commander wordlessly for a moment and then said, "I'm waiting for orders, sir."

Commander Vasich knew what Leo meant. Everyone in the *room* knew what Leo meant. They all watched as Vasich sat back in his seat, weighing his better judgment against his admiration for Leo's loyalty and courage. Finally, his jaw stiff, the commander growled, "We sit tight for now and wait."

Leo tensed up, but he swallowed the protest that nearly burst from his lips. Instead he slowly stood up and straightened his flight suit. "I'll . . . I'll run some sequences in *Delta Pod.* See if I can figure out what he did wrong."

Leo waited just long enough to get a brief nod of approval from Commander Vasich; then he was gone.

CHAPTER FOUR

Inside *Delta Pod,* the computer replayed Pericles' flight path and then ran through different versions of the same thing. But Leo wasn't watching. He was staring over the top of the monitors and out into the huge, empty blackness of space.

Over his headset, Leo could hear conversations passed along the open lines of the radio channels. He ignored most of it, but a single voice pulled him out of his lonely depression. It was Commander Vasich talking to the rest of the command crew.

"Okay, that's it. We lost him." The were talking about Pericles. They were admitting defeat.

Leo heard Major Santos's voice. "Want to send out another chimp?"

Leo held his breath. Then he heard, "No, it's too dangerous. Shut it down."

The decision happened in a moment. Leo didn't hesitate. He didn't wonder if what he was doing was right or wrong. He just knew he had to do it.

With the press of a button, he sealed the pod's door closed.

• • •

Up on the flight deck, Hansen the technician watched a light flash on his control board—a light that shouldn't have been flashing at all.

"Um, sir," he said to Commander Vasich. "*Delta Pod*, sir. It's . . . it just launched!"

Vasich used his fist to smash open a radio link on his own command panel. "*Delta Pod*, your flight is not authorized. Repeat, your flight is not authorized!"

"Sorry, Commander," Leo's voice came back over the speaker. "Never send a monkey to do a man's job."

Vasich gritted his teeth. "I swear you'll never fly again!"

"But I sure am flying now!"

The commander's face turned purple with anger. "Alter course. Intercept that pod. No one runs off with one of my—"

"Commander!" Hansen's voice squealed at an alarmingly high pitch. "I think we've got a problem!"

"What?" the commander snapped.

The technician worked his console frantically. "I'm getting a distress signal, sir. It's on our secure channel!"

"Is it *Alpha Pod*?" Major Santos suggested.

Hansen shook his head. "I . . . I don't know. But it's coming on strong."

"Put it up," Vasich said.

The main screen came to life in an explosion of static. Figures jumped in and out of the image, shadowy and undefined. Voices that didn't seem to match the images dropped in and out of the static. ". . . help us . . . massive

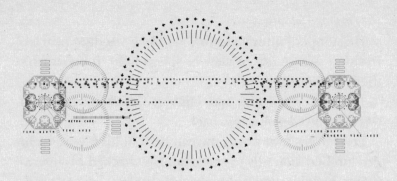

turbulence . . . request instructions . . ." Then it dropped out completely.

"Get it back," Vasich ordered.

"It's gone, sir," the techie replied.

"Jeez," Major Santos whispered.

Vasich lunged for the radio. "*Delta Pod,* abort your mission. Repeat. Abort your mission. Leo!"

Inside *Delta Pod,* Leo heard Vasich's voice, but couldn't make out the words over the interference he was experiencing. The same storm that had interrupted his parents' communication was disrupting the signal between the *Oberon* and *Delta Pod.* But Leo kept right on track, following *Alpha Pod*'s course toward the heart of the storm. Among the waves and particles of strange light emanating from the storm, Leo spotted a small white shape. It looked adrift.

Leo activated his microphone. "*Oberon,* I've got a visual on *Alpha Pod,* over."

The only response he got was static.

"*Oberon,* I've got a—"

He stopped, utterly asonished. *Alpha Pod* disappeared. It didn't swerve out of view or speed away. It just wasn't there anymore.

"*Ob . . . Oberon?*" Leo said. His voice cracked a little. He was afraid. "*Oberon,* come back . . ."

Leo felt his own words thrown back in his face as *Delta Pod* lurched violently to one side. He checked his instruments, but they had suddenly gone useless—digital readouts flashed meaningless collections of numbers, alarms blaring for no apparent reason. Suddenly, his monitor was awash in blinding light, and the same light filled the small glass portal.

The screen went black, and all the lights on his control console snuffed themselves out. But the pod cabin was still lit by the mysterious glare from outside—a glare that seemed to come from the electromagnetic storm that engulfed his tiny ship.

Leo brought a fist down like a hammer on the command console. He was dead, hanging like a stone in space. With the power out, his life support was nonexistent. A small craft like *Delta Pod* didn't hold enough air for more than a few minutes on its own, and Leo could already feel the little cockpit air growing stale and warm. He knew from too many training missions that there would be a race between that stuffiness and the sudden chill as the raw coldness of space seeped through the metal hull.

Uselessly, he keyed his microphone again, gasping, "*Oberon . . .* come in, *Oberon . . .*"

His only answer came on the wings of the storm. As Leo felt his lungs struggle for breath, a brilliant pulse burst from the center of the electromagnetic disturbance and raced toward him. It struck the pod and tossed it like a toy boat on a tidal wave. Leo was jerked around, and felt his ribs nearly break as his body slammed against the safety belts. Lights and sounds reappeared inside the pod, and Leo vaguely realized that his power was back on, but he was still out of control. Dials spun madly. The clock on the command console was running at high speed, hours and dates flashing by.

Leo closed his eyes, sure that he was about to be crushed by whatever powerful force was throwing his ship around. But after a moment the violent lurching settled into a steady, almost rhythmic banging. Leo opened his eyes.

His view screen had reactivated itself. On the screen he saw a giant ball of blue and purple. He could hear an eerie whistling sound—a sound he hadn't heard in years, not since his boyhood hanging out at the airstrip, learning to fly in old stunt planes. It was a sound he'd heard once before in a plane that was . . .

Falling, he thought. *I'm falling*. He tried to remember to breathe.

CHAPTER FIVE

The smell of burning plastic and metal filled his nostrils. The pod was dropping through the atmosphere at high speed and had begun to flame like a meteor.

His fingers found the retro rockets, but the shock wave must have blown the wiring, because they were dead. The pod felt like it was shaking apart. Leo gritted his teeth to keep them from rattling out of his head and grabbed the manual control lever, fighting for control of his ship.

On the view screen, the blue-purple haze tore away, revealing a dense blanket of green. But that blanket wasn't going to offer a very soft landing if he didn't do something to slow his descent. Leo pulled back on the flight stick, lifting the pod's nose slightly and letting the rushing air strike more of the pod's surface area. It wouldn't stop the pod, of course, but it would slow it down.

"Come on, come on, catch, you high-tech piece of junk, catch," he muttered.

Finally, he felt the pod bank—not a lot, but some of the downward force shifted forward as the pod caught some air, moving forward ever so slightly. But every inch he moved forward meant he was falling a bit slower, thanks to wind resistance.

He didn't have time to see how much he'd slowed down. In the next instant, the green forest rose up to meet him. The pod tore through a canopy of trees, branches striking it like giants pounding on the hull. Then the pod hit something so hard that it nearly knocked his jaw of its hinges. But the impact wasn't hard enough to be the ground. It had to be . . .

Water started pouring in through cracks in the hull. In seconds Leo was under water. He reached for the hatch release, but it had been melted shut by the fall. He pulled at it frantically, furious that he'd survived a twenty-five-mile fall only to drown in a mud puddle.

At the last minute he remembered the ejection seat. Leo reached for the ejection lever and jerked it hard. A muted roar filled his ears and he was blinded by violent, churning bubbles. Still strapped into the seat, Leo was lifted up and out of the pod like a torpedo. He ripped himself free and followed the bubbles upward. His head broke the surface and he nearly screamed as he sucked in air.

Leo's arms and legs felt like they were made of lead, but he treaded water long enough to catch sight of the shore—then he forced himself to swim for it. It couldn't have been more than ten feet, but it felt like ten miles. Finally, he dragged himself up onto the mud and collapsed.

He snapped out of an unconscious stupor. He didn't

know how long he'd been out. It might have been minutes or hours. The star pilot stood up, wincing. He was a mass of cuts and bruises, his head felt like it had been slammed against a bulkhead, and he had no idea where he was.

How many tree-covered planets are there in this solar system? he wondered.

Did anyone witness his fall through the atmosphere? Would there be a recovery team? Leo had a lot of questions, but no answers. For now, he could only assume he was on his own.

A strangled cry interrupted his thoughts. Instinctively, Leo crouched, hearing something thrash its way through the jungle nearby. Not knowing what else to do, and not wanting to be a part of whatever caused that scream, Leo bolted.

Staying low, he scrambled away from the sounds of approach. But whoever was after him was much faster. Abandoning escape, Leo snatched a rock off the ground and turned to fight.

At the same moment a figure burst through the trees. It was definitely human, but it was like no human Leo had ever seen. The man was half-naked and carried a mesh sack made of vines. It was filled with fruit. By the gray streaks in his tangled hair and beard, Leo guessed that he was in his late forties.

The wild human looked surprised to see him and stopped, staring at him as if Leo were the strange-looking creature.

Leo was about to speak when another human appeared through the bushes. It was a young woman, beautiful beneath a layer of dirt. She stepped forward, slapped the rock from Leo's hand, then turned to the older man. "Father, they're coming. Hurry!"

She bolted off into the woods with the man behind her. Leo, still stunned, watched five or six other humans dash past him. They were all running from something, and Leo decided that he didn't want to know what it was. He took off after the primitive humans, limping on his still-shaking legs.

He continued to hear the sounds of cracking branches and snapping twigs all around him, and at first he assumed it was more humans. But now those sounds were intermingled with the odd hint of metal, like a tinkling of bells. He glanced to either side and behind, and caught a glimpse of dark figures moving through the forest with terrifying speed.

Ignoring his aches, Leo picked up his speed. He ran fast enough to catch up with the slowest of the humans moving ahead of him. Just as he caught sight of the human's back, an enormous shadow dropped out of the trees and smothered the human, who gave out a strangled cry.

More cries filled the jungle. Leo saw something hurtle past him and realized it was a human being that had been tossed into the air. Not far off, he saw a terrified young man suddenly pulled into the underbrush as though the jungle itself had swallowed him. With no more thought than a frightened animal, Leo kept running.

A few paces ahead the trees thinned, and Leo caught sight of an open field. The old man with the fruit bag was already there, as was the girl. Leo sprinted ahead, desperate to get away from whatever terrifying monsters lived in that jungle.

A shadow dropped into his path. Leo froze—and got his first glimpse of one of the creatures that had been chasing him.

It was a gorilla.

Only it couldn't be a gorilla, because it was wearing armor across its massive chest, and its head was covered with a tall helmet. It roared at him and bared its long canines.

Leo felt his heart stop. "Jesus," he whispered.

The gorilla stalked toward him. Leo backed up and tripped over a loose branch. Scrambling to his feet, he snatched up the branch and held it like a spear.

The armored gorilla stared at him quizzically for a moment; then its face twisted into an angry snarl. It rushed forward with blinding speed, snapping the branch in two and lifting Leo clean off his feet. The next thing Leo knew he was flying through the air.

Leo thought he would be dead the next moment, but

the gorilla seemed to have moved on to other targets. The ragged pilot sat up, so stunned by everything that had happened that he no longer felt surprised to see more gorillas—a whole squad of armored primates— melt out of the jungle. Several of them carried weapons called bolas—three weighted balls attached by three ropes. They began to whirl them around their heads. Then they hurled them through the trees toward the humans that had reached the clearing. Each bola found its mark with frightening accuracy, and the humans went down. As if on cue, more gorillas appeared, hefting a large net hemmed with bells. They shook it as they marched forward, frightening the humans.

The net swept over Leo and he rolled away, dropping down into a small ditch.

Leo jumped to his feet and took off in the other direction. He passed a man holding a little girl and watched the man get knocked off his feet. The little girl was snatched away, and the man himself vanished beneath a pile of swarming gorillas.

This can't be happening, Leo thought. *I've gone crazy and I'm seeing things. Or I'm still trapped inside the pod, and I'm actually drowning, and this is a hallucination of some kind.*

Leo saw a young man suddenly lifted up into the trees by gorillas hiding above him. He saw the gray-haired man with the fruit sack get struck across the back and fall to his knees with the beautiful girl beside him.

Leo decided to attack.

An ape on horseback crashed through the forest,

dragging two helpless humans behind it. Gathering his strength, Leo leaped at the horse, grabbing the reins and swinging himself up behind the startled primate. Leo shoved at the gorilla. Even through its armor, Leo could feel how immensely strong the creature was. But the gorilla was so surprised to see a human fight back that it lost its balance and went over the side of the horse.

"Hyah!" Leo said, digging his boots into the horse's side. The horse reared up—and suddenly Leo felt himself rising even higher, right up into the tree branches. A huge hairy face appeared a few inches from his own. Leo realized that a gorilla, holding on to a tree branch with its hands, had plucked him out of the saddle using its feet. The gorilla snarled at him and then let go.

Leo plunged to the ground and hit it sharply. All the air was punched out of his lungs. He looked up to see the face of the gorilla he'd first attacked. The gorilla snorted and raised a foot. Then it stomped down on Leo's head. Everything went dark.

CHAPTER SIX

Attar pushed the helmet back on his head and wiped the damp, matted fur on his forehead. It was a hot day. Sixteen years in the army and he never could get used to the heat.

But he was all gorilla, and a military ape born and bred. No amount of discomfort would make him break with protocol, so he pulled the helmet back down over his thick brow and strapped it into place.

"Report," Attar growled.

A younger gorilla without even a hint of silver on his back lifted a small piece of parchment. "The final count's not done yet, sir, but we've trapped enough humans to fill a dozen carts."

Attar nodded approvingly as he watched his apes work. They were busy trussing up the last of the humans and tossing them into cages on the backs of the carts. Attar's sharp eyes caught sight of the human woman who'd nearly gotten away, along with her sire, the old one who'd stolen the fruit. Attar noted that the old human sported a number of bruises. Even though Attar was just following orders, he never felt a lack of job satisfaction. He knew that humans were wild and dangerous animals, and they had to be kept in their place no matter what it took.

Then Attar spotted the young human male, the one who had pushed one of his soldiers off his horse and had dared shake a stick at Attar himself. The human was half-conscious, his arms strapped behind his back as he waited to be loaded into a cart. Attar felt his anger rise. He trotted over to the cage where the human lay. Like all humans, this one was nearly bald. It made him think of worms. The creature's eyes fluttered. Attar wished the human were awake so he could torment it. Well, perhaps he could shake it awake, Attar thought.

The gorilla raised his fist, but at that moment a trumpet sounded.

Leo Davidson hovered between wakefulness and sleep. He kept seeing flashes of light from the electromagnetic storm cloud. But there were figures scurrying about in the light—gigantic hair-covered figures encased in armor. Suddenly, one of the figures appeared right before him. It opened its mouth, revealing sharp fangs. When it roared, the sound that burst from its throat was like a loud, angry trumpet.

Leo woke with a start, but the world he woke into was worse than his nightmare. He was lying facedown in the dirt, his arms tied behind his back. Other bodies were pressed against him on either side, and he heard moans and whimpers. Slowly, he rolled onto his back and sat up, blinking in the sunlight. Around him he could see carts bearing huge cages, and inside the cages, human beings had been packed like sardines. Gorillas moved among the cages, checking locks, harnessing horses, and sometimes rattling the cages to scare the humans packed inside.

Unsteadily, Leo climbed to his feet, but just as he did, all the humans around him seemed to cower and look down. At the same time, the gorillas all snapped to attention.

Riding through the midst of the scene, his entrance announced by the sound of the trumpets, was a huge gorilla wearing a gold uniform. He rode on the back of an enormous black stallion, and he glared down at both humans and gorillas like a jungle king. Leo was fascinated. The big ape carried himself like a lord.

Leo was so intrigued by the gorilla that he didn't realize he was the only human staring right at the creature. The gold-gowned ape turned and met his gaze, then wrinkled his lip. Faster than lightning, the gorilla leaped from his saddle and sprang at Leo, grabbing him by the hair.

"Attar, this one looked at me!" the gorilla said.

Leo was amazed. Words had come out of the gorilla's mouth. Words. It had talked.

The armored gorilla, who must have been called Attar, growled, "He won't do it again."

Leo grabbed the gorilla by the wrist. "You . . . you talk!"

"Take your stinking hands off me, you dirty human!" the gorilla snarled. He backfisted Leo, and the world went dark again.

It might have been the smell of human sweat, or the sound of creaking wheels, or the bump of the carts on the road that woke Leo up. Or it might have been all three. Whatever it was, Leo woke up miserable, lying under the legs of a half-naked and sweaty man with hair covering most of his body.

Leo shoved the man's legs away and sat up with a groan. His stomach felt queasy, and he fought the urge to be sick. He pushed aside the legs of the man lying on top of him. The man grunted at Leo but said nothing in response to Leo's glare.

Leo sat up and looked around. He was in one of the cages atop a cart. There must have been at least twenty humans stuffed into the cage with him like cattle. There were two gorillas sitting at the driver's bench. Leo nearly gagged as he realized what was pulling the cart. There was a team of human men chained to the cart's pull bar. The men wore blinders.

Wordlessly, Leo looked up the road, where it wound its way along the slope of a hill to a walled city in the distance. It was a primitive city made of stone and clay, but it looked well organized. It reminded Leo of ancient cities he'd seen on earth that were built thousands of years ago.

Leo grabbed the bars of the cage and dragged himself onto his feet, staring at the city as they passed beneath a great stone gate. Gorillas, orangutans, chimpanzees, and other simians were everywhere. Gorillas dressed in elegant flowing robes, orangutans dressed in short, workmanlike leather tunics, young apes squealing at each other and dodging in and out of the crowds of adult gorillas passing along the streets, each with his own business in mind. Outside what looked like a café, a group of chimpanzees with gray hair on their heads and backs sat huddled over some kind of board game, squabbling about the positions of certain pieces as they sucked at pipes and blew smoke rings. Beyond them, three female chimps haggled with a fruit vendor over the price of mangoes. An ape street performer had

managed to attract a small crowd with an impressive juggling act in which he used both his hands and his feet. Sitting on a wall, a teenage ape practiced on a flute. The melody he played seemed hauntingly familiar to Leo, but it was gone before he could place it.

And everywhere were humans, too. But not walking free among the great apes. There were humans on the street in the same way you might have seen dogs in the alleys of big cities. The humans in this city of the apes were treated like work animals, beasts of burden. Some were loaded down with packages, walking behind their ape owners. Some pulled carts.

Leo thought he was going to faint. It was real. He could smell it, touch it, hear it—the world around him was *real*.

The reality of his situation struck him in the head in the form of a small, sharp rock. A group of young male gorillas appeared, running alongside the carts and pelting the prisoners with rocks and dirt clods, jeering and teasing the humans inside. Most of the humans cowered, throwing their hands over the heads. Leo stubbornly stood tall, dodging away from any rocks that came near him.

In this way, he was able to see when a female chimpanzee, much older than the children but still young, rushed toward the hooligans.

"Stop it!" she called out. "Stop it! You're being cruel." She grabbed one young ape by the shoulder and shook him. "You. Open your hand. Open it!"

The ape child scowled and reluctantly uncurled his fingers. A stone dropped to the ground.

"Who told you you could throw stones at humans?" the chimp female demanded.

"My father," the adolescent gorilla stated defiantly.

"Then you're both wrong," the female snapped. "And you can tell him I said so. Now go on. Get away from here!"

The ape children sulked and moved off. One of them

paused a moment to look over his shoulder and shout, "Human lover!" before they all chittered and ran off.

The cart passed by, but Leo pushed himself toward the back to catch snatches of the female ape's conversations with another female who came trotting up to her.

"Do you always have to be so intense?" the gorilla female asked. "I thought we were going shopping."

The female who'd stopped the boys didn't answer. She was still staring at the caged humans, and Leo, staring back, caught her eyes. He felt her stare right into him, and the sensation was disturbing. Hers were the first kind eyes he'd seen all day. They looked human and full of clear thoughts . . . but they stared out of the face of an ape.

CHAPTER SEVEN

The carts veered toward the side of the road and pulled to a stop. As they did, Leo could see a procession of gorillas in long red robes stepping solemnly down the street, their faces masked by scarves. They were chanting something low and slow. It was clear to Leo that, gorillas or not, these were obviously monks, and what they were chanting was a prayer.

Attar, the lead gorilla, stepped out of his place at the head of the cart line and stopped before the line of monks. Attar bent his knee and lowered his head. The monks stopped, and the first in line touched his paw to the big gorilla's head, muttering another prayer. By his closed eyes and trembling face, Leo could see that Attar was a spiritual ape.

Leo felt someone pull on his arm, and he was dragged down to his knees. He spun around angrily and found himself looking at the face of a human boy, a teenager. Leo recognized him as the same boy who'd been pulled up into the trees. His hair was wild. His skin was mud-covered and marked with cuts and scrapes. But the eyes that stared out of his filthy face were intelligent and sharp.

"Where am I?" Leo whispered.

The boy shook his head in warning.

Next to the boy huddled the attractive woman Leo had seen earlier, and the old man who'd carried the fruit sack. Leo looked at the woman and said, pleadingly, "What is this place?

The woman hissed a warning and glared at him from under her tangled brown hair.

Leo opened his mouth again to speak, but the old man reached out and grabbed the space pilot under his arm, pinching the skin hard. The man said in a throaty whisper, "The boy is Birn. My name is Karubi. Head down. Mouth shut. You'll get us all killed."

Leo opened his mouth again and the man pinched hard again, bringing tears to the newcomer's eyes.

"Head down. Mouth shut," the man repeated.

Leo nodded. Whatever else this wild human was, he was obviously intelligent. If he was afraid for his life, Leo thought he should probably be, too. He quieted down.

The carts passed under a great stone arch and into an enormous square. High stone walls surrounded the town center on every side. In moments the carts had assembled in the middle of the square, the cages were thrown open, and armored gorillas with whips were driving the humans out into the open. Taking cues from the three humans who had warned him, Leo obeyed every order.

A side door opened and a figure stepped out. It was dressed in blue robes. It threw back its hood, yawned, and stretched in the sunlight, scratching its behind lazily as it finally focused on the humans. It was an orangutan, his orange hair puffed and frazzled at the edges of his face. The orangutan yawned again and pulled a small black cudgel from his robe. Then he shook his head and started forward.

The orangutan, in no hurry, made one entire circle around the mob of filthy humans before he finally grunted and approached one of the soldier apes.

"Are you trying to put me out of business?" the orangutan complained. His voice was carefully measured. "These are the skankiest, scabbiest, scuzziest humans I've ever seen."

The soldier would have none of it. "You don't want them, Limbo?" he said gruffly.

The orangutan, Limbo, scratched his head. "Hmm-mph. I'll take the whole lot. I'll have to make it up on volume."

Limbo whistled, and a squad of apes wearing sanitation masks hustled out of the door and over to the humans. As Limbo paid the soldier, the masked apes began to separate the humans into groups. Leo saw Karubi bend his head low and whisper to the woman, "Daena, don't be afraid."

"I'll find you!" she whispered back.

Suddenly Limbo himself appeared between them. He sneered. "Very touching. Really. I can't see for the tears in my eyes. Now move!" The orangutan snatched a handful of Daena's hair and dragged her out of the crowd. "To the female pen!"

"Daena!" Karubi yelled, trying to reach the woman, who was obviously his daughter. A handler struck his outstretched arm with a cudgel, and the old man yelped.

Leo felt himself grabbed by powerful hands and thrown into a pen with most of the other men. The boy, Birn, was dragged that way, too, but there was a brief pause as he struggled. An ape put a hand too close to his mouth, and Birn bit down hard. The ape shrieked, but the boy didn't let go even when the ape tried to shake him off.

Calmly, Limbo strode forward and grabbed Birn by the hair. He punched the boy in the throat and Birn let go, choking. Limbo threw him into the pen and turned to his handler, clicking his tongue. "How many times do I have to tell you? Wear your gloves when you handle humans."

"Are you going soft, Limbo?"

The voice belonged to Thade, the lead gorilla, with

Attar at his side. Limbo whirled around, the arrogant look on his furry face morphing into a wheedling smile. "General Thade, what a pleasant surprise. And an honor, of course, to have you at my establishment."

Thade pointed to Birn, who was being helped to his feet by the other humans. "You used to hack off a limb when they caused too much trouble."

Limbo nodded. "Yes, of course, sir, but those were better times. These days, unfortunately, I need all the money I can wring out of them, and the creature is worth a lot less if he's been damaged."

Attar brushed past Limbo and approached the pen. The gorilla commander eyed Leo threateningly. "Don't turn your back on this one. He's feisty."

Limbo chuckled. "Were these the ones raiding the orchards, sir? I know an old country remedy that never fails. Gut one and string the carcass up—"

Thade silenced him with a wave of his paw. "The human rights faction is already nipping at my heels."

Limbo snorted. "Do-gooders. Who needs them? I'm all for free speech—as long as they keep their mouths shut."

Thade strolled over to a pen where the children had been separated and eyed them carefully. "I promised my niece a pet for her birthday."

Limbo hunched his shoulders, looking even readier to please. "Ah, excellent, sir! The little ones make wonderful pets . . . but make sure you get rid of it by puberty. If there's one thing you don't want in your house it's a human teenager."

Out from the ranks of ape sol-
diers, a female gorilla and a
youngster appeared, following
in Thade's footsteps. "Do you
see anything you like, niece?"
General Thade asked.

"Anything at all!" Limbo
piped up. "It's yours!"

The young ape eyed the human
children in the pen like a human looking at puppies in a
pet store. Finally, she shyly pointed to a human girl about
five years old.

"Excellent choice!" Limbo applauded.

Attar opened the cage and snatched the girl, who
squealed. From his own pen, Leo kept his eyes on Daena.
Beneath her matted hair, her eyes burned into the gorillas.

Thade made sure his relatives were a safe distance
from the filthy pens and then leaped easily onto his
horse.

Limbo, still trying to make an impression, said, "Ah,
uh, General, they say if you piss along the fence line it
keeps them away from the crops."

Thade curled his lip. "Stay back, Limbo. You stink of
humans."

Leo watched the general whirl his horse around and
ride away.

CHAPTER EIGHT

Leo had commanded himself to relax, and, following the example of the other humans, to submit to the apes.

All that ended when the branding irons came out. The gorillas began to stoke fires, and to heat metal bars inside those fires. When the irons were white hot, they began to tether humans one by one, drag them out of the pens, and tie them to posts set into the ground of the square.

Leo watched in horror as Daena was caught by a noose around her neck and hauled out of the female pen. The rags were torn from her shoulders, and one of the gorillas pressed a hot iron to her shoulder blade. Daena winced and bit her lip, tears welling in her eyes. But she didn't make a sound. The iron hissed as it burned her skin. Then the gorillas were done. They threw her back into the pen and moved on.

Two of the handlers opened the male cage and set their eyes on Leo. Before he could react, they had grabbed hold of his arms. He dug his heels into the ground but the two strong gorillas easily overpowered him and dragged him to the branding post.

Desperately, Leo kicked and squirmed. He managed to release the grip of one of the two apes, then twisted himself away from the other.

Limbo groaned. "Do I have to do everything myself?" He snatched up a branding iron and stalked toward Leo menacingly.

"Limbo, stop!"

The trader turned to see a female chimpanzee scowling at him. Leo risked a glance at her and recognized the same female that had stopped the boys from throwing rocks. Now she strode forward arrogantly and grabbed the branding iron from Limbo's hand. She tossed it into the mud.

Limbo slapped one long-fingered paw against his forehead. "By Semos, not you again!"

The female stiffened. "I will not stand idly by while humans are being mistreated and tortured—"

"Ari!" Limbo interrupted hotly. "The only reason I put up with your nonsense is because of your father. But you test my patience!"

The female, Ari, shrugged. "If you want me to stop harassing you, then give up your bloody business."

Limbo opened his hands wide, his long, delicate fingers facing up to the sky. The handlers set to watch Leo trained their gaze on the drama unfolding between the two apes. Leo seized his opportunity. He glanced around, looking for a weapon, and spotted a length of chain half-buried in the mud.

Limbo said, "Hey, I do the job nobody else wants. I don't see any of you bleeding hearts spending all day with these dangerous, dirty, dumb beasts—"

"They are not dumb!" Ari said, stamping her foot. "They can be taught to live with us, and I'm going to prove it!"

Quick as he could manage, Leo reached down and grabbed the chain. He whipped it around the nearest handler's foot and yanked. The gorilla yelped and fell off balance, his spear popping into the air. In one smooth motion Leo snatched it and leaned forward and touched the end of the spear to Ari's neck. She gasped.

Limbo, calm and unconcerned, laughed out loud. "There's your proof! Now I'll have to put this one down!"

Leo wrapped one hand around Ari's neck and used the other to press the spear point against her throat. Instantly they were surrounded by handlers.

He looked at Ari, who was staring at him with a mixture of surprise and fear. But instead of threatening her, he leaned in close and whispered desperately, "Please . . . help me."

This seemed to startle the female even more.

"Watch it!" one of the handlers yelled.

All eyes followed the warning. As Leo held everyone's attention, Daena had realized that the female pen was open. She made a break for freedom. Limbo sprinted after her and stunned her with one blow, knocking her to the ground. Obviously irritated now, he turned back and stalked toward Ari. "Look what you've started! Now I'm getting a headache!"

He came closer and Leo hunched down, pressing the spear blade against Ari's throat until it nearly punctured the skin.

"Oh, please!" Limbo said, raising his hands in surrender. "Don't hurt her!" He took another step forward, keeping his hands well within view. Leo watched him suspiciously, making sure those hands were well out of reach.

And suddenly the spear was gone, snatched from his hand.

By the orangutan's foot.

Limbo had used his nimble foot to grab the spear away. Without warning he brought the dull handle crashing down on Leo's head. Stunned, Leo collapsed into the mud with Limbo standing over him.

"Who needs this aggravation," the trader growled. He motioned to several of his handlers, who shuffled forward. "Hold him."

As the handlers pinned Leo's arms and legs against the ground, the trader reversed the spear and raised it, ready to plunge the sharp tip into Leo's body.

"Wait!" Ari yelled. Limbo paused.

"Sell him to me."

The trader gasped. "What? Are you crazy? He's wild—" He motioned to Daena. "They're both wild!"

Ari straightened up, stiffening her resolve. "Then I'll buy them both."

Leo recognized the sound of greed in the trader's voice. "Buy them, eh? That would be expensive. *Very* expensive."

Ari said, "I'm sure we could come to a deal."

Limbo chuckled. "I'm sure we could."

Leo felt the paws that held him relax. He knew now that he wasn't going to be killed. He heard Ari say, "Deliver them to my house."

"Certainly," Limbo said. "I just have to mark him first."

Before Leo realized what that meant, he felt hot iron press into his flesh. He let out a scream of pure agony.

He had just been branded.

CHAPTER NINE

There were times, Ari had to admit, when she doubted her resolve.

It wasn't easy being one of the few apes in the entire city who believed in human rights.

She was constantly teased and taunted by acquaintances. Most of her friends, and even her own family, felt awkward around her. They didn't know how to act naturally, always afraid she was going to scold them for mistreating their humans.

But she couldn't help it, she admitted as she walked home that evening. Something in her wouldn't let her believe that humans were mere animals. She believed it right down to the core of her apehood. And as danger-ous as that human was, he had proved it by the way he had looked at her. A part of Ari was furious that he had threatened her, but the stronger part of her knew that he had been terrified and desperate.

It was by thinking of that desperate human that she managed to maintain her composure while her father ranted and raved at her that evening.

"You did *what!?*" he shouted as soon as he'd heard. His

name was Sandar, and he was one of the most important apes in the entire community. His handsome face and back were marked by distinguished silver streaks. He had been a member of the senate for decades, and every ape who knew him was proud to call him friend. He had a reputation for diplomacy, always finding common ground when politics became too hostile.

But all that had been thrown out the window now. He was now just an angry father who'd heard that his daughter had been in danger.

"I forbid, I absolutely forbid you to carry on this nonsense if you insist on putting your life in jeopardy!" Sandar said, slapping his open palm on the kitchen table.

Instinctively, another ape in the room took a step forward. This was Krull, a hulking elderly gorilla, a silverback past his prime but still incredibly strong. He had been in Sandar's service for years, and now he watched over Ari. When they argued this way, as they did so often of late, Krull felt his loyalty pulled in two directions.

"Father," Ari said soothingly. "I promise. I couldn't hold myself back when I saw how those poor creatures were being treated. But I know it was dangerous. I won't do it again."

Sandar opened his mouth to snap back. He flexed his jaw for a moment, revealing his canines; then his lips zipped shut. "Very well," he said, clearing his throat. "Thank you. But there is still the matter of these humans."

Sandar waved a paw at four humans kneeling on the

kitchen floor. Two of them were his own house humans, Tival and Bon. They were well groomed and well trained, as much a part of his estate as his horse and carriage. But beside them knelt two savage beasts—barely clothed and probably full of lice and fleas.

"Father," Ari said, maintaining a calm and reassuring voice. "Please. I'll pay for them with my own money."

Sandar groaned. "Your 'own money' is going to make a pauper out of me. What are we going to do with them?" He strode over to the humans, careful not to get too near. Tival and Bon instantly leaped to their feet.

Krull, the bodyguard, lumbered forward. "Rise when your master addresses you!" he growled.

Daena scowled at the silverback. Krull clutched at her hand and pulled her to her feet with no effort. Leo gulped and rose slowly, facing Sandar.

Sandar sighed and shook his head. "Semos help me. Wild humans in my house."

Ari pointed at Leo. "This one is different."

Sandar scoffed. "How different can they be? You can't tell one from another."

The sound of a bell trilled down the corridors. "My guests are here," Sandar said. He cast a warning glance at his daughter. "Ari, I want you to be on your best behavior. Keep those savages out of their sight . . . especially away from General Thade."

"Father . . . ," Ari began. She did not appreciate General Thade's unwanted attentions.

"And you'd better be nice to him!"

• • •

Ari sat at the table with her friend Leeta as her father greeted his guests. He welcomed each one as though he or she were the reason for his dinner party.

Ari herself disliked almost everyone who walked through the door, and she would have a hard time hiding it.

There was Senator Nado, an old orangutan with a round belly and a pompous look on his face. Beside him was his (very young) wife, Nova.

"Good evening, Senator Nado," Sandar said, touching his face to the other ape's gently. "And my dear Nova, you do look lovely tonight."

The young chimp, Nova, stroked the fur on her face self-consciously. "I'm having a bad hair day."

Senator Nado rolled his eyes. "Yet she spends a fortune grooming herself."

Nova purred, "And I'm worth every penny."

They glided toward the dinner table.

At the table, Leeta leaned close to Ari and said, "The general will be here soon. He's powerful and aggressive. What else could you want in a male?"

Ari said simply, "Someone I can respect . . . and who respects me."

Leeta shook her head disapprovingly. "Don't play so hard to get. Say yes to him, and you'll be invited to every exclusive party in the city."

"Oh, please, Leeta, how many silly parties can you go to?"

Leeta brushed back her hair and smiled coyly. "How many are there?"

Ari would have responded, but her father had gathered up his guests and was guiding them to the table, and it was time for proper greetings. She took a deep breath.

In the kitchen, the sound of a ringing bell signaled that the guests had been seated. Instantly, Tival and Bon, the house humans, leaped to their feet. They grabbed wooden trays of food from the counter and hurried to the stairs that led up to the dining hall.

As soon as they were gone, Leo, too, jumped to his feet—and headed right for the kitchen window. It was covered by wooden shutters. When he tried to move them, they wouldn't budge.

He turned and looked at Daena. Now that they were alone, the question that had been welling up inside him finally came out. "How did these monkeys get this way!?" he demanded.

Daena looked at him as though he were insane. "What other way would they be?"

Leo shook his head. "They'd be begging me for a treat."

Daena eyed him carefully. She'd never met a human

like him before. He reminded her more of a gorilla: proud, impatient, sure of himself. "What tribe are you from?"

"It's called the United States Air Force. And I'm going back to it."

Suddenly, the big gorilla Krull appeared. Leo had the sense that Krull was sharp despite his silence and his hulking presence. He had the eyes of a drill sergeant.

"No talk," Krull growled. "Finish your work." He lifted another plate of food and walked back up the stairs.

Leo looked around for another avenue of escape and saw a doorway, but it was tightly locked. With nothing else to do, he picked up a tray and tiptoed to the top of the stairs. He listened to the apes' conversation.

"You know, we just returned from a trip to our country house in the rain forest."

"And how was it?" Sandar asked politely.

"Boring," Nova intoned.

Nado leaned back in his chair. "I find it relaxing . . . being away from the frantic pace of the city."

Nova put on a face that seemed burdened with too many cares. "I wanted to go out. But there was no place to go . . . nothing but trees and rocks." She slapped her husband lightly on the hand. "All you did was nap."

The old senator nodded. "Exactly. A bit of time away from politics is what is needed for a weary soul like me."

Ari leaned over to Leeta and whispered something out of earshot of her guests, but within Leo's hearing. "Look at the old fool. He left his wife and children for her, a chimp half his age. Now he can't keep up."

Leeta raised an eyebrow knowingly. "But he's worth a fortune."

Nado nudged Sandar. "We used to lose ourselves for days in the forest when were young, didn't we, Sandar? Now I can barely climb a tree."

Ari's father nodded. "It's trite but true. Youth is wasted on the young. Now that I have so much to do, I find myself exhausted. Still, some nights I dream of hurtling through the branches." Sandar sighed. "How did I get so old so fast?"

"Living with your daughter would age any ape quickly."

It was the second time that voice had announced the entrance of the most powerful ape in the city. No one rose, but everyone seemed to snap to attention as General Thade strode in, an impressive figure whose presence barely seemed to fit inside the dining room. Behind him, Attar stood in attendance.

"Quick, switch seats with me," Ari whispered.

Leeta refused to move. "He's here to see *you*."

Thade strode forward toward the empty chair next to Ari and waited for Krull to pull it out. Leo was surprised to see that Krull, who had been so attentive before, now stood stock-still. After an awkward moment, Attar jumped forward, pulled the chair out, and then slid it back in as General Thade sat down. Thade locked eyes with Krull, and Leo thought he could have drawn a line of fire between them.

"General Thade," Sandar said, raising a glass, "you are too long a stranger in our house."

Thade bowed his head in acknowledgement of the toast. "My apologies, senator. I stopped to see my father."

"How is my old friend doing?" Ari's father asked.

Thade allowed himself a deep sigh. "I'm afraid he's slipping. I wish I could spend more time with him . . . but these are troubled times. Humans infest the provinces—"

"Because our cities encroach on their habitat," Ari blurted automatically.

Thade kept his eyes on Sandar, refusing to look at Ari. "They breed quickly while we grow soft with our affluence. Even now they outnumber us ten to one."

Nova picked at a bowl of grapes. "Why can't the government simply sterilize them all?"

Her husband, Senator Nado, shook his head. "The cost would be prohibitive . . . although our scientists do tell me the humans carry terrible diseases."

Ari objected. "How would we know? The army burns the bodies before they can be examined." She turned to Sandar for back up. "Father?"

Sandar wriggled in his chair, uncomfortable at being trapped by his daughter's uncontrollable enthusiasm. "Well, at times, perhaps, the senate has felt that the army has been a tad . . . extreme."

Thade shrugged off the comment. "Extremism in the defense of apes is no vice."

Tival and Bon entered with the main course and hurriedly set dishes down in front of each ape at the table. Senator Nado reached hungrily for a piece of fruit and was about to bite into it when Attar uttered a low, cautionary growl. The senator rolled his eyes, but all the others seemed willing to go along with Attar, so he dropped the fruit and bowed his head. They all lowered their faces, and Attar began to pray.

"We give thanks to you, Semos, for the fruit of the land. Bless us, Holy Father, who created all apes in his image. Hasten the Day when you will return . . . and bring peace to your children. Amen."

"Amen," the others repeated.

At the top of the stairs, Leo shook his head. He had a moment to reflect—rare since he'd crash-landed in this strange place and been enslaved. This world was like a parallel universe, like a more primitive Earth, but where apes had become the dominant species and humans were merely animals, living in the wild. The apes had their own cities, and they even had a religion of some kind. What had happened to him inside that storm?

Leo heard some apes come through the locked door. He hefted his tray and started out into the dining room, pretending to serve but hoping to catch some important bit of information. As Leo approached, Thade sniffed, wrinkling his nose in disgust. He turned to face Leo for a moment and then looked at Sandar.

"What is this beast doing in your house?" the general demanded.

Sandar looked directly at his daughter, demanding that she take responsibility for this.

Ari hesitated a moment and then stated, "He'll be trained as a domestic."

Thade broke the silence that followed Ari's controversial statement. "Your ideas threaten our prosperity. The human problem will not be solved by throwing money at it. The government tried once, and all we got was a welfare state that nearly bankrupted us."

Attar sniffed the air unpleasantly. "And changed the face of the city."

Leeta agreed. "I think the city has about as much diversity as it can handle."

Ari spared a cold, unfriendly glance toward her friend. Then, carefully, she withdrew a small embroidered scarf from her gown. It was simple, but carefully sewn. "This," she said triumphantly, "was made by one of my humans. Can you deny its skill? Isn't it obvious that they are capable of real culture?"

Thade snorted. "Everything in 'human culture' takes place below the waist."

The other guests laughed at his off-color joke.

Senator Nado added, "Really, my dear, next you'll be telling me that these creatures have souls."

Ari said matter-of-factly, "Of course they do."

Across the table, Attar stiffened. His religious sensibilities had been offended. "The senator's daughter," he warned, "flirts with blasphemy."

While all this had gone on, Leo had been standing still. His only goal now was to keep as quiet as possible, and to make as little trouble as possible, so that they'd leave him alone until he could escape. And if that meant suffering under Thade's comments, he'd force himself to do it.

Even as he thought that, Thade grabbed him by the arm and pulled Leo's face within inches of his own. As Leo's tray of food went flying, Thade pried Leo's mouth open and peered down his tightening throat.

"Is there a soul in you?" Thade scoffed. He threw Leo to the ground roughly, and the other apes joined Thade's crude laughter.

Leo felt heat and anger rise up in him, but he ignored them. Instead, he began to pick up the scraps of food he'd spilled.

A small smile crossed Leo's face. As he picked up the contents of the tray, he found a small, sharp implement, like a fork, that the apes used for eating. He slipped it into the sleeve of his shirt.

Now he had a weapon.

CHAPTER TEN

Ari jumped to her feet, her chair clattering to the floor behind her. "You are all cruel and petty. I've lost my appetite."

She stormed up to her room, trying hard not to look like a pouting child. The room was dark, but she found a match and, by memory, she walked over to a candle and lit it. Instantly a sweet odor filled the air. Light from the candle fell on the image of a blissful ape. The ape smiled at her as though she had nothing to worry about in the world.

"Undoubtedly, you are praying to Semos for patience."

Ari whirled around. General Thade stood in the doorway remarkably silent. "You have a habit of sneaking up on people, General," she said stiffly.

"I never took you for the religious type." He pointed to the candle and the image of Semos, the messiah who had brought salvation to the apes. And, if you believed the monks, Semos would return some day to lead the apes to paradise.

Thade made his way casually into the room. Ari said

coldly, "And I never took you for the type to mistreat helpless ani—" She stopped herself.

"Helpless animals?" he said with a wide-faced grin. "Exactly. They are animals, Ari. Argue for the better treatment of *animals*, and you might bend an ear or two. But argue for making them more than animals, and you'll just wear out your voice."

He reached the candle and held his paw up to the flame. Finally, he said, "I have no patience for these society dinners. I only came here to see you."

Ari felt her mouth go dry. "Then you've wasted your time."

Smoothly, his hand went from the candle to her neck, caressing it, and holding it, too, so she couldn't back away.

"My feelings haven't changed since the last time we spoke," he said softly. "You know how much I care for you."

"You only care about my father's influence. And your own ambition," she added.

She turned her head as he tried to nuzzle her and managed to pull away from him. He reached after her, but his hand clutched only the scarf made by humans.

Thade curled his lip, showing his canines. His voice changed in an instant. The soft-spoken lover was gone, replaced by a general hardened by war. "I know about the trouble you caused today. I could have you arrested."

But Ari now could see him for what he was. A petty, jilted ape.

"What I did was right," she said firmly. "I'd do it again."

Thade shook his head and backed away, his canines still long and bare in his mouth. When he reached the door, he said simply, "You feel so much for the humans . . . yet you can't feel anything for me."

He said the word *humans* like a curse. Then he was gone.

General Thade left Sandar's house without saying good-bye. His long, strong fingers swam through the scarf as he pondered this young female. She was right, of course. He wanted her for her father's influence. A general with such a strong ally in the senate could do almost anything. But he did also care for her, in his own way.

Thade reached his horse and barely acknowledged Attar as he leaped onto its back.

"Sir," his aide said. "A moment, please."

Thade looked at him darkly. "What is it?"

Two soldiers melted out of the darkness and stood at attention, their backs straight.

"What?" he demanded.

Attar said, "These apes insist on speaking to you, sir. They won't tell me what it's about, but they insist it's urgent."

Thade ordered the two apes to speak. As he listened, his eyes opened wide in surprise.

● ● ●

The two soldiers led the general and Attar through the forests east of the city. It was land Thade knew well—he had been there earlier that same day, driving humans from the orchards. The creatures infested the fruit groves like fleas on a dog.

Beyond the groves lay an immense bog. Humans didn't go there because of mosquitoes. Apes didn't go there simply because there was nothing to be had there. The soldiers had been stationed merely to watch for stray humans who might wander that way from the orchards.

When the soldiers signaled a halt, Thade dismounted quickly. He walked to the edge. Now and then something disturbed the water—a fish, or a frog—and the dark surface rippled.

Thade said curtly, "Tell me again."

The two ape soldiers trotted forward.

"Something fell out of the sky," the first began.

"With wings of fire," the second said. "And it was screaming."

"Semos." Attar, a few paces back and holding the reins of the horses, had let the word slip.

Pericles and Leo give the thumbs up before the chimp's dangerous mission.

Leo crawls to dry land after a near-death landing. But what is this place?

The brave pilot finds out quickly that apes, not humans, rule civilization on this planet.

General Thade examines the new captives.

Ari has a soft spot for certain humans.

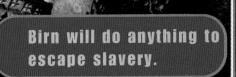

Birn will do anything to escape slavery.

The humans and th ape allies overcom fear and superstiti on their journey to freedom.

Thade and his right-hand gorilla, Attar, fight for the superiority of apedom.

The ragtag group finds CALIMA, but Leo discovers that it's actually his lost ship, the *Oberon*. How can that be?

Daena kicks some serious ape butt.

Attar hails the return of Semos . . . or the reappearance of Leo's friend, Pericles?

Thade and Attar face off for the last time inside the *Oberon*.

With the balance of power thrown off, what does the future hold for the planet of the apes?

Thade smiled to himself. He was surprised Attar had held the word in so long. For all his skill at warcraft, Attar was a simple ape. He cared about two things only: following his god and following orders. That's what made him such a good soldier.

But these others, Thade wasn't so sure about. "Are you sure you didn't dream this?" he demanded.

"No, sir!" one of the two answered quickly. "Look!" He pointed to a line of trees. In the moonlight, they stuck up like jagged, broken teeth. Something had torn through them with great violence.

"Where is it now?" Thade asked.

"It splashed down in there," the first went on, pointing out into the darkness. "But not far from the shore."

Thade put his paws at his waist, adjusting the heft of his belt. His paw passed over the hilt of a knife. "Who else have you told?"

The first ape straightened up. "No one, sir. We knew we had to come right to you."

Thade grinned. "You did exactly the right thing."

CHAPTER ELEVEN

Clang!

The cage door slammed shut and Krull locked it.

Without so much as a good night, he turned and shuffled off, dousing the lights and leaving the humans alone, caged in a corner of the darkened kitchen.

The two human slaves, Tival and Bon, instantly curled up in separate corners and fell asleep. Leo waited for a while, listening for any sounds from beyond the kitchen. Daena said nothing.

When time had passed, Leo slipped the sharp prong out of his sleeve and reached through the bars of the cage. The *tink-tink* sound of the prong scraping against the lock sounded loud in his ears, but he was sure it didn't carry out of the kitchen.

"What are you doing?" Daena whispered hoarsely.

"Enjoying the benefits of a misspent youth," he replied.

"What?"

"I'm picking the lock," he explained, just as the lock popped open.

The sound of the cage door opening was quieter even than Daena's whisper, but Tival and Bon jumped up as though an explosion had just rocked their world. They stared at Leo, then at the open cage, then back to Leo. Bon simply said, "There's a curfew for humans."

Tival nodded, unable to take his eyes off the open cage. "If you're found on the street at night . . . they'll kill you on sight."

Leo pointed to the bars of the cage. "And if you stay here you're already dead."

He stepped out of the cage and Daena followed him eagerly. They turned and looked at the two house slaves. Tival hesitated, then stepped out of the cage.

All three escapees looked back at Bon. But Bon only stepped backward, pressing herself against the inside of the cage. "Our mistress has been so kind to us," she said.

Daena frowned. "She's your enemy."

Leo waited one second longer and then turned away. He didn't have time to deal with people who didn't want their freedom.

He hurried through the dark kitchen to a drawer and found a knife. He stashed it in his robe and turned to Daena.

"Can you lead me back to the place where they caught us?"

Daena nodded. Leo hurried toward the door, but the girl hadn't moved.

"Not without my father," she said simply.

Leo grimaced. His quick escape was about to turn into a rescue mission. "It's too dangerous," he argued. "We have to go right now."

"Then you can look for the place on your own."

Leo bit his lip. "Look, you don't have a clue who I am. Or where I'm from. And you wouldn't understand if I told you. But I can help you."

Daena nodded and then said, "And you can start by helping me find my father."

Limbo's quandrangle at night was a quiet place.

He liked it that way. The truth was, Limbo was a peaceful ape at heart. He liked his quiet, and he liked to be clean, and he had precious few opportunities for either one in his business. Late at night, he liked to retreat to the solitude of his own chambers at the top of his house and pamper himself.

That night, he'd chosen orange blossoms. He crushed them in a stone bowl and then, standing in front of a mirror, he began to rub them over his arms and legs. Tomorrow, the stink of humans would cover him again. But at least for tonight he could relax.

If Limbo had stared in the other direction out into the courtyard, he might have seen three shadows hurry across the muddy square to the human pens.

Daena and Leo took the lead, with Tival following nervously behind. They'd made their way quietly and quickly across the city. Sneaking through the streets had been easier than they thought. All they had to do was stay quiet and out of sight.

Daena crouched down beside the gate to the human pen and peeked between the slates. She nearly jumped back when a pair of eyes met hers, reflected by the moon-light. It was Karubi, as alert as ever.

"How did you—?" he began to ask.

"Later, Father," she interrupted. "Take this rope. Pass it back through."

Leo formed a makeshift vise around the middle slat of the cage. He crushed the slat until it snapped with a loud crunch.

Everyone froze, listening. But no one came.

The gate to the slave pen rattled loose. The old man Karubi stepped out, followed by the wild-looking boy named Birn, and a third young man Daena called Gunnar.

Daena's eyes went immediately to Karubi's arm, which was bent stiffly at the elbow and pressed against his ribs. "You're hurt," she said.

He ignored his arm and her comment and hugged her. "How did you get away?"

Daena motioned to Leo. Karubi appraised the other human slowly. "Who are you?"

Leo shrugged. "Just somebody trying to get the hell out of here."

Gunnar eyed Tival, who kept looking around nervously. Gunnar growled. "This is one of their house humans. He thinks he's better than us . . . he thinks he's part ape."

Leo groaned. He had no time for this. To Daena, he said, "You promised to show me the way back."

"We'll go together," Karubi said quickly.

A few moments later the shadows, now doubled in number, they crept back across the square and scampered up a wall to the rooftop. They leaped from that rooftop to the next and sprinted for an attic door.

Suddenly, four figures reared up before them in the moonlight, moving unsteadily. For a panicked moment, Leo thought they'd been caught. But the four figures had their backs to him, and they teetered like drunks.

Then one of the figures said in a young male voice, "Whazzat! I hear something!"

"I think it's my mom!" said a second.

The speaker turned and came face-to-face with Leo.

"Hey!" the young ape slurred. "Ish humansh!"

The gorilla lunged forward to grab Leo, but he slipped aside and the ape fell on his face. Leo sprinted for the door and kicked it open, then ran inside and down a flight of stairs to the top floor of the building. He heard the footsteps of the others following him. Behind and outside, they could hear the teenage gorillas shouting out an alarm.

Leo raced at full speed down a hallway, hoping the others could keep up with him. When the hallway ran into a door he kicked it open and ran into an apartment. Suddenly he was in a bedroom where a young female ape was standing over an old man ape who lay in bed. The male ape was snoring. Leo caught the briefest glimpse of Nova's familiar face, and then he was gone.

Out a back door and into another hallway, and then *crash* into another apartment where an old ape was pulling off his wig and false teeth. And then out onto a balcony, climbing over the rail and jumping across a short void to another balcony across the alley. Vaguely, Leo had the sense of the others following him.

Leo broke through another door and into another bedroom and this time the scene caused him to slow down. An ape child was putting a small human child into a little blanket-lined cage, and Leo recognized them both. The ape child was Thade's niece, and the human girl was the one she'd chosen as a "pet."

Daena didn't slow for an instant. She pushed the ape child out of the way and snatched the little girl from the cage. She was in motion again before Leo could protest. He started after her.

They left the ape child in their wake, howling in protest.

CHAPTER TWELVE

A squad of ape soldiers marched down the middle of the street with Attar at their lead. All of them had been roused from bed and none of them were happy.

The humans were huddled on the rooftop above them, waiting for them to pass. As soon as the squad was out of sight, Leo dropped catlike from the roof. The rest followed, one by one. Karubi came last. Unable to hold himself by his arms, he slipped and fell, hitting the ground hard. Karubi didn't utter a sound.

Daena helped him up and Karubi gritted his teeth. "Leave me here," he said.

"No," his daughter answered firmly.

Karubi gasped. "I'm tired, and just too old. Old men get scared."

"You might be old and tired, but you're done being scared," Leo said.

"Apes!" Gunnar hissed.

They all whirled around, but the apes were on them before anyone could react. There were two of them. A massive gorilla grabbed Leo's wrist, twisted it, and plucked the knife out with stunning ease. The other stepped forward, and Leo recognized Ari's face.

"You are lucky I found you before they did," she said. She glared at them all, reserving an especially hard look for Tival. "Come back with me to the house. I can reason with them."

Karubi rubbed his damaged arm. "I've seen how apes reason."

Leo was about to ask how Ari had found them so quickly, but Bon stepped out of the shadows, not daring to meet their eyes. Leo wasn't sure whether to feel anger or pity for her.

"Is there a good way out of this city?" Leo demanded.

Ari said nothing, but Leo saw a hint of recognition in her eyes. Krull saw it, too. The big gorilla leaned in a little bit, casting a shadow between Leo and Ari. He growled to his mistress, "Do not get involved with these humans."

Bravely, Leo stepped into Krull's shadow and caught Ari's eyes, holding them. "You saved me today. Why? Why'd you take the chance?"

Ari hesitated a moment. "I . . . I don't know. You are very unusual."

"Like you can't even imagine," Leo said dryly. "Come with me . . . and I'll show you something that will turn your whole world upside down."

Daena gave him a sharp look. "So this ape will understand, but I can't?"

Leo ignored her and said to Ari, "You said humans

were capable of culture. You were right. I'll prove it to you. I can prove it beyond your wildest dreams."

Shouts drifted down the street, echoing off the walls. The noises were distant, but growing louder. Patrols were on their trail.

Ari looked at Krull and said, "When I was little I found a way to sneak outside the city walls. Where no one could find me. I can lead you there."

Krull shuffled from foot to foot and thumped a fist on his chest, but said nothing.

Krull stopped shuffling and eyed the little girl in Daena's arms. "This human child cannot survive the journey."

Ari seemed to agree with this. Her eyes flicked to Bon. "My servant woman will hide her in my house."

Obediently, Bon stepped forward and reached for the girl. Daena recoiled, clutching the girl to her.

To everyone's surprise, it was Karubi who broke the awkward stalemate between Daena and Bon. He stepped forward and scooped the little girl out of Daena's hands and into Bon's.

"We have to go now," Krull warned.

Leo nodded, and together the humans followed Ari and Krull down the street.

They ran for three blocks, hearing the sounds of patrols on distant streets. Harsh voices echoed over rooftops. But they saw no one.

On the fourth block, their luck failed. Several dark

shapes appeared at the far end of the street and one ape
let out a furious roar.

"Attar," Krull said, recognizing the voice. "They've
seen us."

"What are we going to do?" said
Tival, suddenly terrified.

Again it was Karubi who took
action. He put his good hand on
Daena's shoulder and said,
"Daughter—be well."

She turned, at first in confusion.
Then she realized what he meant to
do. "Father, no—"

"Don't worry," the old man said. "I'll be right beside
you. Just like always. Hurry."

He jumped out of the shadows and charged straight at
the apes.

Karubi forced himself to keep running toward the
gorilla soldiers. He paused only long enough to snatch a
wooden pole that lay in a doorway. He wielded it like a
spear.

Attar and his apes watched as Karubi charged them.
When he was only a few steps away, Karubi raised the pole
in his good hand and let out a war cry, then swung it
towards the massive ape.

Attar hardly blinked. He raised one thick arm to
deflect the blow. With his other he clutched the old
human by the throat and hurled him to the ground.
Karubi felt the breath leave his body as the gorillas encir-

cled him. Managing to regain his breath, Karubi sat up, staring up at Attar and looking the gorilla right in the eye.

Attar curled his lip. "Why do you not tremble before me?"

Karubi hesitated a moment and then smiled, remembering what Leo had told him. "I'm done being scared."

Attar frowned. This man seemed noble and dignified—Attar was not used to seeing this in humans. This human seemed enlivened by his defiance. He seemed . . . enlightened. Attar found himself envying that.

Attar looked up to see General Thade approach on horseback, his golden armor shimmering. Casually, Thade raised his arm. Attar caught only the briefest gleam of steel in the moonlight before Thade's sword came down and struck Karubi's head without a sound. Karubi fell with a thud. But Thade just studied Attar, trying to understand his lieutenant's hesitance.

Finally, he demanded, "Where are the other humans?"

Attar motioned up the street. "This way. They can't have gone far."

But when the two officers and their soldiers finished searching the street, they found no sign of the other escapees.

"They've disappeared," Attar said at last.

Thade seemed to agree. "Ring the city. Block every gate. When you find them, kill them all. But keep the troublemaker alive. I must talk to him before he dies."

Attar nodded, but did not move. He had something

else to say, something he did not wish to say.

"There is one other thing, sir," he said.

"What?"

"The . . . the senator's daughter. She was with them."

Thade's face froze into a mask of anger. "They took her?"

Attar thumped his chest nervously. "They . . . she was helping them, sir. I saw her myself."

Thade took a step back. Then he quickly turned Attar's statement to his own purposes.

"She had no choice," the general declared. "She was terrified. They threatened her life." Thade nodded, as though by convincing himself he had automatically convinced everyone around him. "I will report the matter to the senate myself." The gorilla warrior held up a gloved fist. "They'll beat their chests and beg for my help."

Attar nodded. "They are weak without you, sir."

Thade peered into the night. "Has she taken the old silverback with her?"

Attar had seen Krull before he'd ducked into the shadows. He knew the form of Krull well. "Yes, sir."

Thade turned a penetrating gaze back on Attar. There was history between Krull and Attar, long history. It meant little to Thade . . . unless it got in the way of his plans. "I trust," he said meaningfully, "that that will not be a problem?"

Attar straightened up. He hesitated for the slightest of moments. Then he forced the words through his teeth. "No, sir. As of now he is a criminal."

CHAPTER THIRTEEN

A house protecting the spring stood lonely and still in the darkness. Suddenly, something powerful struck the inside of the door, rattling the entire house. A second blow smashed the door to pieces.

Out stepped Krull, his old body still more than a match for the old door. Behind him came Ari, and then the humans. Leo walked a few paces out of the springhouse and then bent over, hands on his knees, gasping for breath. They'd run through the dark, near an airless tunnel leading to the house for what must have been an hour before they reached a set of stone steps that led up to the well.

None of them had had a chance to speak during the run—nor to think. But now, with the moon set for the night, they rested in the fields beyond the city walls.

Daena, who had held herself in check during their flight, now burst into silent sobs. No sound came from her, but her shoulders shook as she choked back her tears.

Ari walked over to her and put a hand on her shoulder.

"I . . . I am sorry. Your father was a brave man."

All the years of oppression and the indignities she'd suffered came rushing back in an instant. "You don't know anything about my father!" Daena screamed.

The human woman leaped for Ari, her hands outstretched. Ari stepped back, but Daena kept coming. The female ape bared her canines and slapped the human to the ground forcefully.

By that time Krull had stepped between them, looming over Daena like a mountain, and the other humans had gotten hold of Daena.

But Daena would have none of it. "Let . . . me . . . go!" she said, twisting free of Leo's grasp. She took off toward the trees.

"We have to go after her," Leo said.

"We have to be smart," Krull said. "Or it won't matter whether you catch up to your woman or not. Thade will be after us."

Leo followed Daena with his gaze, but then wrenched his thoughts back to even more pressing matters. He looked at the springhouse with its shattered door. "Will someone think of this way out of the city?"

Ari nodded. "They'll have to, when they realize we're gone. Someone will think of it. They'll follow the tunnel."

"No," Krull said. He strode over to a boulder nearly as tall as he was and began to push it toward the springhouse. Strain showed on his face, but the rock moved steadily until it blocked the doorway.

"Let's go," the gorilla said.

They raced after Daena.

Leo jogged next to Ari. "Krull . . . he's no servant."

Ari kept her eyes on the trees ahead. "Krull was a general. And a good one. But he opposed Thade, and Thade ruined his career. My father took him in."

"I'm glad he's on our side," Leo said truthfully.

As they reached the line of trees, a pair of yellow eyes peered out of a crack left by the boulder. Then a pair of strong hands began to push against the rock.

They caught up to Daena easily enough. Although she would not look at or speak to Ari, her only friends were Gunnar and Birn, and so she waited for them.

Too tired and too preoccupied with their private thoughts, they traveled in dark silence for hours.

Finally the sun began to lift over some distant hills, and the forest was filled with a pale light.

"Yeah, here it is," Leo said suddenly. These were the first words anyone had spoken in some time.

He stopped and pointed up to the treetops above him—trees with broken tops, and midtrunks blackened by a passing fire.

Leo followed the burn path like it was a beacon, until he came to the edge of the bog.

"This is where I flew in," he said.

The others, apes and humans alike, looked confused and unnerved by all the damage.

Ari said, "You . . . you did all this?"

Leo nodded. "My retro-burners." He saw that the

words meant nothing to her, or to the others. He added, "They're part of my ship. They help me slow the ship as it comes down."

Daena was fascinated by Leo's explanation. "I don't understand," she said, touching a burnt tree trunk. "You . . . you flew down from the sky?"

Leo laughed. "Well, *fell* down is more like it."

Krull gave a low growl that sounded very much like disbelief. Ari looked at her companion. "I'm sure he'll explain everything."

The former soldier grunted. "How can he explain what can't possibly be true."

Leo had had enough. "I'll tell you what can't exist," he said. "You. Talking monkeys. This whole place."

"He's insane," Krull said.

But Leo didn't care what anyone said. All that mattered was finding his pod, and finding a way out of this madness.

He walked to the water's edge and took a step in up to his ankles. Ari started to follow, but Krull held her back.

"What's wrong?" Leo asked.

Ari explained. "Apes cannot swim. We will drown in deep water."

Daena muttered, "That's why we pray for rain every day."

In the growing light, Leo spotted an oil slick. Without another word, Leo dived under the water.

It was cold and muddy. It wasn't deep, but it was cloudy, and Leo could just make out the outline of his pod, a white dome resting on the bottom of the bog.

On shore, the apes and humans began to shift nervously. Without Leo, they felt a bit lost.

"How long can a human hold his breath beneath the water?" Ari interrupted their thoughts.

Daena was not one to put up with anticipation for long. She dived in after Leo. After a few seconds, she, too, saw the strange pod. She stared in astonishment. She kicked her feet and reached out, touching the side of the pod, her fingers tracing the letters USAF without knowing what they meant.

Just then Leo came out of the pod carrying a metallic box. Leo felt something touch his leg and he recoiled, only to realize that it was Daena. He nodded to her, but her eyes were no longer on him. He turned to look in the direction her eyes were bulging.

A gorilla soldier stared back at him.

Leo started in fear, but the gorilla's face was frozen in a look of utter surprise, its eyes open and unblinking, its mouth open, too, and no bubbles coming out. There was another ape beside that one, and he was as dead as the first. They both floated in the water, but were weighted down by something. It gave them the odd appearance of standing on the bottom of the bog.

Leo slipped past the dead apes and pulled Daena after him. By this time Leo's lungs were burning, and he pushed up to the surface with Daena beside him. He swam until his feet touched the muddy bottom. Then he waded to shore, his clothes now heavy with water. The apes and humans stood dumbfounded, watching him, not knowing what to do as he knelt down.

"So you don't go near the water, eh?" he asked.

Ari shook her head.

"Then why," he asked, "are there two monkeys down there at the bottom of the bog?"

Everyone reacted in surprise, but it was Krull who raced first to the conclusion. "Someone else knows about you. And wanted it kept quiet."

Leo opened the box he'd taken out of his pod and pulled out a device smaller than a laptop computer. He flipped it open and began to power it up. He thanked the engineers who'd packed the emergi-kit to survive even a full-force crash landing.

Birn, unable to contain his curiousity, peeked into the metal box and began to pull out other items. He found a compass, flares, a medi-kit, and field rations in small metal bags. None of them made sense to him.

The small laptop gave a loud squawk. Humans and apes alike jumped.

"What is that?" Ari asked.

Leo began to tune the device. "It's called a Messenger. It keeps an open frequency with my ship so I can talk to them."

Ari came a bit closer, sniffed, and stared at the machine. "It . . . talks?"

"With radio waves," Leo said absentmindedly. He

waved at the air around him. "Radio waves. Invisible energy that floats all around us."

Krull leaned in protectively against Ari. "This is sorcery."

"Not sorcery, science," Leo said. "I just have to monkey with it a little. 'Scuse the expression."

Krull would have protested further, but the Messenger suddenly bleeped loudly. Leo didn't know whether to be surprised or delighted. "Contact." He studied the screen, and his expression became one of pure joy. "Jesus, they're already here."

CHAPTER FOURTEEN

Leo checked the readouts and even ran a diagnostic on the Messenger. No doubt about it. A signal was bouncing back to him, and from the frequency, it wasn't far away.

"Your . . . others like you, are here?" Daena asked. "Other humans like you?"

Leo nodded.

Ari scratched her head. "It's time you told us the truth. Who are you?"

Leo nodded, finally feeling that he was getting a handle on the situation that, a day ago, had spiraled into sheer madness. He said, "I am Captain Leo Davidson, of the United States *Oberon*. I come from a galaxy called the Milky Way. A planet in our star system called Earth."

Birn, who hadn't spoken at all since Leo had met him, said, "Is that far?"

Leo didn't know the answer, really. But he said, "Past any star you can see at night."

They all looked up. No stars were visible in daylight, of course, but each one of them tried to comprehend a distance that was past the blue sky, and past the sun.

"Your apes," Tival said, "they let you fly?"

Leo laughed at the sheer lunacy of his situation—a human asking him if monkeys gave him permission to do anything. He said, "Our apes live in zoos. They do what *we* tell *them.*"

He ignored Ari's startled and offended reaction. He snapped the Messenger closed and said, "I'd call this hostile territory. So that means I've got thirty-six hours to rendezvous with my people. Then I get out of here and this nightmare is over."

Gunnar stared at him. "What happens to us? Where do we go?"

In that instant, a piece of the forest seemed to drop from the trees and land heavily on Gunnar. The human went down hard. The thing that had landed on him rose up, and the escapees found themselves staring at Limbo the slave trader. He had followed them through the tunnel to the spring house outside of the city. "You're not going anywhere," he said. "Several of you are still my property."

Gunnar struggled, but Limbo held him down with his foot. He slapped the human across the face. Heavy shackles appeared in his hand, and he managed to snap them around Gunnar's legs.

Birn bolted for the forest. But in the next instant his feet left the ground and he was hauled up into the branches by two of Limbo's handlers. Limbo laughed and strode over to Birn, holding another pair of shackles.

Leo watched it all calmly. He felt a little more like himself again. Finding the pod, and finding the emer-

gency kit, had reminded him of who
he was, despite the warped reality
into which he'd fallen. He
reached into the emergency kit
and pulled out a standard issue
sidearm. He released the
safety. Leo would never
point it at anyone,
but he took aim at
a tree branch near
the slaver's head
and pulled the
trigger.

The *crack* of the
bullet was a sound none of the others had ever heard in
their lives. The branch by Limbo's head shattered. All of
them dived for the ground, cowering. The two handlers
dropped from the trees, beating their chests and
backpedaling. Then they broke into a run and vanished
into the forest.

Limbo stood as still as a stone, utterly terrified. Leo
said calmly, "You saw what it did to the tree."

Limbo nodded. He dropped the shackles and helped
Birn to his feet. "No harm done."

Leo said, "Play dead."

Limbo fell to his knees and put his hands up.

Daena had recovered from her own shock. Like
Limbo, she didn't know what the weapon was, but she
understood its power. "Kill him!" she said to Leo.

"Slave trader!" Gunnar yelled as he kicked Limbo. The ape fell over with a groan.

Ari had been watching in silence, but her empathy got the best of her. "If you kill him you'll only lower yourself to his level." Her eyes were pleading, and Leo was struck by just how human she could look.

Limbo grunted and stood up slowly, rubbing his ribs where he'd been kicked. "Exactly," he said. "She's extremely smart. You know I've heard her talking. Apes and humans, maybe there's something there." He took a few steps toward Leo, his toes curling in the dirt, as he continued to talk.

"Separate but equal . . . to each his own. It's a theory. It could work . . . "

He took a step closer and raised his hands.

Leo smirked at him and fired into the ground at Limbo's feet. The slaver jumped back in sheer terror. "Learn a new trick," Leo said.

Leo ordered Limbo to remove Gunnar's shackles, which the slaver did quickly. "Well," Limbo said, "I'm probably just in the way here, so I'll just get going."

Daena shook her head. "He'll lead them to us."

Leo agreed. "We'll make him our guest. Gunnar? Birn?"

The two human males took the shackles and hooked them onto Limbo. Suddenly the gun was snatched out of Leo's hands. He looked up to see Krull in the tree above him, now holding the weapon. The big ape dropped lightly to the ground.

"What the hell are you doing?" Leo demanded.

Krull hefted the weapon awkwardly. "You can turn this on me. I can't allow it."

Before Leo could stop him, Krull smashed the gun against a rock. It broke into several pieces.

"No!" Leo yelled.

Ari looked at Leo disapprovingly. "Who would invent such a horrible device?"

Leo was furious. In a single blow, his advantage over the apes had been reduced to scrap. "That device was going to keep me alive!"

"We're better off without it," Ari said.

Daena looked at Ari with undisguised hatred. "There is no *we* here."

Ari, her aristocratic sensibilities offended, wrinkled her nose. "Why are you being so difficult?"

Daena scoffed. "You mean, why aren't I acting like a slave?"

"That's not what I meant."

"Shut up!" Leo said. He'd had enough of all of them. "That goes for all species!"

Ari and Daena backed away from one another, with Daena sidling toward Leo. Her eyes shot daggers at the female ape. "You can't trust them," she said.

Leo shrugged. "You know who I trust? Myself."

"An admirable quality," Limbo said. "I find that works when all other—"

"You shut up, too," Leo growled. He picked up his Messenger and started off.

CHAPTER FIFTEEN

Gorilla soldiers stood in pairs on every street corner. Platoons of soldiers marched down the main thoroughfares. And not a single citizen complained, because last night a pack of humans had escaped, and (if rumors were true) they had kidnapped a member of one of the city's finest families.

General Thade had gone himself to Sandar's house to deliver the terrible news. Sandar had been nearly broken by it. Despite his disapproval of her activities, it was obvious that the old ape loved his daughter. To lose her to humans—the very creatures she sought to protect—was a devastating blow.

Thade had delivered his report with professional efficiency and then invited the senator to walk the city with him.

"If I ever thought that those . . . those creatures were capable of kidnapping my daughter . . . ," he mumbled for the fifth time since they'd begun their tour of the city.

Thade, walking tall and strong beside him, said firmly, "Don't blame yourself, senator. Your family above all tried to be compassionate to the humans . . . and look how they repaid you."

Sandar felt frail and weak. He felt old. He felt as though time had passed him by. Thade, on the other hand, appeared to be a pillar of strength. Capable. "General," Sandar said quietly. "Can you find my daughter?"

Thade stopped walking. He had known this moment would come. He had planned for it. He said, "If you untie my hands."

"What do you want?" the senator asked.

"Declare martial law," Thade said immediately. "Give me the absolute power to rid our planet of humans once and for all."

Sandar took a step back. The pillar of strength seemed to loom over him now. "I don't know—"

"Now is not the time to be timid and indecisive," Thade stated firmly. "I am the only one who can bring your daughter back to you . . . alive."

Thade waited. He studied Sandar.

The senator hesitated a moment. Then, as if frightened of his own actions, he gave the slightest nod of agreement, turned, and hurried away.

Thade watched him go. It was done. He would have his martial law. He would be the absolute authority on the planet.

Attar appeared at his side. He gave a salute and then said, "They are not within the city walls."

Thade rubbed his furred chin. "Hm. We underestimate this human. I will hunt him down myself."

Thade started away, but Attar said, "Sir, there is something else."

"Quickly, then."

"It's your father, sir."

Thade stiffened. "What?"

"He has sent word for you. You are to go. Quickly, they said."

Thade understood the meaning. He gave orders tersely. "Alert our outposts. Make sure the human does not pass."

Attar nodded. "I understand."

Thade caught his gaze and held it fiercely. "Except for my father, you're the one I depend on most. We are not just soldiers . . . we are friends, Attar. I'm depending on you."

It was a hard ride, but Thade did not feel a step of it. All that mattered was getting to his father's side before the end.

By nightfall he had reached the forest home of his father's retirement. It was a quiet place, a restful place. No place for anyone of their line, gorillas who had led armies for generations.

Thade's father's former profession did not match the vision of the poor, frail, gray ape that lay shriveled in a bed in this quiet country estate. But this, too, was his father, and as much as Thade wanted to turn away, he would not dishonor the ape who had taught him to be a soldier.

Thade knelt beside his father's bed. A single candle

burned in the room, keeping watch over the dying old soldier. The old ape's eyes were closed. The general reached out and gently traced the wrinkled line of that face.

"Father," he said softly.

His father opened his eyes and smiled weakly. "They said you would come tomorrow. I told them it would be sooner."

"Father, how are you—?"

"I don't have much time," the old ape rasped. "I . . . I've heard news." This did not surprise Thade. His father's network of spies had been the best in apedom in his prime, and was dependable right to the end. "Tell me about this human who troubles you."

Thade said, "He will be captured soon . . . and little trouble."

The old ape stared at him. "You're not telling me everything," the old ape said. "You believe he's not born of this world."

Thade was utterly stunned. "How can you know this—?"

"Has he come alone?"

"Yes," Thade replied, still dumbfounded.

"More will come looking for him," his father said definitively. Breath seemed to come slowly to his lungs.

"How?" Thade stammered. "How can you possibly know?"

His father took a deep breath, gathering strength. "I

have something to tell you before I die. Something my father told me . . . and his father told him . . . back across our bloodline to Semos himself." The old ape put a hand on his son's arm. "In the time before time . . . we were the slaves and the humans were our masters."

Thade snorted despite himself. "Impossible."

The old general raised one skeletal hand, pointing to an urn on the bedside table. "Break it."

Thade scooped up the urn and smashed it against the wall. Something hard and heavy clattered to the ground—a handgun. Thade picked it up.

"What you hold in your hand," his father said, panting, "is proof of their power. Their power of invention. Their power of technology. Against which our strength means nothing."

Thade hefted the gun. It had an interesting weight about it. But there was no blade, and it was far too short for a club.

"It has the force of a thousand spears," his father said.

Thade shrugged. "Then I shall summon ten thousand against it."

His father nodded approvingly. "I warn you . . . their ingenuity goes hand in hand with their cruelty. No creature is as devious or violent. Find this human quickly. Do not let him reach Calima."

Calima. It was a name rarely spoken. "The ancient ruins?" Thade said. "Why would he even go there? No one goes there. It's forbidden. There's nothing there but some old cave paintings."

His father closed his eyes, but said, "Calima holds the secret of our true beginning."

"I will stop him, Father," the general vowed.

His father drifted back to consciousness for a moment. "This human has already infected the others with his ideas." The old ape gasped. "Damn them all . . ."

His hand dropped away from Thade's arm. His face settled suddenly into a relaxed pose, as though the pains of old age had been lifted. Thade frowned, whispered a prayer to Semos, and blew out the candle.

CHAPTER SIXTEEN

Beyond the bog stood a line of low-lying hills, some of them reaching almost to the height of mountains. The hike was not difficult, but the sun made the going hot. Daena, Gunnar, and Birn were best suited for the journey, and often seemed impatient with the others for slowing down.

Limbo complained for the first few miles, until Leo threatened to gag him with a tree branch. He was quiet after that.

Tival looked exhausted before an hour had passed. Ari was determined not to look like the pampered ape she was, and kept steadily in the middle of their small group.

Krull simply endured.

Around noon they stopped for a brief water break, and Leo found Ari next to him, offering a canteen she and Krull had brought. He closed his eyes and took a swig, feeling the cool water wash dust down his throat. When he opened his eyes, Ari was still staring at him, her eyes so soft that it made him uncomfortable. After a moment, she broke contact and offered the canteen to Daena. The woman brushed it aside.

As they started walking again, Ari kept pace with Leo and said, "I have so many questions I want to ask."

Leo laughed to himself. "Get in line."

"What are these . . . *zoos* you speak of?" Ari asked. "I don't know that word."

Leo smiled. "Zoos are where you'll find our last few apes."

Krull grunted. "What happened to the rest of them?"

Leo wasn't sure how they'd react. "Gone. After we cut down their forests. The ones that survived we locked in cages for our amusement . . . or use in scientific experiments."

Krull said nothing, but Ari reacted with outright shock. "That's . . . horrible!"

Leo nodded. "We do worse to our own kind."

"I don't understand. You seem to possess such great intelligence."

"Yeah, we're pretty smart. And the smarter we get, the more dangerous our world becomes."

He said it because he believed it, but he also said it to break the connection she was trying to establish with him. Her eyes kept probing him, trying to open him up in some way, and even his harshest description did nothing to stop her. "You're sensitive," she said. "That's an uncommon trait in a male."

Krull had no patience for sensitivity or personal observations. He growled, "Why don't your apes object to the way you treat them?"

"Our apes can't talk."

Ari was surprised at this, too. "Maybe they choose not to, given the way you treat them."

Limbo, who hadn't spoken in some time, snorted. "Apes in cages. Right."

"Sounds like paradise to me," Daena replied.

The hills before them rose up to a steep slope, and humans and apes alike found themselves using hands and feet to scramble upward. Birn reached up for a ledge and hauled himself higher, his hand grasping on to some sort of handle.

He looked up to see what it was and found himself staring into the scowling face of an angry ape.

"Aiiyeee!" he screamed. He let go and tumbled backward, pinwheeling downhill until someone wrapped him in their arms and held him up. It was Leo. Calmly, the star captain pointed back up the hill. "Relax, they're not real."

A line of apes stood along the ridge of the hill, but they were effigies—"scarecrow" apes—nearly twice the size of Krull guarding the land beyond the hills against invaders.

Daena looked at the figures with a mixture of hatred

and fear. "The apes put those anywhere they don't want humans to go. Crossing that line means certain death."

Leo nodded upward. "What's so important on the other side of this hill?"

Krull said, "It leads to the ancient ruins at Calima."

"Calima?"

Ari explained. "Our ancient writings say Creation began at Calima. There, the Almighty breathed life into Semos, the First Ape, in the time before time."

Krull finished, "There it is said Semos will return to us one day."

Ari sniffed. "Of course, most educated apes consider such religious notions to be fairy tales. They are metaphors we use to explain our origins. I doubt there ever really was a Semos."

Leo started up the steepest part of the hill and casually passed in the shadow of the effigies. The other apes followed, with Krull prodding Limbo along.

Birn gathered his courage before anyone else did. He leaped across like a man jumping out of a frying pan and into fire. Gunnar followed, and then Daena. All three of them smiled.

The boldness of their act carried them up the rest of the slope. By late afternoon they had reached the peak. Leo took the group's first step over the final ridge and looked down on the other side. His heart sank.

Stretched out before him, as far as the eye could see,

were tents. He was looking down on a war camp of the apes.

The ape battalion had set up camp in the only likely crossing point in that region of the country. On either side, the hills rose up into even steeper mountain country. The only safe way through lay in a narrow valley carved out by a river.

The ape encampment stood on the near side of the river. Between the apes and the slope where the escapees lay hidden was a pen. Inside stood a small herd of horses.

From behind a tumble of rocks, Daena watched the horses in fear. "Monsters," she whispered.

"What are you talking about?" Leo asked.

Gunnar, beside him, pointed down at the herd. "I've heard they're possessed by the spirits of great ape generals."

"I've heard they eat human flesh," Birn said.

Leo rolled his eyes. These humans were more brainwashed than he could ever have imagined. "They're just horses. They'll do whatever you tell them to do," he explained impatiently.

Gunnar shook his head. "We should cross the river another way. Over the mountains."

Leo glanced up at the slopes to the right and left. Any detour would add days to their march. And if the Messenger's signal was accurate, he had one more day to reach his destination.

"I've got no time for that," he said. "We'll go through them."

Limbo, who'd taken as much abuse from this human as he could stand, hissed, "And where should we bury your remains?"

But Leo was already gone.

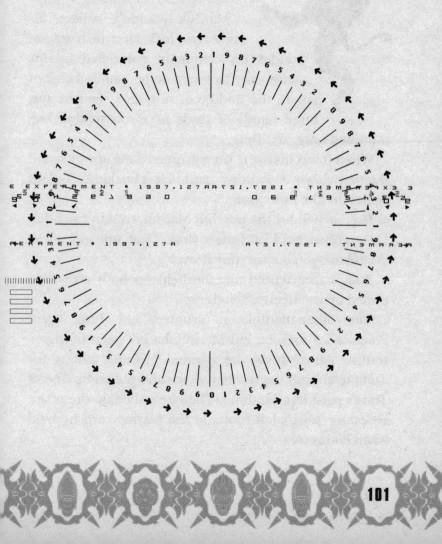

CHAPTER SEVENTEEN

Marduk couldn't believe his run of bad luck. First the battalion under his command got called up for active duty to guard some Semos-forsaken pass in the middle of nowhere; then he lost three hands of cards in a row to that big-mouthed braggart, Tuug.

When it was his turn, Tuug grinned a big ape grin and slapped down a winning card. He chuckled. "Semos smiles on me. I win again."

He reached for the pot, but Marduk couldn't stand it. He grabbed hold of Tuug's wrist. "You win too often. What have you got up your sleeve?"

Tuug's face tensed and he held up both arms and pulled up the sleeves. "Nothing."

The other cardplayers grunted and Tuug again reached for the pot, but Marduk hadn't been born yesterday. "All of them," he growled. Without waiting for Tuug to comply, he reached down and pulled up one of Tuug's pant legs. Nothing. Then he pulled up the other, revealing Tuug's left foot and the playing card he held between his toes.

"Cheater!" Marduk yelled. He jumped up and shoved Tuug backwards.

Tuug rolled over in the dust, roaring in anger. Commander or not, no one shoved him like that. He jumped to his feet, ready to do battle.

The sound of a galloping horse stopped him and the commander in their tracks. A rider stormed into their midst, leaping off his horse in midstride and landing among them as gracefully as a dancer but as solid as a rock. Marduk recognized him instantly as Attar, General Thade's right hand.

"Who is in charge here?"

Marduk straightened up. "I am, sir. They . . . they didn't tell me you were coming."

Attar scowled at him, delivering a look that indicated it shouldn't make a difference whether he was announced or not. "This camp is a disgrace."

Marduk gulped. Not a social visit.

Attar continued. "Some humans have escaped."

The battalion commander was relieved. Was that all? "If they come this way, we'll crush them."

"These humans are different. They travel with apes."

Tuug and the other started to laugh at the impossibility of the statement, but Attar cut them off. "You find this amusing?"

"N-no, sir!" Marduk nearly shrieked.

"I'm assuming command," Attar said. "I will personally make sure this camp is prepared. If anyone enters this valley, I want to know about it!"

The roar of Attar's voice could be heard almost all the way to the horse pens, where Leo was at that moment slipping between the slats of the corral and jumping easily onto the back of a dull brown stallion. When he tugged at the stallion's mane it turned on command. He grinned at his companions. "Who's next?"

No one moved. Leo frowned. "Then I guess we're saying good-bye here."

At his mild threat, Ari took a hesitant step forward.

"Wait!" Daena protested, pointing out to the river in the darkness. "You can't go. You're afraid of water."

Ari scoffed. "Well, you can't go, you're afraid of horses."

Leo trotted his horse forward and pointed at Daena. "You want to ride? Grab a fistful of mane and hold on."

He looked at Ari. "You want to cross the river? Horses are great swimmers. They'll carry you across."

Krull, as always silent until necessary, said, "You're assuming the soldiers won't tear you to pieces. I've just seen Thade's greatest warrior ride into the camp."

Leo studied Krull for a moment. "Sounds like he scares you."

Krull said, without ego, "I trained him myself. He should scare *you*."

Limbo rattled the chains around his hands and foot. "Well, good luck everyone, have a pleasant ride. Obviously, I can't go. So if you don't mind—?"

Leo surprised all of them by producing the key to Limbo's chains and unlocking them.

Daena appeared furious. "You're letting him go?"

"No," Leo said. "But he can't wear the chains if he's riding with us."

Limbo laughed. "There is no way . . ."

"Of course there is," Ari said. "You will ride with us. And if you try to get away, I'll tell Thade that we bribed you to help us escape from the city."

Limbo put a brave face forward. "I'll deny it."

"A very large bribe," Krull added dryly.

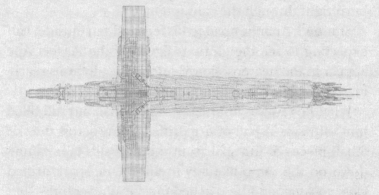

Limbo choked. "Of all the—one or two little indiscretions in my past, and they come back to haunt me!" He spat, "The whole thing's suicide! Ride through an army encampment? Only a human would think this could work."

Leo flashed a smile. He reached into the Messenger box and pulled out a device that look like the sidearm that had been destroyed. But this one was fitted on the end with a flare. "Attitude," he boasted, "is the first human freedom."

• • •

Attar had hours of work left ahead of him, but even duty was put aside to attend to his prayers. He knelt down on a woven tapestry in front of an icon of Semos. He bowed his head and began to pray. As always, he asked for the strength to be a better ape. He asked also for Semos to grant his wish to be among the first to bathe in the glory of the divine's light.

Attar opened his eyes, startled to find himself surrounded by unearthly light—light so bright it seemed to burn right through the canvas tent.

Stunned, Attar jumped to his feet and ran outside, half expecting to see the glorious figure of the Perfect Ape appear in the heavens, slowly descending, its arms reaching out for him.

What he saw was not nearly as personal, but still filled him with awe. A ball of fire drifted slowly across the sky. Small pieces of fire spat from the fireball's tail, wafting down on the camp like lazy fireflies. One spark drifted close to Attar, and he reached out for it reverently—but the spark vanished as it fell into his hand.

When his sharp ears heard the distant sound of thunder, he thought first of the ancient prophets who had foretold of Semos's return, predicting he would reappear to the sound of trumpets mightier than thunder.

Soldiers milled about all around Attar, but suddenly his military mind knew something was wrong. This thunder was the sound of horse hooves.

"Stampede!" he bellowed.

Even as he spoke the battalion's entire herd of horses came down the main avenue of the camp, scores of pounding hooves tearing up the soil near the riverbank. Soldiers scattered before them. Attar dived to one side as the first few horses charged past him. Rising to his feet, the ape soldier caught a glimpse of a human on a horse's back, and instantly knew that he had been fooled.

The soldiers were slow to react, but once they understood what had happened, they charged the stampeding horses with a vengeance.

Surprisingly, one of the horses veered toward the nearest group of soldiers. Attar recognized the ape as Limbo the slave trader.

"Help!" Limbo was calling. "Help! Don't hurt me. I'm on your side!"

Attar waved the soldiers on. Whether Limbo was telling the truth or not, if he survived the whole event, he would only make it that much more complicated, and Attar liked things to be simple.

The soldiers dropped to one knee and pulled back mini-catapults. Seconds later, the catapults launched fireballs of their own, fist-size balls of flame that sizzled through the air. One of them singed the hair on Limbo's neck.

"Hey!" Limbo shrieked. Instinctively, he pulled tightly at his horse's mane. The steed stood on two legs for a moment, then came to an abrupt halt.

"Move, you four-legged freak!" he cursed.

A soldier lowered a spear and charged at Limbo.

Leo saw the soldier and veered around, galloping past Limbo and slapping the ape's horse on the back. The horse reared and started forward again just as the soldier arrived, stabbing at the empty air.

Not slowing a bit, Leo raced by a watch fire and leaned over, snatching a firebrand from the edge of the flames. Then he hurled it into the nearest tent. By the time he'd wheeled around, the tent was already ablaze, and seconds later the neighboring pavilions had been lit by sparks, as well. In moments the camp was burning.

The horses reached the water and, hurtling in a mindless rush, plunged in. In the middle of the pack, the horses ridden by the humans and apes did not hesitate either. Tival, Birn, and Gunnar were across first, with Krull close behind and Limbo and Daena following. Leo was urging his horse to catch up with them now, but he looked back, realizing that Ari had fallen behind.

He could see her slowing her horse down as the river approached, the water lit up by the still-hanging flare.

"Come on!" he shouted.

Ari didn't answer.

Beyond her, Leo could see an ape soldier approaching, and by the broad shoulders and angry gait he could tell that it was Attar.

"Hurry!" he yelled, but still Ari hesitated. She was absolutely terrified of the water. Finally, her knuckles gripping the horse's mane until they were nearly white, she kicked the horse forward.

But at that moment Attar came within range. He raised his right arm and began to swing a bola around. The whir of its three weights began a high whistle, and then he released it. His marksmanship was perfect. The bola wrapped itself around the legs of Ari's horse, and the beast went down, sending the female ape sprawling into the sand.

From the far bank, Krull saw his young ward fall. He let out a roar of pure rage and frustration loud enough to shatter rocks.

On the near bank, Attar stopped, recognizing the sound of that voice.

That hesitation saved Ari's life. While Attar stood frozen, she scrambled to her feet and ran for a steep rock shelf at the river's edge. With nowhere else to go, she began to climb. Suddenly, Leo appeared at her side, leaping from the back of his horse to cling to the rocks just below her. He climbed after her for a moment, until they were twenty feet up, with the river bubbling below them.

"Ari!" Leo urged. "You have to swim."

Ari looked down at the water. It was terrifying to her, as deadly as quicksand.

"I can't!"

Leo spared a glance back and down. The warrior ape was moving with terrifying speed toward them.

Leo grabbed Ari's hand. "I won't let you go. I promise!"

Before she could protest, he jumped off of the side of the rocks, pulling her behind him.

• • •

On the far shore, Krull and the others watched helplessly as the ape and the human vanished beneath the
water's surface. Attar's soldiers reached the riverbank
and began to launch fireballs into the water, but the mis-
siles fizzled harmlessly on the surface.

While Krull watched the water anxiously, the humans
grabbed the shackles they'd carried and approached
Limbo again. But the slave trader, who had been licking
the burn on his shoulder, looked up at them with an
expression of sincere resentment on his face. "No, wait.
There's no need for those now."

"Says who?" grunted Gunnar.

Limbo pointed to the burn mark on his fur. "Says
them! They tried to kill me . . . like I was nothing but a
miserable—" He caught himself.

Daena sneered. "Like what? Like a miserable human?"

The ape trembled—for once, his bravado and his gift
for gab failing him. He said simply, "Please. I have
nowhere else to go."

To everyone's surprise, Tival stepped in front of
Daena. He said, "Then you belong with us." He reached
out his hand and helped the ape to his feet.

Gunnar surveyed the scene—the apes on the far shore
shouting in frustration but unwilling to cross; Krull scanning the unbroken surface of the water but failing to find
any sign of Ari or Leo. Finally, he said, "We're the only
ones who made it. I say we should stick to our own kind."

Daena agreed in her heart. Although dealing with

Krull and Ari and Limbo on a more equal level had opened her to new possibilities, she had to think of herself and her friends first. She said to Krull, "It's no use. Nothing will ever change."

"Look!" Birn yelled.

Rising out of the dark river, silhouetted by fires throughout the camp, was Leo. Clinging to his back was Ari. It was a shock to them all—a human rescuing an ape, an ape clinging to a human for support and comfort. It was a thing never before seen in the history of their world.

Leo staggered up onto the shore and then set Ari down, nearly collapsing from the effort. Krull rushed forward and gathered Ari into his huge arms, searching her for injuries.

Daena pushed past Birn and Gunnar to Leo, who was soaked through and shivering. He bore deep cuts on his shoulders.

"She hurt you," Daena said, touching the wounds.

Leo winced. "She was holding on pretty tight."

Daena carefully gathered a clump of leaves from the ground. She dipped them in river water and then slapped the matted leaves onto his cuts.

"I'm sure she was," Daena said. "I've seen how she looks at you."

At first Leo didn't understand her meaning; then he reacted with a start. "She's a *chimpanzee!*"

"A female chimpanzee."

Leo shuddered at the image Daena's words conjured.

Then he felt a sting from his wounds. "Ow. Ow! Is this stuff supposed to be helping?"

"These are goma leaves," Daena said, as though that explained everything.

"I don't care if they're potpourri," Leo said sharply. "They sure don't feel like they're doing me any good."

Daena pressed the leaves deeper into his wounds. "First your body will tingle, then you'll feel very dizzy . . . and then . . ." she said seriously, ". . . if you don't start growing fur, you'll be healed."

Leo started to react, but then finally caught the mischievous gleam in her eye. Daena broke into a full grin and laughed.

"Thanks a lot," Leo said. "I've seen plenty of unbelievable stuff today. The last thing I need is sarcasm." But he laughed, too.

Ari seemed to grow tense watching the intimate moment between the two humans. She bounded toward them. "The apes," she said, "will head downriver until they find a crossing. We should keep moving."

As the escapees set out into the night, they were watched by two pairs of eyes. But they were not the eyes of apes.

CHAPTER EIGHTEEN

Attar walked down the main corridor of the army headquarters.

He had returned to the city as soon as the sun had risen, to inform General Thade of his failure and the escape of the humans. He had ridden hard to bring the news, and he fully expected that every step of his galloping horse sped him nearer to his own execution.

As he approached Thade's office, the general stepped out and brushed past Attar, a grim look on his face. Attar whirled around and fell into step.

Thade said simply, "Where is he?"

Attar felt no need to mince words. "They crossed the river."

"You didn't stop them," the general growled. It was more a statement than a question.

"They were carried by horses."

General Thade stopped and turned to stare at his right-hand ape. His nostrils flared. "Horses?"

"Our horses, sir," Attar admitted.

The change that came over the general was as startling as it was sudden. One moment Thade was standing there with that cold, calculating look on his face. The next he was bouncing off the walls, shouting at the top of his lungs, tearing away tapestries, beating his chest in absolute anger. In a great leap he jumped up and grabbed hold of the chain that suspended a chandelier. He hung there, howling out his rage. As it swung beneath his weight, he drew his sword and slashed at it. The chain cut and the chandelier plummeted to the ground, shattering into a million splinters. Thade rode it to the ground. Then he rose out of the shards of glass and metal, once again fully civilized.

As quickly as it had come, his anger was gone. Thade looked at Attar and said, "Forgive me. I'm not angry at you, my friend. My father has been taken from me."

Thade wrapped Attar in his arms. Close as they were, it was the first time the general had given Attar that most familiar of ape sentiments, and Attar was both honored and startled by it. As Thade released him, Attar stammered, "He . . . he was a great leader. Your family are direct descendants of Semos. Now it is time for you to lead, General."

For a brief moment, Attar sensed some inner power in Thade, something of the blood of the divine Semos from whom he had sprung. But Thade did not speak the words of a messiah. Instead, he spoke the words of a general filled with his own ambition.

"Form the divisions," he said. "We are going to war."

CHAPTER NINETEEN

A mile or two from the river, the mountains gave way to more open plains. The escapees found a knoll where their campfire would be hidden from anyone on the flat land, and stopped to rest. The others settled around the fire and warmed themselves. Tival and Daena sat together. Gunnar and Birn slept. Krull, however, moved off into the shadows, his eyes scanning the terrain they'd already crossed.

Ari sat next to Leo, who watched Krull's back. "He'll stand like that all night," she said.

Leo nodded. "No question, he's army. I know the type."

Ari picked at bits of food. She offered some to Leo and then put a few small pieces into her mouth delicately. "Maybe we're more alike than you think." She looked up at the stars. "I'd like to see your world."

Leo shook his head definitively. "No, you wouldn't. They'd prod you and poke you and throw you in a cage, too."

"You'd protect me," she said confidently. She reached over and touched his arm.

Leo felt her hand on his, human and totally inhuman at the same time. Part of him recoiled at the intimacy in that contact, but another part appreciated her concern. What- 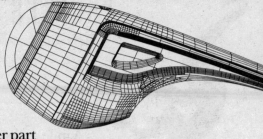 ever else she was, Ari was a thinking being, and she had developed an affection for him. And just maybe he had developed the same for her.

"You'd never be able to go home again," he warned.

She shrugged. "I can't go home now."

"I can't take you with me. You're right. We are alike. It's just as dangerous for you on my world as it is for me here."

Ari's voice trembled as she got to the heart of the mat- ter that filled her with sadness. "I think after tomorrow, when you find your friends . . . I'll never see you again."

Leo clenched his jaw. "I never promised anyone any- thing."

Ari glanced over at Birn, and Gunnar, lying asleep around the fire. "That's not what they think. They think you're going to save them."

Tival and Daena sat far enough away that they could not hear what the ape and human were saying, but they could certainly see how close Ari had sat next to Leo. Daena watched the delicate way Ari picked at her food.

She took a hunk of dried meat and began to strip it away gingerly.

Tival, who as a slave had survived by reading people's moods, said, "It's not the way she eats, it's the way she thinks that pleases him."

Daena dropped her food and walked off in annoyance. She didn't want Tival to see how jealous she was. She *certainly* didn't want Ari to see how jealous she was.

Her life had not been easy, but it had been simple. Stay alive. But now there was this strange man from the stars, suggesting that humans could be more than the tribesmen crawling across the face of the planet. His voice and face were the keys that unlocked a hidden part of herself—desires for real freedom and for love.

She hated the fact that he had more in common with that female ape than he did with her. So what if she had grown up in a real society? So what if she had learned manners? She wasn't human.

Daena heard a trickle of running water and walked toward it instinctively until she came to a small spring winding its way down from the hills. She reached down to scoop up a drink and, in the moonlight, caught sight of her own arm. It was streaked with dirt and mud. She knew that if there were enough light, she'd have seen her face reflected in the water, and it would have been just as filthy.

No matter how much her tribe resented apes and their civilization, the apes, at least, were clean. She wondered what it would be like to truly scrub a lifetime of dirt from her body.

She stepped into the cold water and promised that a new woman would emerge.

The next morning, Leo awoke with a start, nearly forgetting where he was. The sky above him was wide and blue, and before him stretched a plain of short grass reaching out to the horizon. The others were slowly rising, too. Only Krull seemed to be fully awake, and Leo knew that the old warrior had not slept at all.

As he rose, he caught sight of Daena rising, too. She stretched, reaching up toward the ceiling of blue. For the first time, he noticed just how lovely she was. She smiled at him, and was amazed to see her skin clear and bright.

Ari appeared at his side. "We should go."

They mounted the remaining horses, some of them riding double, and trotted for another mile before Leo pulled out the Messenger and opened it up. To his delight, the signal was stronger than ever.

"Calima is not far," Krull said. "Just over that rise."

"They must be there," Leo guessed. "Maybe they're using the ruins as a landmark."

Leo galloped up to a small mound before them. Beyond it, the plain stretched flatter than ever, most of it hidden by a thin haze. Leo could just make out ruins rising lonely and desolate up from the ground.

"Calima," Krull said simply.

Leo activated the Messenger again, and this time the signal blared eagerly. Leo's heart jumped. His rescue team was close!

Excited now, Leo kicked his horse into a gallop and thundered toward the ruins. Quickly, a set of jagged towers rose up before him, set at an odd angle against a hill.

At the base of the ruins, Leo dismounted and popped the Messenger open again. The signal had reached its strongest pitch. Leo looked around, half expecting to see a pod or a landing craft, or crew members walking around a corner.

But there was nothing to see.

The others rode up to Leo, who sat staring at the Messenger in disbelief. What had gone wrong? Could it be malfunctioning? Could the location be wrong?

It was Gunnar who finally voiced the thought that smashed against the inside of Leo's skull.

"They aren't here," the human said. He paused, the realization gathering into frustration. "They were never here!" he yelled.

Leo said nothing. Daena looked at him, doubt creeping into her voice. "But . . . you said they would come for you."

Leo stood up, recoiling from the Messenger. He had clung to that signal like a lifeline. The moment he'd heard it, his world had returned to normal. The message it carried had been a thread spinning backward into the warp and weave of his normal life.

And suddenly it had been cut.

The panic that had gripped him in his first hours on this planet returned, and he felt a primitive need to run. Not knowing what else to do, he bolted into the ruins and ran down the mouth of a long, dark cave. He ran. The sound of his own breathing echoed off the walls of the cave. He kicked something and tripped over it, falling to his knees. He looked down and saw something round and white sticking up from the floor of the tunnel. Curious, he scraped away the dirt and found himself looking down at a human skull half-buried in the dirt. He looked around and realized that the tunnel was littered with human remains.

Humans had been here.

But this was supposed to be the birthplace of the apes. Wasn't it?

Leo looked around. The shape of the walls bothered him. Or, rather, they looked familiar . . . and that bothered him.

Leo snatched up a human bone and walked over to one of the walls. He used the bone to scrape away the dirt wall. The soil crumbled away easily, and on his next scrape the bone tool scratched something metallic. Leo tore away more dirt with his bare hands.

As the dirt fell away, Leo found himself staring at a metal wall, and on that wall was the icon of the starship *Oberon*.

"Oh, no," Leo whispered. "No . . . no . . . no."

Leo held up the brand that the apes had burned into

him. The brand was a replica of *Oberon*'s insignia, only clipped and stylized.

The significance shook Leo to the core. He dropped to his knees, overcome by vertigo. If he had had breath in his lungs, he would have screamed. The tunnels, the walls, they were all familiar for a reason.

This was the *Oberon*.

CHAPTER TWENTY

Leo didn't know how long he sat there in the semidarkness of the tunnel. He was miserable. The ship that should be arriving to rescue him had somehow crashed here thousands of years before. That island of hope, the rock of rescue to which he'd clung, had sunk. It was now a ruin, the gutted tomb of his former crewmates.

Eventually, though, life roused him. He had been reduced to the same primitive level as the humans he'd met on this world, but like them, he resisted the urge to simply lie down among those old bones and die.

Leo staggered down the hall to a "cave" that was once a room. There were small caves set into the walls, and Leo knew immediately where he was. The Animal Living Quarters. Against one wall, Leo saw the remains of a sign that he had read either three days or thirty thousand years ago. It had once read: CAUTION: LIVE ANIMALS. But most of the letters had faded away, and only a few remained. CA LI MA.

Calima.

Leo staggered on.

Eventually, his feet carried him to a dead end. The wall before him looked like it was made of rock and dirt, but Leo knew that shatterproof glass lay somewhere beneath. With his bare hands, he chipped away at a section of dirt until he saw the hand scanner. On a whim, Leo blew dust off the scanner and pressed his hand against it.

For a moment, there was nothing. Then a sound whirred out of the scanner. The wall began to shake. Suddenly, it rolled back, shrugging off untold thousands of years of dust and muck.

Awestruck, delighted, and miserable all at once, Leo staggered onto the bridge of the *Oberon*.

Ari and Daena found him there, lost in thought. They moved hesitantly, as frightened by this place as Leo was warmed by it. They moved toward either side of him on the bridge, which possessed a light of its own.

Daena whispered, "What—what is it?"

Leo forced his mouth to move. "It—it's my ship."

Ari stood on Leo's other side. She said softly, "But these ruins are thousands of years old."

Leo shook his head. It was impossible. All of it was impossible. "I was here . . . just a few days ago."

Leo moved over to a control board—or rather, to a mound of earth that hid a control board. He dug away six inches of soil until the command keyboard appeared. Leo lit it up with a few touches. A date popped onto the panel-top screen.

5021.946

"Oh, my god," he breathed.

Leo worked the board. More lights went on all around the room. Ari and Daena watched as if in a dream.

Leo found the tracking lever and activated the scanner. On the small screen before him, he saw a graphic display of the current scan. The signal it displayed was the mate of the one picked up by his Messenger box.

"This is what my Messenger was picking up. The *Oberon*," he said to no one in particular.

But how could this all happen? What had brought the *Oberon* here? Leo had to know.

He moved to another section of the room and began to excavate, finally tearing away a chunk of rock to reveal a different command station.

"What are you doing now?" Ari asked.

Leo said, "I'm accessing the database. Every ship keeps a visual log—a way for them to tell their own story," he explained. "And maybe a way for me to find out what's happened to them."

"But it can't still work, can it?" Ari asked incredulously.

Leo shrugged. "This ship has a nuclear power source with a half-life of forever. In theory, all the operating systems should work."

Leo watched the board come to life and quickly summoned the data log.

The wall before them lit up, shocking and blinding everyone else in the room. This "cave" that had been dark for centuries was now bathed in bright light.

The screen sputtered and flared, not because it malfunctioned, but because the images in the log were disjointed or corrupted. The system automatically searched back for the next undamaged bit of information. It stopped, suddenly, and Leo found himself looking at Commander Vasich. But Vasich's face looked badly burned and scarred. Something bad had happened to the ship.

". . . *we were searching for a pilot,*" Vasich recorded into the log, "*lost in an electromagnetic storm . . . when we got too close, our guidance systems went down.*"

"You couldn't find me," Leo said, offering an explanation that was several thousand years too late, "because I'd been punched forward through time."

"*. . . we've received no communications since we crash-landed. This planet is uncharted and uninhabited. We're trying to make the best of it. The apes we brought along have been helpful. They're stronger and smarter than we ever imagined.*"

Ari shifted uncomfortably at the sound of this.

The image dropped away into static and garbled viuals. Leo scrolled forward, looking for the next uncorrupted data file.

The static was replaced by the image of Dr. Alexander—but not as the young woman Leo had known. Her hair was now silver and brittle, and her face looked careworn. There were noises in the background like the sound of heavy hands pounding on a door.

"*. . . the others have fled with the children to the mountains,*" she was saying. *"The apes are out of control. One male named Semos, who I raised myself, has taken over the pack. He's extremely brutal."* An especially loud boom made her hunch her shoulders, and her voice cracked, but she went on. *"We have some weapons but . . . I don't know how much longer we'll last."* Alexander glanced over her shoulder. A look of resignation settled over her. She was a woman who had just seen her own death and knew there was no escape. *"Maybe I saw the truth when they were young and wouldn't admit it. We taught them too well. They were apt pupils—"*

There was a sudden, disjointed blur, and four gorillas swept across the camera image. Dr. Alexander vanished without a sound. Then suddenly a large ape appeared directly in the camera lens and let out a massive roar. A hand covered the lens, and all images stopped.

CHAPTER TWENTY-ONE

Leo thought of the skull he had seen. It could have been Dr. Alexander's skull. Or the skull of her son or daughter, for all he knew.

"They're all dead because of me," he whispered aloud.

Ari put her hand on his again. "But we're all alive because of you."

Leo knew she was trying to make him feel better, but he glanced at her furred hand, and then at her, and he couldn't help thinking that the trade-off seemed miserably unfair.

He studied the readouts on the command console. "There's a little power left in one of the fuel rods," he observed.

Daena looked at him nervously. The words meant little to her, but the tone in his voice told her everything. "You're trying to find a way to leave us."

Leo swallowed hard. "I've been away from home for a thousand years."

He sat on the bridge of the *Oberon* for a long time. Decayed as it was, damaged as it was, it was still his closest link to home, and he did not want to leave. He spent some time checking and rechecking the ship's diagnostics, but the truth was there was little to be done. What was damaged was beyond his ability to repair, and what was undamaged was ready to be activated at a moment's notice.

Finally, Daena appeared at his side again. She put a warm hand on his shoulder. "Would you come out? There is something you should see."

Leo hesitated, but Daena said gently, "This place has stood here for a thousand years. It won't go anywhere in the next few minutes."

Leo nodded and stood. He followed Daena up the corridor and out into the afternoon sunlight.

The landscape had changed. Where before it had been barren, now it was filled with human figures. They came in all shapes, sizes, and colors, dressed in rags, most carrying homemade weapons. All of them carried packs on their backs. Women toted young children swaddled in animal skins; men bore long, sharpened sticks like spears. And all of them wore, on their faces, a look of undisguised wonder.

"Who are they all?" Leo asked.

Tival spoke up. "Your story is spreading through the villages. They all want to see this human who defies the apes."

Leo shook his head. "Send them back."

Daena shrugged. "Back where? They've left their homes to be with you."

A few humans had been following the escapees on their journey—observing their brave escapades and reporting back to the human population.

Leo took a step out of the shadows of the *Oberon*'s entrance. As he stepped fully into the sun, the crowd spotted him. Instantly, a cheer rose up. It was a sound not just of applause, but of defiance, as well. Not just of joy, but also of courage. The sound reverberated in his chest, but he didn't know what it meant.

Not knowing what else to do, Leo walked out among them. Old men and young children reached out to touch him. On this planet of slave and enslaver, anyone who broke the mold was big news.

Just then Bon, the slave woman, appeared before Leo. Ari stepped past him and embraced the woman gladly.

"You survived!" Ari said. "I knew you would. You were always a crafty one. But what about the little—?"

"Here," her former servant said. Ari knelt down and smiled at the young girl Daena had rescued. At first, the youngster ducked her head behind Bon's knee. But then, as Ari cooed at her, she peeked out and smiled a shy smile. It was enough.

Leo looked at Bon, the servant who had been afraid to step out of her cage. He said, "You've been spreading the word. Quite a change for you."

Bon shrugged. "I was in that cage for a long time. It just took me longer to get out."

The afternoon was spent telling and retelling the story that few of the humans could believe. All that mattered was that somewhere in the galaxy was a place where humans did not live in cages, where they had mastered technology far beyond even the abilities of the apes. As he repeated this over and over, Leo finally understood the meaning of the cheer that had filled him with such emotion. To them he wasn't a star captain, or a defiant human, or even a hero. To them he represented a sense of something lost that lingered only as a memory—a sense of pride in their own humanity.

A sentry's cry drifted toward him. It was soon picked up by others as hidden watchers alerted the night-time camp that a rider approached. Leo and the others stood as Birn rode up to their fire.

"I saw them!" he said breathlessly as he dismounted. "Apes on the march."

"How many?" Krull asked.

"As far as I could see," the young man replied.

Krull scowled. "Thade has brought all his legions. That means the senate has capitulated. The general answers to no one now."

Leo had no idea how many soldiers Thade could gather, but if it caused that kind of concerned reaction from Krull, he was worried. He said to Daena, "Get your people away from here. They can go to the mountains, hide somewhere while there's still time."

Daena opened her hands in a gesture of helplessness. "They won't listen to me."

Leo bit his lip. He was responsible for bringing

these people into this savage existence. He would not be responsible for their slaughter, too.

"Okay," he said, thinking quickly. "If they came here to follow me, I'll let them follow."

The humans stood in a crowd, waiting for Leo to speak, to tell them what was to be done. He mounted his horse and chose his words carefully.

"This is a fight we can't win . . . break up and scatter," Leo urged them. "I'll draw them off. I'm the one they want. Let's go."

He spun his horse around and willed the people to do as he had asked them. Somewhere in his heart he knew that they wouldn't. After so many generations of slavery, the humans needed to resist.

Leo stopped as suddenly as he had started. He turned around and saw an awesome sight. The people had not moved. They remained silently as they had been, refusing to give up the little bit of hope they had gathered from this experience.

Leo galloped back to Daena. He didn't know if he was up to the task of leading a rebellion. He didn't know if his life was worth risking for a people he had never met before a few short days ago.

"They don't understand," Leo sighed to Daena. "It's over. Finished. There's no help coming."

Daena looked deeply into Leo's eyes. She saw the hero in him. She saw the spark he gave to her people, and she appreciated it. Daena touched her hand lightly to Leo's face. "You came . . . ," she said. She leaned in and kissed him.

CHAPTER TWENTY-TWO

The sky over the ape camp glowed red with the light of a thousand fires. In the camp itself, all was still.

Attar was first to sense someone approaching out of the night.

"Stop!" he challenged. "Come closer and identify yourself!"

A huge, hulking figure moved out of the darkness and into the light of a sentry fire. It was Krull.

"You," Attar growled. "You dare show your face here?"

Krull replied without passion, "It was not my decision."

Out from behind the massive ape stepped Ari, her voice thin but her frame erect and confident. "I wish to speak to Thade."

Attar sneered. "Impossible. You have betrayed your race."

"And you," Krull spat back, "have betrayed everything that I taught you."

The soldier in Attar bristled. "I could have you killed on the spot."

"You could try."

Ari stepped forward, putting herself between the two angry males. She pleaded with Attar. "Don't you ever think we apes have lost our way. Don't you ever have doubts?"

Attar raised his lip in another sneer, but this one faded away. It had seemed to him to be the will of Semos that apes destroy humans. But the night of the bright light had shaken his confidence. What he had thought was the return of his savior had been nothing but a trick. At first this had made him furious at the humans. But though General Thade was directly descended from his god, Semos, Thade had simply used the moment to further his own ambitions. With a brief nod, Attar allowed them to pass.

General Thade got word of Ari's presence long before she reached his tent. By the time she passed into his pavilion, he was standing with his thick hands behind his back, his face set in a reprimanding scowl.

"Why have you come?" he demanded as she entered. Outside, Attar and Krull stood like opposing forces of nature.

Ari said simply, "To be with you. Isn't that what you want?"

Thade understood her perfectly. "You are proposing a trade? Yourself for the humans." He snorted. "Even when you were young you took in stray humans. Your family always indulged your every whim."

He reached out, and Ari tensed. But Thade merely

flicked a speck of dust from her fur. "Now look at what you've become," he said disdainfully.

Ari knew this was her only chance. If Thade worked himself into a temper, she would never convince him. Desperately, she fell to her knees, submitting herself to him. "It's what you want, isn't it? I will be with you."

Thade looked away from her. "I have no feelings for you now."

He was disgusted by her seemingly boundless loyalty to humans. He had squelched his last bit of desire for her.

His eyes fell on a tripod of hot coals used to heat his meals. One of his servants had used a branding iron to stoke the coals, and the iron lay in the fire, still hot. Thade grinned evilly and snatched up the iron. "You want to be human?" he said in a voice harder than steel. "Then wear their mark!"

He grabbed Ari's hand and pressed the iron down into it. Ari screamed in agony.

Krull was inside the tent in a flash, but Attar was even faster. He appeared as if by magic between Krull and Thade, his canines bared. The two powerful males stalked each other for a moment, but Thade waved them apart and let go of Ari's hand.

Attar backed off and Krull rushed forward, helping Ari to her feet. Tears streamed down her face. Her hand still smoked where the skin had been burned. The smell of burned flesh filled the tent.

Thade sniffed it pleasantly. Then he said, "Let them go. Tomorrow they will die with the humans."

Attar motioned toward the door. Krull lifted Ari in his powerful arms and stalked out.

CHAPTER TWENTY-THREE

Leo emerged from the ruins to find Daena and the others waiting anxiously. He wished that he had better news for them, a better plan. He barely had a plan at all. All he had was a desperate hope. But it was something.

"There's one possibility," he explained to the humans who had traveled with him. "One shot, but it's worth taking."

He pointed to the ruins, where the tall spires jutted out almost sideways from the side of the hill. Those towers, he now knew, were the ship's engines. "We've got to draw them close," he said. "Put all these people behind the ship. But don't hide them. I want them seen."

"What about us?" Daena asked.

"You'll be on horseback," he explained. "In front of the ship, waiting for my signal. Absolutely still. You're the bait."

Birn looked determined. "I won't move until you say so."

"You won't even be out there," Leo replied firmly.

It took a moment for this to sink in. Then Birn protested, "But—"

"That's enough," Leo interrupted, and walked away.

He would not even consider letting a young boy get in the line of fire.

A short time later Leo was back on the bridge of the *Oberon*, syncing the command console up to the Messenger box from his pod. His only companion was Limbo. As a former slaver, Limbo did not feel safe among the humans, and had chosen to stay inside the ruins.

Leo had allowed him to remain only so long as he remained silent. But finally, the talkative ape could not hold it in any longer.

"Whatever you're planning," he said aloud, "don't tell me. The anticipation will kill me before Thade does."

Limbo hesitated only a moment longer.

"I can't stand it. You gotta tell me!"

Without looking up from his work, Leo said, "We can't stop them, but we can scare them. Scramble their monkey minds."

Limbo looked unconvinced. "We apes don't scare so easy."

Leo shrugged. "But when you do, it's out of control. You start running and never turn back."

The light of dawn crept across row upon row of armored apes, their breastplates polished, their spears like thickets on the plain, ready for battle. For a moment they stood as silent as legions of statues, staring at the ruins in the distance. At the head of his army, Thade knew the humans were watching from the hills. He wanted it that way. He wanted them to see the sheer power of apedom. He glanced at Attar and gave a nod.

The great ape threw back his head and let loose a war cry that split the air itself. Row by row, battalions of apes took up the cry, and buglers echoed it until the rocks shook beneath their feet.

As one, the ape army surged forward. Outrunners sprinted ahead, prepared to draw any surprise attacks from the humans, but quickly the main army caught up to them, moving with terrifying speed.

Around the ruins of *Oberon,* Leo made some last-minute adjustments to his Messenger box. Around him, humans muttered and shifted their feet. Some of them looked to the hills. Never before had they stood against a squad of apes, let alone an army. They were on the verge of panic.

But they were emboldened by the sight of a few figures riding out on horses. Daena, Gunnar, Krull, and Ari trotted out to the plains at the feet of *Oberon*'s ruins and stood there calmly.

Ari kicked her horse into a position beside Daena. The human woman glanced at her coldly. In response, Ari held up her hand. The brand scar was still red and throbbing. Seeing the mark, Daena softened suddenly. She reached out to touch the wound, but Ari closed her fist. She didn't want pity. She wanted respect.

Daena admired that.

The apes were two hundreds yards away, surging forward in a fast red wall. The horses began to prance nervously.

"Hold them as long as you can!" Leo shouted from the rocks.

Suddenly, another rider appeared out of the rocks. The figure trotted forward and took his place on the other side of Daena.

It was Birn.

"What are you doing here?" Daena demanded.

Birn stared out at the approaching army. "I'm part of this."

"Wait with the others like he told you!"

But it was too late. The ape outrunners were too close. Seeing the waiting humans, they hooted and surged ahead.

"Now!" Leo shouted. "Run!"

The humans urged their mounts into a run. They wheeled around and raced to safety, splitting into two groups. Birn, not knowing the plan, was unsure which way to go. His horse swerved one way, then another, and stumbled. The beast fell, pinning Birn beneath it. The ape outrunners shouted in glee and raced for him.

"No," Leo gasped.

He leaped from his hiding place and sprinted toward Birn. He reached the young man before the apes did and pulled him out from beneath the struggling horse. The apes were nearly upon them.

Leo practically threw Birn atop the horse and then sprinted back to his place. He had to reach the Messenger before he was caught. He jumped over a rock and touched a command button on the small keypad.

Nothing happened.

Leo touched the button again.

This time, his command was answered by a low rumble, like the sound of the planet itself rising from slumber.

The approaching army of apes halted, just in the shadow of the ruins they called Calima.

There was a brief, loud groan.

And then the engines exploded to life.

Flames poured out of the rocket engines, instantly turning the rocky hillside to slag. The first three rows of ape soldiers vanished behind a wall of pure fire, and the rows behind them were tossed into the air by a blast of heat with the strength of a tornado.

As quickly as it had begun, the rumble died down and the flames vanished. A forboding cloud of dust rose up, wafting across the plain.

The apes that had survived the blast staggered out of the dust cloud, choking and coughing. Two ape soldiers found themselves surrounded by humans who seemed to rise out of the ground. Instinctively, the apes growled, using methods that had cowed humans for centuries. But these humans only growled back, mocking the two soldiers. Their growls turned into a roar, and the humans charged. The soldiers vanished beneath the onslaught.

From their command position near the army's flank, Attar and Thade sat on horseback. Attar was sputtering and coughing in shock. Fire had poured over the legions like flames unleashed from the darkest pits of the underworld.

"How . . . how can there be such a weapon?" he stammered. "We cannot defeat them!"

Beside him, Thade sat as still as a statue. He watched more wounded apes stagger back from the battle line. Some screamed from the pain of their wounds. Others screamed out of fear and confusion. He sensed a panic spread through the ranks of his soldiers.

But still he sat, listening and waiting.

On the far side of the battlefield, among the rocks near the *Oberon*'s crash site, the humans cheered. Even Limbo leaped up and down, hooting. "It worked! I'll gather their weapons and sell them for a fortune!"

Leo held up his hand. He, too, was waiting.

Thade waited for another moment, ignoring Attar's requests for orders, ignoring even the pleadings of his own wounded men. He forced himself to exercise patience . . . patience . . . then, when more precious seconds passed and nothing happened, he knew. He knew and he admired the bravado of the attempt. But it hadn't been enough.

Thade wheeled toward Attar. "We will attack."

Attar's eyes went wide in fear. "But . . . sir, he can destroy us all!"

Thade drew his sword. "We will see."

The general charged straight toward the humans.

Leo jumped up onto the rocks, staring out into a sea of dust. For a while there was nothing to see—just roiling clouds of sand kicked up by the blast. But then, out of the dust cloud a figure emerged.

General Thade rode up to the shadow of the ruins, staring full-face into the caverns out of which the fire had come. Throwing back his head, he bared his canines and unloosed a roar of challenge.

No answer came.

Ape and human alike had heard Thade's challenge. More important, everyone had heard the silence that followed. Leo felt his shoulders slump. Thade had called his bluff.

"By Semos, we're done," Limbo said, his joy turning instantly to terror.

Thade stared defiantly up at the rocks searching for the newcomer who had caused him so much trouble. After a moment, Attar trotted up to his side. "I'm tired of this human," Thade growled to him. "Attack!"

Horns sounded, and the rest of the ape legions charged forward into the dust.

CHAPTER TWENTY-FOUR

Leo was scared, as scared as he'd been in his first hour on this planet. But he was also tired of trying to escape. If he was going to die, he wasn't going to die running from monkeys. Instead of retreating, he leaped off the rocks and into the swirling dust, sprinting forward in search of enemies.

An ape loomed up before him, stabbing at Leo with a spear. Leo kicked the spear away and rolled underneath the ape's outstretched arms. He snatched up the spear and kept running.

Another ape soldier sprang up, ready to cast a heavy net. Leo scooped up a handful of sand and hurled it into the gorilla's face. Then he plunged the spear into the ape's neck and snatched the net away.

Though Leo couldn't see her through the dust, Daena was fighting not far from him. She had long since overcome her fear of horses and now rode one like she'd been born to it. She wheeled around the ape infantry, using a long spear to batter any of the soldiers that tried to rush her.

Thade spotted her from a distance. His hard, cold eyes measured her pace as he drew out a bola and began to spin it overhead. When he was sure of her movements, he let the bola fly. She seemed to sense it at the last minute and swerved. The thongs did not wrap around her neck, but one of the weights clipped the side of her head, and she went down.

Daena was on her feet almost immediately, but her horse was gone. She looked around for some means of escape, only to find herself surrounded by apes closing in on all sides. Daena drew a small knife from her belt and promised herself to take at least one of the brutes with her when she died.

Suddenly, a figure reared up beside her—a horse with a rider. The horse dropped down, and Daena found herself looking at Ari's outstretched hand. "Come on!" the female ape yelled.

Daena grabbed her hand and swung onto the back of the horse—but it was too late. The apes had closed their circle tight. One of them raised a spear . . . but suddenly vanished behind a curtain of dust with a strangled cry. In the next instant that curtain parted and Krull appeared, battle-lust fully upon him. He roared an ancient battle cry and charged the other apes, scattering them like so many leaves. One of the apes slashed at the two women and cut Daena's arm with a deep gash, but they managed to gallop away. Krull smashed the attacker's skull into the ground.

"Krull!" boomed a voice.

Krull spun around and found himself facing Attar. The surviving soldiers backed off as the two great
apes circled one another. Each
bore a sword in his hand. With
lightning speed, Attar lunged.
Krull blocked the thrust and
slashed down, feeling his own
sword clang against Attar's.
Sparks flew from their steel.

Attar lunged, his sword
stabbing at Krull's eyes.
The old silverback slipped
away, suddenly exchang-
ing his brute strength for
nimble-footed skill. As Attar
stumbled forward, Krull spiraled his own sword around
the other ape's blade and flicked it away.

Weaponless and outraged, Attar grabbed Krull's sword
arm in both hands, struggling to break the older ape's
grip on his own weapon. But even Attar could not loosen
Krull's grip. So the younger ape sank his teeth into the silverback's arm. Krull howled in pain and shook his arm
free, dropping the blade in the effort. With his free hand
he backhanded Attar and sent the soldier sprawling.

Attar sprang to his feet almost immediately, and the
two warriors circled each other again, stripped to the
weapons they were born with—cunning, claws, and
canines. Mad with blood lust, Attar sprang at Krull, who

tried to beat him back. But the wound in Krull's arm was already slowing the old silverback, and though he landed a solid blow, he fell to his knees under the weight of Attar's body slamming against his own.

Attar's soldiers closed their circle to see how long the silverback would last.

While the battle raged outside, inside *Oberon,* on the command deck, an entirely different activity was taking place. Among the many systems Leo had powered up, one was the Messenger beacon that had first lured him to the ruins. He had never turned it off, and it had quietly hummed through a day and night without breaking the quiet rhythm of its search. No one had paid it any attention. Now, in the empty room, the scanner suddenly changed its tone.

Its ceaseless call out into the void was answered by the appearance of a tiny blip.

Thade waded through the battle, cutting down any humans who dared stand in his path. The battle had quickly become a rout. Savage humans were no match for disciplined apes, who were better trained, better armed, and stronger physically.

But Thade would not rest until he had one human's head on a spike, and he roamed this way and that, searching for the newcomer.

Amid the confusion he heard a voice call out, "Retreat! Try to get to the hills!" He grinned, recognizing the voice of the human he sought.

He was even more satisfied when another human replied, "They cut us off! We're trapped!"

The humans had formed a tight circle, their primitive weapons facing outward, as the apes closed in around them. It was a hopeless cause. The apes outnumbered them three to one and fought with iron weapons, while the humans held only sharpened sticks. But they looked defiant.

Thade was ready to make the death blow. He spotted Leo in the fray and charged full speed at the defenseless human.

Leo's face was grim. He knew Thade could tear him to pieces. He didn't care. Something primeval answered the challenge Thade uttered, an instinct so base it could hardly be called human. Here was one primate challenging the right of another, and Leo would not, could not, ignore it.

Thade threw himself forward with blinding speed. Leo sidestepped and kicked the soldier, feeling his foot clang on Thade's shirt of armor. But he quickly followed with a punch that snapped Thade's head to the side. If not for the general's incredibly thick neck, the blow might have broken his jaw.

Thade's counterattack was faster than lightning. He delivered a backhand that drew blood from Leo's mouth. Leo stumbled backward, fell, and then rolled to his feet. But Thade was already on him, punching Leo in the stomach and dropping the human to his knees.

Thade raised his fist to finish the impertinent human.

The raising of his hand seemed like a magical gesture, calling down thunder, for as his fist went up, a deafening sound shook the sky. Startled, ape and human alike looked up. A white streak flashed across the sky, then arced around and slowed, heading straight for them.

"By Semos, what is it?" Attar asked.

Leo looked up and struggled to understand. A spark of recognition crossed his face and he smiled down at the ground. He knew what it was.

The white pod circled the battlefield in a lazy arc, then settled down to the ground, kicking up small clouds of dust as it came to a stop right in front of the ruins.

Not a figure moved. Neither ape nor human dared speak or breathe. Even Thade paused in midstrike, his hand still poised in the air.

The pod's hatch opened with a small hiss. From inside the pod came a steady beeping sound that matched the pattern on *Oberon*'s screens. Everyone took a step back, terrified.

Then a hand slowly emerged from the pod—an ape's hand.

A chimpanzee stepped out of the pod, blinking in the sunlight. Around him, dust and light swirled, mimicking exactly the religious icon Leo had seen several times.

"Semos."

CHAPTER TWENTY-FIVE

Attar said it. His jaw had dropped, his eyes wide with amazement. Without hesitation, he dropped to his knees. "Semos."

"Semos . . . Semos . . ." The word passed like a breeze through the ranks of ape soldiers. "Semos!"

Attar turned to Thade, who stood over Leo, looking suspicious and angry at this impossible new arrival.

"Sir!" Attar said. "The prophecy is true. Semos has returned to us."

Thade did not move. Leo did. As the general's attention was turned away, he jumped to his feet and bolted right for the pod. As one, the apes cried out in alarm, but then to their utter amazement "Semos" opened his long arms and jumped into Leo's embrace.

"Pericles!" Leo laughed.

The chimp hugged Leo and then held up one of his hands. The thumb was extended. Leo laughed again and gave a thumbs-up sign of his own.

"Good boy. You brought your pod home."

Suddenly, the humans erupted in cheers. The figure of

sorcery, whoever he was, had obviously come to help Leo. Their shouts electrified Leo. Quickly, he unhooked a survival pack from Pericles' back and slung the backpack over his own shoulders.

"Okay, Pericles," he said, "let's go explain evolution to the monkeys."

Boldly, Leo marched toward the apes. As he approached, soldiers tossed their weapons aside and dropped to their knees.

Thade looked at them with sheer hatred in his eyes. "Stop them!" he ordered, but not a single ape obeyed. In fact, as Leo neared, they backed away, awestruck and terrified.

"Go back!" Thade ordered. "I order you . . . hold your positions. Cowards!"

No one listened to him. The humans cheered as apes continued to back away; then the apes broke into a run. "No . . . ," Thade growled. "No!"

He sprang into Leo's path. With one violent blow he struck Pericles out of the human's hands. The spectators gasped in shock.

Thade leered down at Leo. "Wherever you come from . . . you're still just a wretched human!"

Thade gathered up a handful of Leo's shirt, lifted him into the air, and then tossed him a dozen yards away. He hit the ground hard, and the backpack skittered away. He tried to stand up, but Thade was on him again, lifting and tossing once more in an act of pure and primitive rage. Leo landed near the entrance to *Oberon*. Thade slapped the human, and Leo staggered backward, into the tunnel itself, still clutching for the backpack. He ran partway down the tunnel, hoping to open the pack, but Thade kept him off balance, driving him down the tunnel.

"I will bury your remains . . . so they can be forgotten like the rest of your stinking race," Thade promised.

Leo backpedaled until he was through the security doors and on the bridge. Only then did he have time enough to rip open the pack. He jammed his hand inside and pulled out the object he sought.

His hand came out holding the gun. He leveled the weapon at Thade. To his surprise, Thade saw the gun and froze in fear.

Leo was shocked. "You know what this is."

Thade took a step back. This was the thing his father had warned him about, the device that could turn these ridiculous weak-limbed humans into masters of the planet. The ape general had no idea what to do next, when fate intervened on his behalf. Ari ran into the cave, looking for Leo. In an instant Thade was on her, his arms grabbing her and holding her like a shield between his body and the weapon.

"Let her go!" Leo demanded.

Thade grinned and put a powerful hand on her throat. "I am willing to die. Are you willing to see her die?"

Leo hesitated. The answer was no, and he knew it. He was not a good enough shot to kill Thade without risking

Ari's life, and if he missed, the ape would snap her neck. Slowly, he set the gun on the ground and then kicked it over to Thade.

The gun skittered on the ground and was stopped by the foot of Attar, who had entered the room in pursuit of his general. Attar lifted the gun curiously.

"Attar," Thade said, "with that device they are no longer the weaker race. We cannot allow it."

Leo said in reply, "Look around you. This is who you really are. We brought you here. We lived together with you in peace . . . until Semos murdered everyone."

"No," Attar said in a low voice. "Semos, a murderer?" He looked around at this cave of wonders and then looked at Thade. "Can this be true?"

Thade said only, "They'd make us their slaves. Bring me the gun!"

Attar hesitated a moment. Then he held out the gun for Thade. The general threw Ari to the floor and snatched the weapon away. His long finger curled around the trigger.

Thade laughed. "Does it really make a difference how we arrived here? We are the only ones who will survive."

Ari looked pleadingly at Thade. "Please don't hurt him."

Thade cocked his head in a quizzical look. Instead of

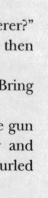

pointing the gun at Leo, he leveled it at Ari. "I was always less than human to you. Someday, if humans are even remembered, they will be known for what they really are. Weak and stupid."

He pulled the trigger.

Nothing happened.

"What?" he grunted. He pulled the trigger again, but the gun was lifeless.

Leo grinned. "Stupid people. Smart guns."

Thade motioned to Attar. "Kill them."

Attar did not move.

The general bristled. "I am your commander. Obey me!"

But his loyal officer only stared back at him, his black eyes burning into Thade's.

Attar's lips curled back instinctively, showing his fangs. "Everything I have believed in . . . is a lie. You knew about this place. You and your family have betrayed us. I will not follow you anymore."

Leo slowly drifted toward the door, closer to where Ari and Attar stood. He reached the control panel.

Thade spotted the human and tried to freeze him in place with a glare. "When you're dead and this place buried beneath the rocks, no one will know the truth."

"You will," Leo said. "Forever."

He slapped his hand to the wall. Thade had no idea what his gesture meant—not until Leo reached forward and grabbed Ari's hand, practically pulling her through the air and out into the tunnel. As he did, the shatter-proof glass doors of the bridge began to close.

Thade watched the doors close for a moment, still not comprehending. But a second later his calculating mind understood the idea of doors that closed by themselves, and he knew that a gate that closed by Leo's command might only open by it. He leaped nearly across the room and slammed himself against the door just before it closed. He managed to wedge his hands between the

door and the wall. The servos whined, trying to finish their locking procedure. Thade howled, his massive arms straining. With unbelievable strength, the ape began to roll the glass doors back.

Suddenly, two more hands appeared at the door. Attar's hands, even larger than Thade's, settled over the general's wrists.

"Help me . . ." Thade gasped from the effort. "—my friend. I command you . . ."

But Attar said only, "I will pray for you."

With all his strength, Attar hurled Thade back into the room. And then the doors shut between them.

Thade threw himself at the barrier with the force of a hurricane. But the shield was designed to withstand the pressures of an implosion, and not even that terrifying ape could break it. The human and the two apes watched impassively as Thade smashed himself time and time again against the wall. Then, giving up, he turned his fury on the control panels, ripping them to pieces. The same rage that Attar had seen earlier filled Thade again. It was terrifying to behold, and Leo understood how the shipwrecked humans had grown to fear the apes.

CHAPTER TWENTY-SIX

Attar himself placed the last stone atop Krull's grave. Of all the violent deeds he had committed in Thade's name, this was the one he would regret most. Krull had earned a warrior's death, but not at the hand of his best student. It was a murder that Attar would carry with him to his own grave.

Ari knelt by the old silverback's grave. A tear spilled from her eye as she whispered, "All the years you put up with me . . . this time I wish I could've protected you."

Leo put a hand on her shoulder. She gave one last sob, then rose and faced him. Leo was holding Pericles. The chimp had been weak and scared since Thade's blow, but he would heal. The human handed him to Ari.

"Now you have someone to take care of," he said to her. "Do a good job. He means a lot to me."

Ari nodded. "I can promise you I won't put him in a cage."

Attar looked at Pericles, his eyes still haunted by the thought that this might be his savior. And, of course, in some ways it was—but as the ancient teachings themselves foretold, true wisdom came from within, and the arrival of his divine hero had only taught Attar that he needed to save himself.

Attar looked out across the battlefield. Under the shadow of the ruins, hundreds of graves had been dug, marked only by simple stones.

Attar said, "We will leave the graves unmarked. No one who comes here will be able to tell ape from human. They will be mourned together . . . as it should be from now on."

Leo held up his Messenger box, which was now tuned to the frequency in *Alpha Pod*. It had started to beep a half hour ago. "It's found the coordinates of the storm that brought me here," he explained. "I have to go."

"It would mean a great deal to everyone," Ari said, "it would mean a great deal to me . . . if you would stay."

Leo shook his head. "I have to leave now. I have to take a chance that it can get me back. I have a home to go to."

They walked with him to *Alpha Pod*, where some of the other humans had gathered. As they arrived, Ari said softly, "One day they'll tell a story about a human who came from the stars and changed our world. Some of them will say it was just a fairy tale, that he was never real." She choked back a sob. "But I'll know the truth."

She embraced him quickly and then let go.

The proximity alert had become more urgent, and Leo was about to enter the pod when he spotted Daena. She stood with Gunnar and Birn. The two men waved to him, but Daena remained motionless. Leo ignored the pod's alarms and ran over to her. As he did, she broke into an expression that held both smiles and tears, and the woman practically threw herself into his arms. He held her tightly, as he had never been able to do.

"You know I can't take you with me," he said.

She nodded, pressing her face against his shoulder. "Then you'll have to come back."

She looked up and surprised him with a kiss. It was long and tender, softer than he ever would have expected from that wild woman. When she broke away, she did not wait, but turned and ran into the rocks where she would not see him leave, and no one could see her cry.

Leo gave one last wave to the humans and apes assembled around him. Then he ducked into the pod. He sat down in the pilot's chair and slipped on the control helmet.

"Close pod," he sad.

The hatch sealed itself shut.

And suddenly he was all pilot again, surrounded only by the instruments and controls of a ship he had been trained to fly. He ran through flight checks quickly, easily, almost as though what had just happened had never been, and in a moment the pod was rising into the air and rocketing past the reach of the planet's gravity.

But of course it had happened, in all its sheer terror and wonder. He would miss Ari, and he would miss Daena and Birn. But that place was not his home.

Leo called up a star chart and tried to map his coordinates, but the star navigator bleeped and returned a simple message: COORDINATES UNKNOWN.

"No kidding," Leo replied.

Leo banked the ship along the gravity wall of the planet of the apes and curled up into outer space. Before him, the endless bright cloud of the electromagnetic storm appeared, just as he had seen it before. Leo set a course full-speed for the center of the storm. He didn't know what would happen to him this time. But nothing could be worse than what he had been through, and nothing could be better than home. Home was worth the risk.